마운드 위의 절대자

디다트 현대 판타지 장편소설

WISHBOOKS MODERN FANTASY STORY

마운드 위의 절대자 8

디다트 현대 판타지 장편소설

초판 1쇄 찍은 날 | 2019년 7월 12일
초판 1쇄 펴낸 날 | 2019년 7월 19일

지은이 | 디다트
펴낸이 | 예경원

기획 | 위시북스
편집책임 | 이규재
편집 | 위시북스

펴낸곳 | 예원북스
등록번호 | 제396-2012-000132호
등록일자 | 2012. 7. 25
KFN | 제1-441호

주소 | 경기도 고양시 일산동구 호수로 646-24 위너스21II빌딩 206A호 (우)10401
전화 | 031-819-9431 팩스 | 031-817-9432
E-mail | yewonbooks@naver.com

ISBN 979-11-6424-590-1 04810
        979-11-89450-77-9 (set)

디다트 현대 판타지 장편소설
WISHBOOKS MODERN FANTASY STORY

마운드 위의

⑧ 위의

절대자

Wish
Books

마운드
위의
절대자

CONTENTS

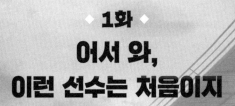

1화 ◆
어서 와,
이런 선수는 처음이지

사시사철 열기로 가득 찬 플로리다에 야구 열기가 뒤섞이기 시작했다.

　플로리다 주 곳곳에 마련된 수십 개의 야구장에서 이제 조만간 찾아올 야구 시즌을 앞두고 여러 나라의 여러 선수들의 담금질이 시작된 것이다.

　그 담금질 속에서도 가장 강렬한 스포트라이트를 받는 선수들이 몇 있었다.

[오타니, 연습 게임에서 3타수 3안타 1홈런!]
[오타니, 연습 게임에서 첫 홈런 신고!]
[오타니, 이도류로 메이저리그를 점령하겠다!]

그중 최고는 역시 포스팅을 통해 다저스의 유니폼을 입게 된 일본 차세대 괴물, 오타니 쇼헤이였다.

투수와 타자, 두 가지 모두를 완벽하게 소화해 내는 이 선수에게 메이저리그의 관계자들과 선수, 팬들은 주목을 넘어 광풍에 가까운 관심을 보였고 오타니의 일거수일투족은 실시간으로 기사가 되어 세상에 뿌려졌다.

-와, 장난 아니네. 진짜 투수로 10승하고, 타자로 10홈런 치는 거 아니야?
-진짜 괴물이네, 괴물.
-아, 한국에는 이런 괴물이 대체 언제 나오려나?

한국야구팬들 역시 그런 오타니 광풍 속에서 눈을 돌리지 못한 채, 한편으로는 오타니 같은 선수가 있는 일본에 대한 부러움을 품었다.
물론 한국야구팬들에게는 또 다른 광풍이 있었다.

-언제 나오긴, 우리한테도 괴물 있잖아!
-또라이 괴물 있음!

이진용!
한국프로야구에 전설이 되어 메이저리그에 도전하는 그에 대한 관심 역시 결코 작지 않았다.

당연히 기자들은 그런 야구팬들을 위해 실시간으로 이진용의 연습 경기 내용을 기사로 내보냈다.

[이진용 1타석 1안타 2도루, 첫 득점 신고!]

그렇게 나온 이진용의 활약상에 야구팬들은 열광했다.

-카! 이호우가 맹타를 휘두르네 맹타를…… 뭐?
-이호우 십할 타자네, 십할…… 어?
-득점 신고ㅋㅋㅋㅋ 득점…… 응?

그 열광 속에서 한국야구팬들은 다시금 깨달았다.

-이호우 이 새끼 뭐임?

이진용, 이놈은 정말 이상한 새끼라는 것을.

-또라이 새끼, 거기서 위험하게 도루를 왜 해?
"이런 날 아니면 언제 합니까?"
-감독이 아마 널 또라이로 볼 거다.
"에이, 고작 도루한 거 가지고 또라이로 보겠어요?"

-아니, 그거 때문에 또라이라는 건 아니고.

"그게 무슨 의미이죠?"

1타수 1안타 2도루 1득점.

여러모로 인상적이면서도 충격적인 데뷔전으로 무대를 내려온 이진용은 곧바로 뒤풀이에 돌입했다.

-됐고, 지금 어디 가냐?

"화장실이요."

-설마?

"아, 진짜 오랜만에 룰렛 돌리네요."

뒤풀이를 시작하는 이진용의 눈빛은 평상시와 달랐다.

"한국시리즈 이후 한 번도 못 돌렸으니까…… 석 달 만이네요."

-도박중독자 다 됐네.

김진호의 말대로 도박중독자란 표현이 퍽 어울리는 눈빛이었다.

-도박중독에는 충격 요법만 한 게 없는데…… 제발 아주 강렬한 똥 같은 거 하나 나왔으면 좋겠다.

물론 김진호의 눈빛 역시 이진용과 비슷했다.

도박중독이라는 것은 도박으로 이득을 보는 이들에게만 생기는 게 아니니까.

당연한 말이지만 대부분의 도박중독자가 그러하듯 판에 앉은 그 둘은 서둘렀다.

[골드 룰렛 이용권을 사용하셨습니다.]

화장실 변기를 의자 삼아 앉는 순간 이진용은 바로 룰렛을 돌렸다.

"돌아라!"

그렇게 이진용이 골드 룰렛 이용권 세 장을 단숨에 사용했다.

[구속이 1증가합니다.]

[체력이 1증가합니다.]

[선구안이 1증가합니다.]

결과는 훌륭했다.

이진용 입장에서는 손해 본 것 하나 없었으니까.

하지만 대부분의 도박중독자가 그러하듯 이진용은 이 결과에 그다지 만족하지 않는 느낌이었다.

'아직 부족해.'

그 순간 이진용이 자신의 상태창을 활성화했다.

[이진용(투수)]

-최대 체력 : 126

-최대 구속 : 144

-보유 구종 : 포심 패스트볼(S), 투심 패스트볼(S), 스플릿 핑거 패스트볼(S), 컷 패스트볼(B), 체인지업(S), 슬라이더(S), 커브(A).

-보유 스킬 : 심기일전(D), 일일특급(D), 라이징 패스트볼(A), 마

법의 1이닝, 무쇠팔(C), 리볼버, 컨트롤 마스터(S), 철인, 에이스, 철마(A), 전력투구, 마구(E), 스위칭(B), 수호신

현재 이진용의 스펙은 훌륭했다.

특히 한국시리즈 우승 보상으로 얻은, 다이아몬드 룰렛에서 나온 스킬 마스터 덕분에 컨트롤 마스터의 등급이 마스터 랭크에 이르렀다.

지금 이진용의 오른손은 메이저리그 최고의 제구력을 가지고 있다고 자부할 수 있었다.

그러나 이진용은 이런 자신의 능력에 만족하지 못하고 있었다.

'아직 시범경기조차 시작한 게 아니지만, 메이저리그 수준은 내 생각보다 확실히 높아.'

메이저리그의 수준이 보통이 아니라는 걸 다른 무엇도 아닌 몸으로 느끼고 있었으니까.

물론 지금 능력으로도 이진용은 충분히 메츠의 선발투수, 어느 정도 실적이 쌓이면 시즌 후반기쯤에는 에이스 자리도 차지할 수 있을 것이다.

메츠 역시 이진용이 그 정도 투수는 되리란 확신과 믿음이 있기에 그의 영입에 거금과 파격적인 행보를 보인 것이다.

하지만 이진용은 그 사실에, 메이저리그에서 적당히 던지는 투수에 만족할 생각이 없었다.

-그래, 이렇게 된 거 그냥 투수 것만 나와라!

그때 이진용의 상태창을 보던 김진호가 소리쳤다.

그 외침에 이진용이 놀란 눈으로 김진호를 바라봤고, 김진호는 이진용을 향해 재차 말했다.

-이대로 그냥 투수 것만 쭉쭉 나와라! 아주 그냥 체력하고 구속만 나와라! 투수 스킬만 나와라! 투수는 몰라도 타자로 잘 나가는 건 내 눈에 흙이 들어가기 전에는 허락 못 해!

그런 김진호의 모습에 이진용이 피식 울리며 곧바로 남은 두 개의 룰렛, 첫 득점과 첫 3루 도루로 얻은 플래티넘 룰렛 이용권을 사용했다.

[스킬업(A랭크)을 획득하셨습니다.]

그러자 드디어 기다리던 대박이 나왔다.

"오케이!"

'마구다.'

당연한 말이지만 이진용은 당장 이 스킬업을 여전히 E랭크에 불과한 마구 스킬에 사용할 생각이었다.

망설일 이유는 없었으니까.

-그래, 투수에 전부 몰빵하자!

김진호도 이제는 그런 이진용을 응원했다.

그게 이유였다.

"흠."

-뭐해? 빨리 마구 스킬에 써야지?

이진용이 스킬업을 당장 쓰지 않은 채 내버려 둔 이유.

-야, 빨리 써!

이진용이 스킬업을 사용하지 않은 채 지그시 김진호를 바라봤다.

'남은 룰렛에서 타자 관련 스킬 중에 아주 좋은 게 나올 것 같단 말이야.'

-너 지금 이상한 생각하고 있지?

그 순간, 이진용이 스킬업을 사용하지 않은 채 마지막 남은 플래티넘 룰렛을 돌렸다.

그렇게 돌아가기 시작한 백금색의 룰렛이 백금색이 아닌 곳에 멈췄다.

[매의 눈(F) 스킬을 획득하셨습니다.]

-어?

그 순간 이진용이 김진호를 향해 엄지를 치켜들며 소리쳤다.

"역시 우리 형이야, 김진호우!"

그 외침에 함께 이진용은 곧바로 사용했다.

[스킬업(A랭크)을 매의 눈(F)에 사용합니다.]

그리고 다시금 상태창을 활성화했다.

[이진용(타자)]

-피지컬 : 25

-밸런스 : 56

-선구안 : 78

-보유 스킬 : 매의 눈(A)

"오!"

이진용의 눈빛이 빛났다.

-으아, 내 눈!

그리고 김진호가 두 눈을 감았다.

스프링 트레이닝이 거듭되면서 선수들이 하나둘씩 자신의 기량을 찾기 시작했다.

투수들의 구속이 올라오기 시작했고, 타자들의 배트 스피드가 빨라지며, 모두의 탄성을 불러일으킬 만한 타구도 나오기 시작했다.

모두가 메이저리그라는 별들의 무대를 위해 자신들을 담금질하기 시작했다.

이진용 역시 마찬가지였다.

그 역시 담금질의 나날들을 보내고 있었다.

딱!

"오케이, 그대로 하나 더! 폼 유지하고!"

딱!

"다리가 먼저 움직이면 안 돼. 공을 끝까지 본 후에, 확신이 들 때 공을 쳐!"

딱!

"좋았어! 한 번 더!"

보는 이가 땀이 날 정도로, 매일매일을 충실한 훈련의 나날로 보내고 있었다.

"아니, 대체 왜 이진용은 타격 훈련만 하는 거야?"

"공 안 던져?"

문제는 그 훈련 대부분이 타격 훈련이라는 것.

실제로 스프링 트레이닝이 시작한 이후 이진용은 스트레칭, 캐치볼, 롱토스 훈련만 할 뿐, 제대로 마운드에서 공을 던져본 적이 없었다.

"아니, 공 던지는 사진을 찍으러 왔는데 어떻게 된 게 글러브 낀 사진 한 장을 못 찍네."

"그보다 이거 위험한 거 아니야? 감독 앞인데 공 던지는 걸 보여줘야지? 투수잖아?"

그 사실에 투수 이진용을 찍기 위해 한국이란 먼 곳에서 온 기자들은 한숨을 내뱉었다. 반대로 황선우는 그 사실에 오히려 미소를 지었다.

'이진용의 피칭에 손댈 곳은 없다, 그게 메츠 코칭스태프들의 생각인 모양이군.'

메이저리그는 이미 완성된 투수, 자신만의 스타일을 가진 투수에게는 투수 본인이 먼저 요구하기 전까지는 절대 어떠한 스타일을 강요하지 않는다.

그래서 무서운 곳이다.

선수가 알아서 자신의 기량과 가능성, 방향성을 체크하면서 주변의 도움을 구해야 했으니까.

하나부터 열까지, 모든 것이 알아서 해야 한다는 의미.

어쨌거나 이진용이 본격적인 피칭 훈련을 하지 않는다는 건 투수 이진용이 완벽하다는 사실을 메츠의 감독과 코칭스태프가 인정했다는 증거였다.

그리고 그런 투수 이진용의 롱런을 위해서는 타석에서 제대로 된 타자가 되는 게 중요했다.

내셔널리그에서 투수가 타석에 선다는 건, 그날 마운드에도 선다는 의미.

자신이 마운드에 나오는 경기에서 삼진이 누적되는 건 그 투수 본인에게 좋을 것 하나 없는 일이다.

'그래도 좀 과하단 말이야.'

그렇다고는 해도 황선우가 보기에 이진용의 타격 훈련의 양은 많은 편이었다.

심지어 이진용은 단순히 공을 치는 훈련을 하는 게 아니었다.

공을 커트하거나, 내야로 굴리거나, 번트를 대는 훈련과 같이 단순한 타격이 아닌 전략적인 훈련들이었다.

'대체 이진용에게서 뭘 봤기에 저런 훈련을 시키는 거지?'

분명한 건 메이저리그 코칭스태프들이 아무런 이유 없이 훈련을 시키는 일은 없다는 것.

저 훈련을 통해 1패가 1승이 될 수도 있다는 확신이 들기에 저런 훈련을 시키는 것이다.

그리고 황선우의 예상대로 메츠의 코칭스태프는 타자 이진용의 가능성을 무척 높게 보고 있었다.

"역시 공을 보는 눈이 무척 좋아."

"좋은 정도가 아니라, 선구안만 보면 리그 수준급입니다."

메이저리그 코칭스태프의 눈에 비친 이진용은 놀라운 수준의 선구안을 가지고 있었다.

"심지어 선구안도 좋은데, 존을 만드는 능력도 뛰어납니다."

여기에 이진용은 스트라이크존을 만드는 능력도 뛰어났다.

물론 그 두 가지만으로 좋은 타자가 될 수는 없었다.

"톰이 이렇게 말하더군요. 만약 이진용에게 제대로 된 타격 기술과 힘, 경험이 있었다면 조이 보토가 됐을 거라고."

이진용에게는 아직 힘과 기술 그리고 경험이 부족했으니까.

그게 지금 이진용에게 보다 집중적인 타격 훈련을 시키는 이유였다.

"어쩌면 당장은 몰라도 시즌이 시작되고 나면 기대 이상의 모습을 보여줄지도 모릅니다."

이진용이 지금 보여주는 타격에 대한 가능성, 특히 선구안의 수준은 메이저리그의 무수히 많은 천재들을 본 메츠 코칭스태프들의 가슴을 뛰게 만들 정도였다.

물론 메츠의 코칭스태프는 잊지 않았다.

"뭐, 그것보다 중요한 건 마운드에서의 모습이지만."

이진용, 그가 메츠의 옷을 입은 이유를.

"내일 조 존스가 트레이닝에 합류한답니다."

그리고 그 이유를 증명하기 위한 날이 왔다.

언제나처럼 햇살이 따가운 플로리다의 아침.

-어, 조스탱이다.

메츠의 스프링 트레이닝 무대인 퍼스트 데이터 필드의 주차장에 주차된 시커먼 자동차 한 대에 김진호가 반색했다.

-이야, 얘 아직도 이거 타고 다니는구나.

그 모습에 이진용이 고개를 갸웃했다.;

"이거 무슨 차예요?"

-머스탱.

"머스탱이요?"

-69년식. 이제 탄생 50주년을 앞둔 골동품이지.

69년식 머스탱.

도로가 아니라 박물관에 있어야 할 그 시커먼 머슬카에 대한 김진호의 설명에 이진용은 고개를 갸웃했다.

"조금 전에 조스탱이라고 하지 않았어요?"

-맞아. 조스탱. 조 존스, 놈이 타는 머스탱. 줄여서 조스탱.

"아."

그 말을 하던 김진호가 슬쩍 차 안으로 머리를 집어넣은 후에 다시 머리를 빼며 말했다.

-여전하네. 안이든 밖이든 10년 전이나 지금이나 다를 게 없어.

그렇게 김진호가 자유롭게 차를 살피는 사이 이진용이 제 손을 시커먼 머스탱 근처로 가져갔다.

후끈거리는 열기가 느껴졌고, 그 열기에 이진용이 조심스럽게 김진호에게 말했다.

"저기 이 차 에어컨 나오나요?"

-얘는 굴러가는 게 기적인 놈이야. 에어컨 같은 걸 바라는 건 과한 욕심 아닐까?

그 말에 이진용이 고개를 들었다.

평소보다 더 뜨거운 플로리다의 햇살이 이진용을 향해 오늘 한 번 쪄 죽어봐라, 그리 말하고 있었다.

그런 플로리다의 햇살 속에 이진용은 생각했다.

'왠지 조 존스 선수에게서 김진호 선수의 냄새가 난다. 비정상의 냄새가.'

에어컨도 안 나오는 시커먼 차를 이런 날 타고 다니는 인간이 정상일 리 없다고.

"김진호 선수, 조 존스 선수 정말 착한 선수 맞죠?"

-그럼. 걔가 사람이 참 착해. 직접 만나보면 너도 반해 버릴 거야. 한국어도 좀 할 줄 알아. 내가 가르쳐 줬거든. 아니, 당

장 이 차만 봐도 알 수 있잖아? 얼마나 절약 정신이 투철하면 연봉으로 천만 달러 받고, 앞으로 1억 달러나 더 받을 놈이 이런 차를 타고 다니겠어? 조는 정말 훌륭한 또라…….

말을 하던 김진호가 갑작스럽게 입을 다물었다.

"또라?"

-응? 내가 뭐라고 했어?

"지금 또라이라고 말하려고 하지 않으셨어요?"

-무슨 소리야? 이진용, 너라면 모를까 조 같은 훌륭한 메이저리거에게 그런 표현을 쓸 리가 없잖아? 너무 또라이 소리를 들어서 귀가 이상해진 거 아니야?

김진호의 그 말에 이진용이 게슴츠레 뜬 눈으로 김진호를 지그시 바라봤다.

-아! 저기 기자들 몰려 있는 거 보니까 조가 인터뷰라도 하는 모양이네! 가서 인사하자고.

그 말에 김진호가 고개를 돌리자 경기장 출입구 근처에 기자들 예닐곱이 모여 있는 것이 보였고, 이진용이 굳은 표정으로 그곳을 향해 갔다.

김진호의 예상대로 그곳에서는 조 존스와 기자들 사이에서 짤막한 인터뷰가 오가고 있었다.

"조, 양키스에서 메츠의 옷을 입게 된 것에 대해서 어떻게 생각하십니까?"

"집을 옮길 필요가 없어서 좋아요."

인터뷰는 막 시작한 듯했고, 덕분에 이진용은 대부분의 인터뷰 내용을 들을 수 있었다.

"메츠가 당신을 영입한 이유가 뭐라고 생각하시나요?"

"우승을 위해서는 아닐 거예요."

"예?"

"우승을 하고 싶었으면 나 같은 포수를 1억 달러 부담하고 데려올 바에는 재작년에 머피를 잡았어야죠. 야구는 결과가 전부에요. 대니얼 머피가 있을 때 메츠는 월드시리즈 무대에 갔고, 없어지자 이제는 포스트시즌에도 못 가고 있죠. 반대로 그를 영입한 내셔널스는 곧바로 포스트시즌 단골이 되었잖아요?"

"메츠에 대해 어떻게 생각하십니까?"

"그다지 좋은 생각은 안 해요. 메츠가 자랑하는 우완 파이어볼러들은 이제 삐걱거리기 시작했고, 구단은 그다지 돈도 안 쓰는 반면 현재 내셔널리그에는 다저스, 내셔널스, 컵스 같은 괴물들이 있으니까요. 그렇다고 무언가 새롭거나 특이한 야구를 하는 것도 아니잖아요?"

"그럼 메츠가 우선적으로 무엇을 해야 한다고 봅니까?"

"전력은 안 되는데 비용이 많이 드는 절 다른 팀에 팔아야죠."

그리고 그 덕분에 이진용은 조 존스가 어떤 선수인지 알 수 있었다.

-애가 성격은 참 좋은데, 필터링이 부족하달까? 그래도 악의는 없어. 착한 애야. 너무 솔직한 게 흠일 뿐이지.

"어!"

"리!"

그때 이진용을 발견한 기자들이 길을 만들어줬고, 그 길 사이에서 이진용과 조 존스가 처음으로 대면했다.

"안녕하세요, 이진용 선수. 저는 조입니다."

그때 조 존스가 이진용을 향해 손을 내밀며 영어가 아닌 한국어로 인사를 건넸다.

"어머님은 잘 계십니까?"

"예?"

"예전에 김진호 선수가 가르쳐 줬습니다. 한국에서는 상대방의 어머님의 안부를 먼저 묻는 것이 예의입니다. 제 한국어, 괜찮읍니까?"

그 말에 이진용이 얼빠진 표정을 지으며 조 존스의 손을 잡았다.

그 광경을 본 김진호가 미소를 지으며 말했다.

-또라이가 둘이 됐군.

또라이 셋이 한자리에 모이는 순간이었다.

조 존스.

190센티미터에 101킬로그램의 체중, 사자보다는 표범이나 자칼 같은 맹수를 떠올리게 하는 체격을 가진 그는 외모적으로는 특별할 것 없는 백인 사내였다.

문제는 표정이었다.

조 존스는 언제나 나사가 두 개쯤 빠진 듯한 표정을 짓고 다녔다. 한국식으로 표현하자면 썩은 동태 눈깔, 동물로 비유하자면 나무늘보와 흡사했다.

하지만 둔해 보이고, 멍청해 보이는 것과 달리 조 존스는 똑똑한 사내였다.

MIT에 합격했음에도 하루빨리 프로선수가 되고 싶어 MIT 입학을 포기하고 드래프트를 선택했을 정도.

어쨌거나 이런 조 존스에 대해 세간의 평가는 간단했다.

"일단 미리 사과하고 싶답니다. 자신은 사교성이 부족하며, 타인의 장점보다는 단점을 보며, 마음 내키는 대로 말을 뱉는 성격이라 분명 팀 생활을 하다 보면 자신에게 화가 날 일이 생길 것이며, 그럴 때는 언제든지 화를 내도 좋다고. 단지 프로인 만큼 서로 주먹질을 하는 것보다는 화를 내고, 대화로 해결하는 선에서 끝내자고. 조 존스가 한 말은 이렇습니다."

괴짜.

조 존스는 그 누구보다 그 단어가 어울리는 사내였다.

"아, 예……."

'어쨌거나 정리하면 정상은 아니라는 거네.'

물론 좋게 말하면 괴짜이고, 조 존스와 사이가 안 좋은 이들은 조 존스를 또라이로 부르는데 주저함이 없었다.

당연한 말이지만 조 존스의 그러한 성격은 몇 차례 문제를 일으켰었다.

-아, 기억난다. 2006년에 조가 막 메이저리그 로스터에 이름

을 올린 애송이었을 때 3게임 연속 안타를 치지 못한 타자한테 가서 한 말이. 화가 나면 더그아웃에 있는 물건을 부수지 말고 침착하게 조금 전 자신의 타격을 되새김질하며 반성하라고.

조 존스는 팀원은 물론 코칭스태프나 감독에게마저 자신의 의견을 말하는데 거리낌이 없었으니까.

사실 그건 굉장히 위험하면서도 무모한 일이었다.

메이저리그, 야구를 잘한다는 이유로 수백만 달러가 넘는 돈을 매년 받는 이들이 모인 곳에서 다른 누군가를 지적한다?

그것도 메이저리그 데뷔 1년 차의 애송이가?

-그때 조 존스에게 한 소리 들은 오티스는 너무 어이가 없었는지 화내는 것도 잊었을 정도였어.

심지어 조 존스의 그 행동은 선수를 가리지도 않았다.

-그 후에 오티스가 게임 끝나고 날 조심스럽게 부르더니 이렇게 질문했지. 혹시 조가 정신적인 질병 때문에 치료를 받거나 약을 먹고 있냐고.

데이빗 오티스. 경기 중 분노를 참지 못하고 더그아웃의 전화기를 부수는 장면을 모든 메이저리그 팬들에게 실시간으로 보여준 불같은 성격의 사나이를 상대로도 조 존스는 제 할 말을 했다.

-근데 누구도 조에게 꺼지라는 말은 해도, 반박은 못 했지. 오티스 때만 해도 그랬어. 오티스가 3경기 연속 안타를 못 친 건 그의 타격폼이나 기량에 문제가 있는 게 아니라, 그냥 타석에서 저 혼자 홈런 치고 싶어서 씩씩거리다가 생긴 문제였으니

까. 조가 한 말대로 침착하게 되새김질 좀 하면 될 문제였지.

하지만 그런 조 존스의 말 중에 틀린 말은 없었다.

-그래서 내가 조를 천재라고 인정하는 거야.

생각해 보면 굉장히 놀랍고, 대단한 일이었다.

-메이저리그에서 오래 살아남은 베테랑이 베테랑 대우를 받는 건 그들이 하는 말이 대개 정답이기 때문이야. 그들에게는 재능과 경험이 쌓여서 만들어진 안목이 있으니까. 그럼 반대로 생각해 보자고. 마이너리그에서 한두 해 뛰고, 이제 막 메이저리그에 올라온 신인에게 그런 안목이 있다?

경력 없이 그런 안목을 가지고 있다는 건, 그건 곧 그 안목이 타고난 재능이라는 의미였으니까.

-상상해 봐. 그런 안목을 타고난 선수가 경력마저 쌓였을 경우 만들어낼 결과물이 어떨지. 몸이 떨리지 않아?

김진호가 조 존스의 가치를 오히려 시간이 흐른 지금 더 높게 평가하는 이유였다.

이진용은 그런 김진호의 평가를 굳이 부정하고 싶지 않았다.

'그런 건 좀 일찍 말해달라고요!'

단지 이제까지 입 다물고 있다가 이제 와서 이런 말을 해준다는 사실이 마음에 들지 않을 뿐.

-그보다 아직도 엄마 안부 물어볼 줄이야. 그때 장난으로 가르쳐 준 건데…… 이런 걸 두고 죽은 공명이 산 중달을 엿 먹인다고 하는 건가? 으하하!

'그런 거 가르쳐 주지 말라고요!'

더불어 그 이유가 이진용을 엿 먹이기 위해서, 그 이상도 이하도 아니라는 사실에 이진용의 입가가 실룩거렸다.

"반갑습니다. 앞으로 잘 부탁합니다."

그 상황 속에서도 이진용은 예의를 갖추었다.

어쨌거나 김진호가 인정한 재능의 소유자라면, 이진용에게 큰 도움이 될 터.

하지만 그런 이진용의 기대는 곧바로 부정당했다.

"난 그다지 도움이 되지 않을 거야. 최근 내 성적은 하락세이며, 무엇보다 메이저리그에서 시즌을 안 치른 지 꽤 됐어."

그 누구도 아닌 조 존스 본인의 입을 통해서.

"나에게 기대를 하는 것보단 케빈 플라위키에게 기대를 가지는 게 좋을 거야. 그는 젊고, 유능하고, 가능성이 높으니까. 시즌 동안 기회를 받는다면 충분히 좋은 포수가 되겠지, 라고 말했습니다."

정확히는 이영예의 입을 통해서이지만, 어쨌거나 조 존스의 의중을 파악한 이진용은 어색한 웃음을, 김진호는 옅은 웃음을 지었다.

그때였다.

"조! 리!"

이진용과 조 존스를 발견한 메츠의 벤치코치가 그 둘을 향해 말했다.

"2시간 뒤 연습 게임에서 둘 다 선발 등판이다. 1회부터 3회까지, 3이닝 피칭이다!"

"예? 2시간 뒤요?"

"문제 있나? 있으면 감독님께 문제가 있어서 못 던지겠다고 전달하지."

벤치코치의 물음에 이진용과 조 존스는 동시에 대답했다.

No problem.

2월 11일, 이진용과 조 존스의 메츠 데뷔전이 잡혔다.

콜린스 감독, 그는 자신이 구시대의 감독이란 걸 알고 있었다.

첨단 기술을 이용해 타자의 스윙에서 나오는 타구의 발사 각도를 계산하는 것으로 그 선수가 좋은 선수인지 아닌지 구분하는 방법 같은 건 콜린스 감독에게 다른 나라 이야기였다.

당연히 콜린스 감독은 그 방식을 자신이 따라 할 수도 없다는 걸 알고 있었다.

때문에 그는 자신이 가장 잘하는 것, 구시대에서 쓰이던 고전적인 방법으로 선수를 평가하고자 했다.

"2시간 뒤 연습 게임 시작이다. 5이닝 게임, 1회부터 3회까지는 리와 존스가 배터리가 된다."

이진용과 조 존스, 이제는 새롭게 메츠의 선수 된 그들의 기량을 가늠하기 위해 기습 테스트를 감행했다.

말 그대로였다.

기습, 오늘 처음 만난 그 둘이 제대로 인사를 나누기도 전에 그 둘을 그라운드에서 마주 보게 했다.

'그 두 선수 정도의 레벨이라면 어느 정도 합의를 할 시간을 주면 완벽에 가까운 결과물을 만들 터. 그럼 진가를 알아볼 수 없다. 그러니 서로가 합의를 하기 전에 테스트를 봐야 밑바닥을 볼 수 있다.'

그 방식으로 이진용과 조 존스, 그 둘이 가진 밑바닥이 어떠한지 볼 생각이었다.

당연히 이진용과 조 존스에게는 제대로 된 합의를 할 시간 같은 게 없었다.

2시간이란 시간은 몸을 푸는 데에도 부족한 시간이었으니까.

"이 사인은 바깥쪽, 이 사인은 안쪽."

"이게 포심이죠?"

"맞아, 그리고 이게 슬라이더. 그보다 리는 가진 구종이 몇 개이지?"

"너클볼만 빼면 다 던집니다."

"사인 이야기로만 2시간이 훌쩍 가겠군."

때문에 이진용과 조 존스가 경기를 앞두고 나눈 합의는 볼 사인에 대한 것이 전부였다.

[선두타자를 상대합니다.]

[퀄리티 스타트 효과가 발동 중입니다.]

[스위칭(B) 효과가 발동 중입니다.]

그렇게 이진용의 아메리카대륙에서의 첫 피칭이 시작됐다.

투수와 포수는 경기 시작 전 많은 이야기를 나눈다.

사인에 대한 이야기도 나누고, 오늘 컨디션에 대한 이야기를 나누며 볼배합을 바꾸기도 하고, 상대하게 될 타자들을 스카우팅 리포트를 복습하며 전략을 공유하기도 하며, 긴급한 상황을 염두에 두고 그에 대한 대비 방법을 준비하기도 한다.

당연한 말이지만 이렇게 많은 대화를 나누는 건, 그냥 심심해서 하는 게 아니다.

이 모든 건 정상적인 경기 운영을 위해 꼭 필요한 과정이기에, 그렇기에 하는 것이다.

반대로 말하면 아무런 준비도 없이 투수와 포수가 경기를 시작하는 건 여러모로 문제가 될 수밖에 없다는 의미.

더욱이 이진용과 조 존스, 그 둘은 이제까지 서로의 야구를 제대로 경험해본 적도 없었다.

-진용아, 어떻게 할래?

모든 것이 돌발적인 이런 상황에서 고를 수 있는 최선은 결국 그것밖에 없었다.

-네가 핸들 잡을래? 아니면 조한테 핸들 줄래?

김진호의 말대로 어느 한 명이 주도권을 잡는 것.

그 사실에 이진용은 슬쩍 김진호를 바라봤다.

그리고 떠올렸다.

'김진호 선수가 조 존스와 노히트노런을 달성했을 때, 김진호 선수는 고개를 저은 적이 없다.'

과거의 기억, 그 기억을 떠올린 이진용은 결단을 내림에 있어 망설임이 없었다.

'그럼 조의 오더대로 가보자. 어차피 연습경기인데 맞으면 어때?'

이진용은 운전석을 기꺼이 조 존스에게 양보했다.

'과연 김진호 선수가 인정하는 능력이 얼마나 대단한지 보자고.'

그렇게 왼손에 글러브를 낀 채 피칭을 준비하는 이진용을 향해 조 존스가 가장 먼저 요구한 것은 다름 아니라 스트라이크존 한가운데를 노리고 들어오는 포심 패스트볼이었다.

'이것 봐라?'

첫인사치고는 꽤 과격하면서도 파격적인 인사였다.

'처음 만나서 사전 합의 없이 초구를 던지는데 한가운데 포심을 요구한다?'

오늘 처음 본 사이.

심지어 제대로 된 준비도 없이 첫 타자를 갑작스럽게 상대하는데 존에 그냥 들어오는 공도 아니고 가운데 꽂히는 공을 요구한다?

만약 보통 투수가 그런 사인을 받았다면 반응은 둘 중 하나다.

의도를 의심하느라 잠시 머뭇거리거나 혹은 그냥 고개를 젓거나.

-또라이 애들 특징이 깜빡이 안 켜고 들어오는 거지. 딱 누구 닮았네.

달리 말하면 거기서 뜸을 들이면 보통 투수에 불과하다는 의미.

'재미있네.'

당연히 이진용은 거기서 정말 조금의 망설임도 없이 힘차게 고개를 끄덕였다.

그리고 곧바로 공을 던졌다.

온몸을 회오리처럼 움직이며, 자신의 오른손으로 포심 패스트볼을 던졌다.

구속은 135킬로미터, 마일로는 약 84마일.

코스는 당연히 조 존스가 요구한 그대로였다.

펑!

이진용이 던진 그 공이 조금의 오차도 없이 타자의 스트라이크존 한가운데를 찔렀다.

"스트라이크!"

그 사실에 주심은 곧바로 스트라이크를 외쳤고 타자는 미간을 찌푸렸다.

"바로 그냥 한복판에 찌르는군."

"실투인가? 너무 몰리는 거 아니야?"

"실투인 거 같은데? 오랜만에 던져서 컨트롤이 흔들리는 모양이야."

"영점을 잡으려고 일단 던져본 것일 수도 있지. 애초에 리는 갑자기 선발로 예정됐잖아?"

"하긴, 제대로 불펜 피칭도 못했을 텐데, 지금은 영점을 잡는 게 우선이지."

"어설프게 던지면서 운에 기대기보다는 최대한 빨리 제 스타일을 찾으려고 한다, 프로다운 모습이군."

그 사실에 경기를 보던 이들은 그 공이 실투에 가까운 공이라고 판단했다.

이상할 것 없는 판단이었다.

지금 마운드에 올라선 이진용은 무려 석 달 만에 마운드 위에 올라 피칭을 하는 상황이었고, 그마저도 만반의 준비가 아니라 갑작스러운 준비 끝에 올라온 상황이었다.

기자들조차 이진용이 선발로 나온다는 사실을 몇 시간 전 알았다.

인간이라면 실투가 나와 마땅한 상황이었다.

아니, 한가운데 던지는 한이 있더라도 일단은 영점을 잡는 것이 우선이었다.

그런 상황에서 이진용이 2구째를 던졌다.

그 2구째는 앞서 던진 초구와 똑같았다.

펑!

구속은 84마일.

코스는 스트라이크존 한복판.

"스트라이크!"

주심은 당연히 스트라이크 콜을 외쳤다.

"응?"

"어?"

그러나 그 공을 보는 모든 이들의 표정은 이진용의 초구를 봤을 때와 전혀 달랐다.

모두가 놀란 눈으로, 마치 독수리를 발견한 미어캣 무리와도 같은 표정을 짓고 있었다.

'또 한복판?'

'실투? 하지만 이런 실투를 리가 연속해서 한다고?'

'스카우팅 리포트에 따르면 우완으로 던질 때 리의 컨트롤 점수는 75점 이상인데?'

다른 누구도 아니고 이진용이 두 번이나 똑같은 코스로 실투를 던지는 일은 일어날 리 없으니까.

이진용의 피칭을 보는 이들이 당혹감을 느끼는 건 당연한 일.

물론 타석에 선 타자보다 더 당황한 이는 없었다.

'한가운데 연달아 오다니, 지금 뭐하자는 거지?'

제임스.

이번 시즌 처음으로 스프링 트레이닝에 초대받은 올해 스물두 살의 젊은 타자는 지금 자신에게 일어나는 일을 도무지 쉽사리 이해할 수가 없었다.

솔직히 말하면 상상도 못 했다.

'실투가 아니라 지금 일부러 한가운데 던지는 건가?'

제임스는 이진용에 대해서 나름 알고 있었다. 그는 겨울을 따뜻하게 만든 유명인사 중 한 명이었고, 그가 메츠의 선수가 되어 스프링 트레이닝에 참가했을 때 자연스레 그에 대한 이야기를 들었다.

그가 양손 투수이며, 그의 오른손은 놀라울 정도로 뛰어난 컨트롤을 보인다는 것도 알고 있었다.

'구속이 80마일에 불과한 주제에?'

당연히 제임스는 우완투수가 되어 마운드에 선 이진용이 자신을 상대로 코너워크, 정말 스트라이크존의 끄트머리만을 노리는 피칭을 하리라고 생각했다.

메이저리그를 노리는 타자의 스트라이크존 한가운데 공을 던지는 건 90마일을 훌쩍 넘기는 강속구를 던질 수 있는 투수들에게만 주어진 특권이었으니까.

그런데 끄트머리는커녕 한가운데만 두 번 들어온 상황.

'아니지, 그게 중요한 게 아니야.'

그때 제임스의 머릿속에서 경고를 보냈다.

지금 그런 걸 신경 쓸 때가 아니라고.

'지금 중요한 건 볼카운트가 몰렸다는 거다.'

지금 제임스가 신경 써야 하는 건 이진용에게 2스트라이크만을 헌납했다는 사실이라고.

'감독 앞이야. 메이저리그 앞.'

하물며 지금 있는 무대는 그의 커리어 어디에도 흔적이 남지 않을 연습경기이지만, 그의 메이저리그 로스터 진입의 여부에 중대한 영향을 미칠 가능성이 어느 때보다 높은 무대였다.

스프링 트레이닝 연습 기간 동안 선수가 추려지고, 그렇게 추려진 선수들을 통해 2월 28일부터 시작되는 시범경기, 일명 그레이트프루트 리그를 치르게 된다.

그렇기에 제임스는 이 순간 나름 할 수 있는 가장 냉철한 판단을 시도했다.

'한가운데 공이 2개 들어왔다. 당연히 세 번째 공은 변화구이고 존에 벗어나는 유인구일 확률이 높아.'

노볼 2스트라이크.

투수 입장에서, 마운드 위에 있는 투수가 또라이가 아닌 이상 굳이 무모한 짓을 할 이유가 없는 볼카운트다.

'그보다 투수 주무기가 뭐였지? 스플리터! 그래. 스플리터를 던진다고 했어.'

더 나아가 제임스는 이진용의 주무기 중에 스플리터라는 놈이 있다는 것을 떠올렸다.

'한가운데는 함정이다.'

그 순간 제임스는 확신했다.

한가운데 패스트볼로 2스트라이크를 잡은 투수가 한가운데 공을 던진다면, 그건 스플리터일 가능성이 매우 높다고.

그런 상황에서 조 존스는 다시금 사인을 보냈고, 이진용은 고개를 끄덕인 후 3구째를 던졌다.

그 3구째 역시 똑같았다.

구속은 좀 더 느린 81마일.

코스는 스트라이크존 한복판.

'스플리…… 어?'

그러나 떨어지기는커녕 오히려 덜 가라앉은 패스트볼 앞에서 제임스는 그대로 굳어버렸다.

펑!

"스트라이크, 아우웃!"

삼구삼진.

그 광경에 모두가 제임스와 비슷한 표정을 지은 채 마운드의 투수를 바라봤다.

[151포인트를 획득하셨습니다.]

[삼구삼진에 성공하셨습니다. 보너스 포인트가 지급됩니다.]

그리고 마운드 위의 투수는 아주 재미있는 것을 본 듯한 미소를 지은 채 포수를 바라봤다.

그 이진용을 향해 김진호가 말했다.

-내가 말했지? 쟤 끝내준다고!

그 말에 이진용이 작은 목소리로 글러브로 제 입을 가린 채 대답했다.

"호우."

이진용의 피칭은 한국에서 보여주던 것과 큰 차이점은 없었다.

주저함 없이 그리고 망설임 없이 타자의 스트라이크존을 향해 공을 던졌다.

결과 역시 한국에서 만들던 것과 큰 차이점은 없었다.

"스트라이크, 아웃!"

첫 타자는 삼구삼진.

"스트라이크 아웃!"

두 번째 타자 루킹 삼진.

"스윙 스트라이크, 아우웃!"

그리고 세 번째 타자는 헛스윙 삼진!

갑작스러운 자신의 첫 등판을 삼진 삼종 세트로 마친 이진 용이 마운드를 내려왔다.

마운드를 내려오는 이진용의 얼굴은 상기되어 있었다.

오랜만의 등판, 플로리다의 날씨 때문이 아니었다.

'이렇게까지 단숨에 타자의 수를 읽고, 그에 맞는 볼배합을 하는 게 가능할 줄이야.'

이토록 완벽하게 타자를 읽고, 그 타자에 맞는 맞춤형 공략 법을 즉시 내놓는 조 존스의 능력에 대한 반응이었다.

'호찬 선배에게 미안한 이야기이지만, 김진호 선수 말대로 호찬 선수와 비교가 안 된다.'

이진용이 보기에 조 존스의 수싸움과 타자의 심리를 읽는 능력은 김진호가 나름 인정했던 포수인 이호찬이 아니라, 이 진용이 인정하는 최고의 선수인 김진호와 비교해도 부족함이 없을 정도였다.

-어때? 이런 선수는 처음이지?

김진호가 그런 이진용에게 기세등등하게 말했다.

그런 이진용에게 조 존스가 다가와 말했다.

"너 같은 투수는 처음이야."

조 존스 역시 놀랐다.

보통 투수라면 고개를 저어 마땅할 자신의 요구에 고개를 젓기는커녕 오히려 재미있다는 듯이 공을 던지는 투수는.

그래서일까?

무색무취, 건조하기 그지없는 조 존스의 얼굴에 어렴풋한 붉은 기가 감돌고 있었다.

마치 그동안 잠자고 있던 엔진이 예열되듯이.

"너하고 야구할 수만 있다면 재미있겠네."

-조가 너하고 야구하면 재미있겠다는데?

조 존스의 그 말에 이진용이 웃으며 말했다.

"그럼 좀 더 재미있게 갑시다."

말과 함께 이진용이 왼손에 낀 글러브를 뺐다.

조 존스, 그가 메이저리그 무대에서 들은 첫 조언은 조언이라기보다는 저주였다.

"조, 넌 아마 앞으로 메이저리그에서 살아남기 힘들 거다."

넌 메이저리그에서 살아남기 힘들 거라는 저주.

"난 내키는 대로 던지면 되지만, 넌 나 같은 놈들이 내키는 대로 던지는 걸 꾹 참고 받아야 하니까. 답답해 죽겠지. 그나마 나 같은 위대한 투수하고 배터리를 할 때는 상관없겠지만, 나 같은 투수가 얼마나 있겠어?"

김진호.

메이저리그의 지배자로 불렸던 투수의 조언이었다.

"앞으로는 더 없을 거야. 더 이상 그렉 매덕스나 랜디 존슨, 페드로 마르티네즈 그리고 나 같이 완투를 밥 먹듯이 하고, 매 시즌 300개가 넘는 삼진을 잡아내고, 통산 300승을 할 것 같은 투수는 시간이 흐를수록 더 줄어들 테니까. 그나마 지금은 아직 이룬 게 하나도 없으니 뭘 해도 재미있겠지만 월드시리즈 우승을 두 번쯤 해보면 재미도 사라질 거야. 그 순간이 네가 멈추는 순간이다. 아무리 대단한 차도 기름이 없으면 못 달리니까."

처음에는 그의 말이 사실이 아니라고 생각했다.

실제로도 김진호의 말과 다르게 조 존스는 시즌을 거듭할수록 괴물이 되어갔다.

타고난 재능과 꾸준한 훈련 그리고 쌓이는 경력. 이러한 요소들은 조 존스의 실력을 월가에서 가장 잘 팔리는 금융상품으로 만들었다.

시간이 흐를수록 그 값이 하늘 높은 줄 모르고 치솟았다.

하지만 두 번째 월드시리즈 우승을 거두는 순간 조 존스는 인정할 수밖에 없었다.

'김진호는 역시 위대한 선수였어.'

그의 말대로 모든 것을 이루는 순간 조 존스는 정말 기름이 떨어진 자동차처럼 그대로 멈춰 버렸다.

몸에 문제가 있는 것도 아니고, 기술적으로 문제가 있는 것도 아닌데 막상 시즌을 시작하면 결과가 좋지 않았다.

나름 노력도 했다.

정신과 치료도 받아봤고, 기절할 정도로 훈련도 해봤다. 심지어 그 오버 트레이닝 때문에 부상으로 시즌 아웃을 당하기까지 했다.

그럼에도 달라지는 건 없었다.

불가사의한 일이었다.

불사가의한 일이었기에 어찌할 도리가 없었다.

할 수 있는 건 길가에 누군가 버리고 간 자동차처럼, 멀쩡한 몸뚱이가 그저 하염없이 녹슨 고철덩어리가 되기를 기다리는 것뿐.

그런데 지금 이 불가사의한 일에 대한 해답을 찾았다.

펑!

"스윙, 스트라이크 아우-우-웃!"

오늘 경기 여섯 번째 삼진 그리고 여섯 타자 연속 삼진을 잡아낸 투수가 말해줬다.

'김진호가 옳았어.'

김진호가 10년도 전에 해준 조언이 맞았다고.

조 존스, 너에게 필요한 건 심장을 뛰게 해줄 괴물이라고.

[155포인트를 획득하셨습니다.]
[삼진을 잡았습니다. 보너스 포인트가 지급됩니다.]
[2이닝 무실점입니다.]

그리고 그 괴물이 바로 자신이라고.
-조의 눈빛이 이제야 내가 알던 눈빛이 됐군.
이진용, 그가 그렇게 말해줬다.

"왼손?"
"좌완 피칭을 보여줄 속셈인가?"
2회 초, 이진용이 마운드에 올랐을 때 연습 경기가 펼쳐지는 퍼스트 데이터 필드의 관중석에는 비웃음이 피어 있었다.
'양손투수라니, 제대로 던질 수 있을 리가 없지.'
'수준 낮은 리그에서나 통하던 것이 메이저리그에서 통할 거라고 생각하나?'
그것은 경기장에서 쇼를 하는 이를 바라보는 이들의 비웃음이었다.
물론 그 비웃음은 오래 가지 않았다.
"스트라이크!"

일단 2회 초 이진용이 던진 초구가 146킬로미터, 90마일을 가볍게 넘는 걸 보는 순간 피어난 비웃음 중 절반이 사라졌다.

"스윙, 스트라이크 아우우웃!"

그리고 2회 초 첫 타자를 상대로 슬라이더를 이용해 헛스윙 삼진을 이끌어내는 순간 비웃음을 머금은 이의 숫자는 절반이 됐다.

"스트라이크 아우웃!"

이윽고 이진용이 자신의 여섯 번째 아웃카운트를 여섯 번째 삼진으로 잡고 마운드를 내려왔을 때 더 이상 비웃음을 머금은 이는 없었다.

메이저리그 기자, 관계자들의 표정은 모두가 약속이라도 한 것처럼 똑같았다.

'맙소사.'

'이럴 수가.'

'오 마이 갓!'

똑같이 심각했다.

'어떻게 저런 피칭이 가능하지?'

'왼손으로 강속구를 던진다고 했지만, 벌써 90마일을 넘길 줄이야? 저 정도면 95마일까지는 거뜬하겠어!'

'오른손의 컨트롤은 완벽하군. 75점? 내가 보기에 80점을 줘도 부족함이 없어.'

'저렇게 완벽하게 상극의 두 손으로 던지는데도 여섯 타자 연속 탈삼진이라니?'

사실 이진용에 대해 메이저리그 관계자들, 기자들의 평가는 그렇게 좋지 못했다.

정확히 말하면 그들은 이진용의 존재를 가소롭게 여겼다.

그럴 수밖에 없다.

메이저리그, 그야말로 별들의 세상에서 바라본 일본이나 한국의 야구 수준은 가소로운 게 당연한 일이었으니까.

실제의 역사가 그 사실을 증명해 주기도 했다.

이제까지 일본 그리고 한국프로야구를 대표하다 못해 지배하던 선수들 중에 메이저리그에서 성공한 선수는 손에 꼽을 정도였으며, 그 성공한 선수들 중에서도 기존의 메이저리거를 뛰어넘는 무언가를, 쿠퍼스 타운에 이름을 남길 만한 결과물을 만든 건 오로지 스즈키 이치로 한 명뿐이었다.

혹자는 이 사실에 김진호를 언급하겠지만, 김진호는 한국과 일본을 거쳐서 온 선수가 아니라 순수하게 메이저리그 무대에서 자신의 가치를 증명한 선수였다.

'아니, 그보다 저런 스타일의 피칭으로 방어율 0을 기록했다고?'

'저렇게 공격적인 피칭으로 방어율 0점이 가능한가?'

당연히 이진용이 한국프로야구 역사에 남긴 다시는 깨어질 리 없는 전설과도 같은 기록, 방어율 0이라는 그 기록에 대해 메이저리그 관계자들은 나름의 필터링을 했다.

'말도 안 돼, 저런 스타일로 방어율 0점을 기록한다는 건…….'

'코너워크를 집요하게 노리는 선수가 아니었단 말인가?'

컨트롤이 뛰어난 투수인 이진용이, 메이저리그에서는 보통이지만 한국프로야구에선 강속구를 던질 수 있는 이진용이 한국프로야구에서 편애를 받았다고 생각했다.

이진용은 다른 투수들보다 훨씬 더 넓고, 후한 판정을 받음으로써, 그리고 이진용 본인이 그 부분을 비열할 정도로 이용해먹음으로써 그 놀라운 성적을 이룩했다고 생각했다.

한국프로야구리그가 메이저리그에 선수를 수출하기 위해 자신들의 리그를 대표하는 상품을 기획했다고 생각했다.

그건 비단 한국만 그런 게 아니었다.

일본프로야구도 그랬고, 메이저리그도 그랬으며 다른 해외 리그에서도 마찬가지였다.

리그를 대표하는 선수에게는 영웅이 되기 위한 특혜가 주어지고는 했다.

그러나 이진용의 피칭은 그런 특혜와 편애를 위한 피칭이 아니었다.

'저런 스타일의 피칭은 판정의 유불리와 상관없이 수가 읽히면 그대로 점수를 헌납할 수밖에 없는데?'

'칠 테면 쳐봐라, 그런 식으로 던지는데 어떻게 한 점도 주지 않을 수 있는 거지?'

줄타기, 이진용의 피칭은 삐끗하는 순간 그대로 줄 아래로 떨어지는 피칭이었다.

물론 누군가는 생각했다.

'고작 2이닝 던진 것뿐이잖아? 그냥 익숙하지 않은 투수에

타자들이 당황했을 뿐이야.'

'시범경기도 아니고 연습 경기일 뿐이야. 운이 좋았을 수도 있어.'

'타자들도 대부분 마이너리거들. 마이너리거들을 상대로 좋은 것이 나와봤자 의미 없는 일이지.'

그동안 특별할 것 없던 투수가 어느 날 갑자기 노히트노런 투수가 되는 것처럼, 지금 보이는 것이 그저 서프라이즈 피칭에 불과할 수도 있다고.

하물며 2이닝, 그것도 연습 경기만으로 그 선수를 평가하는 건 야구를 처음 보는 야구팬도 하지 않을 짓이라고.

타자들 대부분이 마이너리그인 만큼, 이진용이 메이저리그에서 저런 모습을 보여주는 건 다른 이야기라고.

그러한 식으로 이진용이 보여준 것을 다시금 자신들의 방식으로 필터링했다.

-새끼들은 10년 전이나 지금이나 바뀐 게 없군.

그런 메이저리그 기자들의 내색을, 이진용을 아직 인정할 수 없다는 낌새를 느낀 김진호가 피식, 웃음을 흘렸다.

그 웃음에 이진용이 고개를 갸웃했다.

"무슨 문제라도 있어요?"

-큰 문제는 아니야.

그 물음에 김진호는 어깨를 으쓱하며 말했다.

-어디에 있는지도 알 수 없는 나라에 있는 수준 낮은 리그에서 온 개뽀록 땅딸보 또라이 놈이 생각보다 매운 작은 고추라

서 놀란 정도?

그 비유에 이진용이 스윽, 고개를 돌려 관중석을 듬성듬성 채우고 있는 무리를 바라봤다.

당연히 이진용도 느낄 수 있었다.

'날 얕봤군.'

자신을 바라보는 저들의 시선이 어떤 의미인지.

'예상은 했지만.'

예상한 바이기도 했다.

메이저리그는 물론 미국 사회에는 분명한 차별이 존재한다.

인종 혐오를 말함이 아니다.

적어도 스포츠 세계에서 있어서, 특히 메이저리그 무대에서 동양인이 잘해봐야 얼마나 잘하겠어? 라는 생각을 말함이다.

그렇기에 똑같은 활약을 해도 백인이나 흑인 선수가 하면 그 선수가 그보다 더 잘할 수 있다고 평가하지만, 동양인 선수는 그것이 한계치에 왔다고 평가한다.

분명한 사실이다.

-뭐, 백 년 넘게 박힌 가치관이 쉽게 바뀔 리가 없지. 그나마 내가 활약해서 이 정도이지 나 없었으면 진용이, 넌 메이저리그는 꿈도 못 꿨다.

심지어 김진호마저 그 차별을 받았었다.

만약 김진호가 한국에서 온 동양인 투수가 아니라, 미국에서 태어나 살아온 백인이었다면 김진호는 메이저리그 무대에 들어오기 전부터 전미의 모든 관심을 오롯이 받는 슈퍼스타

후보가 되어 있었을 것이다.

조금 과장하면, 김진호가 백인이었다면 메이저리그에서 뛴 11시즌 동안 김진호는 사이영상을 최소 아홉 번은 받았을 것이다.

김진호조차 그런 대우를 받았는데, 이진용에게 메이저리그가 열렬한 환호를 할 리는 만무.

'하지만 예상했어도 막상 당하니 기분은 별로네.'

당연히 이 상황은 충분히 예상한바.

그럼에도 이진용은 이러한 상황이 마음에 들지 않았다.

좀 더 들어가면 지금 이 상황 자체가 마음에 들지 않았다.

'믿음직하지 못하다, 한국에서의 내 활약은 인정해 줄 수 없다, 결국 그러니까 테스트를 하는 거지.'

만약 이진용의 가치를 정말 메이저리그 정상급, 클레이튼 커쇼나 맥스 슈어저, 크리스 세일, 코리 클루버 같은 선수라고 생각했다면 이런 식으로 깜짝 시험을 했을까?

'그나마 1억 달러라도 쓰게 해서 이 정도이겠지. 돈조차 안 썼으면 이조차도 안 했겠지.'

하다못해 메츠를 대표하는 투수들인 디그롬, 신더가드, 하다못해 이제는 말썽꾸러기 장남 대우를 받는 맷 하비도 이런 식의 테스트를 받는 일은 없다.

물론 이해는 한다.

여기 있는 이들 중에 이진용이 한국프로야구에서 거둔 성적을 곧이곧대로 믿어주기를 바라는 게 과한 바람이란 것도, 그러니까 테스트가 필요하다는 것도.

그러니까 거기까지였다.

-진용아, 이대로 저들이 널 이상한 나라에서 온 개뽀록 허접 쓰레기 땅딸보 못생긴 또라이 동양인으로 취급하게 놔둘 거냐?

"절대 그렇게는 못 하죠."

무대에 서기 전에는 몰라도 무대에 선 이상 이진용은 더 이상 그들이 저런 눈으로 자신을 보는 것을 용납지 않을 생각이었다.

"이제부터는 제가 핸들 잡겠습니다."

그저 선 몇 개만을 보고 그 그림이 어떤 그림인지 유추하라고 하면 대부분은 유추하지 못한다.

하지만 어느 정도 스케치가 끝나면, 실력 좋은 화가는 충분히 그 그림을 가늠할 수 있다.

야구도 마찬가지다.

2이닝 정도면 투수는 자신이 가진 패를 어느 정도 꺼낸 셈이 되고, 타자는 그런 투수의 패를 공략하기 위한 작업에 나선다.

그 과정에서 투수는 역으로 타자의 노림수를 노릴 수 있는 기회가 생긴다.

합이 맞기 시작하는 것이다.

물론 아무나 할 수 있는 건 아니다.

그런 식으로 야구를 할 수 있는 투수는 리그 전체를 탈탈 털어도 손에 꼽을 정도다.

그게 이유였다.

"스윙, 스트라이크 아우우우우웃!"

이진용, 그가 메이저리그에 온 이유.

그는 그게 가능한 투수였으니까.

[삼진을 잡았습니다. 보너스 포인트가 지급됩니다.]

[3이닝 무실점 중입니다.]

[현재 누적 포인트는 5,612포인트입니다.]

그렇게 이진용이 자신에게 주어진 테스트 이닝 3이닝을 마치고 마운드를 내려왔다.

피안타나 볼넷 없이 아홉 개의 삼진만을 잡은 채.

'끝내주는군.'

아홉 타자 연속 탈삼진!

그 말도 안 되는 기록의 목격자가 된 황선우는 입가에 짙은 미소를 지었다.

'이보다 더 끝내줄 수 없을 정도야.'

이진용의 갑작스러운 선발 등판 소식을 들었을 때, 황선우는 콜린스 감독의 의중을 알 수 있었다.

콜린스 감독이 이진용을 테스트한다고 생각했다.

물론 황선우는 이진용이 그 테스트에 충분히 합격점인 모습을 보여주리라 생각했다.

무실점 피칭을 보여주리라고 생각했다.

'조금 걱정했었는데, 기우였군.'

하지만 황선우는 그것만으로는 부족하다는 걸 알고 있었다.

'그래, 이렇게 나와야지. 메이저리그에 왔으면 이래야지.'

연습 경기이니까.

제대로 된 메이저리거들은 거의 없는, 메이저리그를 꿈꾸며 눈물 젖은 햄버거를 먹는 마이너리그들이 주축을 이룬 연습 경기.

그런 경기에서 무실점 피칭을 한다는 건, 그냥 마이너리그 경기에서 3이닝 무실점을 하는 것과 같다.

때문에 무실점 피칭을 한다고 해서 메츠가 이진용에게 엄청 높은 평가를 줄 리는 없었다.

대신 다음 테스트를 받을 기회를 줄 뿐.

그런 식으로 다음 테스트를 볼 기회를 부여받으며 살아남은 자들 중 소수만이 얼마 없는 메이저리그 로스터에 이름을 올릴 수 있다.

'진짜 메이저리거가 되려면 테스트를 받는다는 것 자체에 자존심이 상해야지.'

하지만 메이저리그의 실력자들은 그런 테스트를 받지 않는다.

진짜 메이저리거들은 경기라는 기회를 받고, 결과를 남길 뿐이다.

그러니까 이진용도 진짜 메이저리거가 되려면 보여줘야 한다.

자신의 실력을 의심하는 메츠의 코칭스태프들 앞에서, 지금 자신의 기분이 굉장히 좋지 못하며, 이딴 식으로 다시 한번 더 내 실력을 의심하고 테스트를 했다가는 타자들 전부를 삼진으로 죽여 버리겠다는 의지를.

'아주 제대로 보여줬군.'

그리고 이진용은 그것을 아홉 타자 연속 탈삼진이란 말도 안 되는 피칭으로 보여줬다.

'그것만 내질렀으면 더 완벽했을 텐데.'

물론 황선우는 이진용이 나름 동료라고 할 수 있는 선수들을 배려해 줬다는 사실을 알고 있었다.

'하긴, 메이저리그는 한국하고 다르니까. 한국처럼 마음 내키는 대로 내지를 순 없겠지.'

이진용이 정말 제대로 분노를 표출했다면, 오늘 이진용을 상대한 타자들의 멘탈은 박살이 났을 테니까.

그 사실에 황선우는 짧게 한숨을 내뱉었다.

'어쩌면 메이저리그에서 다시는 그 환호성을 들을 수 없을지도 모르지.'

이진용에게 있어 트레이드마크, 그 이상이라고 할 수 있는 환호성을 이제는 들을 수 없을지도 모른다는 아쉬움에 대한 한숨이었다.

'응?'

그때 누군가가 황선우에게 다가왔다.

운동선수를 해도 될 법한 듬직한 체격을 가진 흑인 사내, 황선우처럼 기자임을 알려주는 표시를 목에 차고 있는 흑인 사내는 황선우에게 다가가 질문했다.

"혹시 한국에서 오셨습니까?"

"예."

"그럼 이진용 선수에 대해 잘 아시겠군요."

그 말에 황선우가 씨익 웃었다.

'이 바닥이 이래서 무섭단 말이야. 눈치도 눈치인데 행동력이 차원이 다르니.'

이제까지 메이저리그 기자들에게 이진용은 주목해야 할 신인, 그 이상도 이하도 아니었다.

그러나 조금 전 피칭으로 이진용은 자신의 가치를 분명하게 증명했다.

그에 대해 몇몇 자존심만 강하고 콧대만 높은 기자들은 그 사실을 인정하지 않은 채 이진용에게 더 철저한 검증의 잣대를 들이밀겠지만, 진짜 특종을 잡고, 권력을 잡는 기자는 상대의 진가를 수단과 방법을 가리지 않고 보다 먼저 파악하기 위해 움직인다.

"작년 시즌 이진용 선수 전담 기자였습니다. 코리아스포츠 소속 황선우입니다. 황이라고 불러주시면 됩니다."

때문에 황선우는 자신에게 접근한 이 기자와의 친분을 기꺼이 받아들일 생각이었다.

"에드워드라고 합니다. 뉴욕 타임스 소속입니다."

뉴욕 타임스!

그 굵직한 타이틀의 등장에 황선우가 놀란 기색을 내색하지 않기 위해 놀란 기색을 꿀꺽 삼켰다.

"……대단한 곳에서 오셨군요."

'운이 좋군. 그 소문을 알아볼 기회다.'

동시에 황선우의 눈빛이 빛났다.

"이진용 선수에 대해서 알고 싶은 게 있습니다. 혹시 참고할 만한 자료가 있겠습니까?"

그 질문에 황선우는 질문 대신 자신의 주머니에서 명함 지갑을 꺼낸 후에 명함 한 장을 에드워드에게 건네줬다.

건네주며 자신의 이름 밑에 있는 메일 주소를 손가락으로 툭툭 건드렸다.

"이곳으로 메일을 주시면 온 메일주소로 자료를 보내드리겠습니다."

"감사……."

에드워드가 곧바로 명함을 집었다.

"메이저리그 커미셔너가 이번 시즌에 배트 플립을 암묵적으로 허용한다는데 그게 사실입니까?"

그 순간 황선우가 기습적으로 질문을 건넸다.

그 질문에 에드워드는 미소를 지으며, 황선우에게 받은 명함의 이메일 주소를 툭툭 두드리며 말했다.

"메일 보내드리죠."

2화
두유 노우 호우

-메이저리그는 다른 건 다 필요 없어. 실력만 있으면 돼. 좀 막말하면 약쟁이 새끼도 실력 있으면 규정을 넘지 않는 선에서 써. 그 약이 스테로이드가 됐든 코카인이 됐든.

메이저리그는 실력이 전부다.

-실력을 입증하면, 그때부터 테스트 같은 건 없어. 그래서 몸값이 1억 달러 넘는 인간들은 죽이 되든 밥이 되든 쓰는 거야. 그들은 실력을 입증했기에 1억 달러 넘는 돈을 받는 거니까.

메이저리그 역사 속에서도 손꼽히던 실력자인 그의 말은 그대로 실현됐다.

[이진용, 연습 경기에서 아홉 타자 연속 탈삼진!]
[한국산 탈삼진 머신, 메이저리그에서 진가를 보이다!]

[이진용, "크리스 세일 게 섯거라!"]

이진용이 콜린스 감독이 준 테스트 무대에서 아홉 타자 연속 탈삼진을 선보이는 순간, 더 이상 이진용이 연습 경기 무대에 오르는 일은 없었다.

콜린스 감독은 더 이상 이진용에게 연습 게임을 준비하란 말을 하지 않았고, 그럴 낌새도 보이지 않았다.

이진용에게 요구되는 건 모두가 받는 팀 훈련에 참가하는 것이 전부였고, 그 훈련 외에는 그 누구도 이진용에게 무언가를 요구하지 않았다.

이진용이 무엇을 하든 그것이 그들이 보기에 무모한 것이 아닌 이상 하게 놔뒀다.

이진용이 하는 모든 행위를 존중했고, 더 나아가 선수들 중 일부는 이진용을 배우기 위해 그의 일거수일투족을 감시했다.

"아, 젠장!"

그 사실에 이진용은 절망했다.

"그냥 적당히 할걸! 괜히 나대서!"

그 모습에 메츠 구단이 준 메이저리그 스카우팅 리포트 영상을 보던 김진호가 뚱한 표정을 지으며 말했다.

-갑자기 또 왜 지랄이야?

"지랄하는 게 아니고요."

-그럼 왜 그러는 건데?

"제가 연습 경기에서 적당히 무실점만 했으면 계속 연습 경기에서 테스트받았을 거 아니에요?"

-그렇지. 그런데?

"그럼 경기에 더 나온 만큼 포인트를 얻을 수 있었을 텐데!"

그런 이진용을 향해 김진호는 분명하게 말했다.

-진용아, 그걸 지랄한다고 하는 거야. 그냥 지랄이 아니라 개지랄.

그 힐난에도 이진용은 거듭 한숨을 내뱉었다.

"아, 내 포인트!"

호우!

그렇게 푸념을 내뱉는 이진용에게 곧바로 스마트폰 문자 하나가 도착했다.

-지랄 그만하고 문자나 봐. 그리고 그 빌어먹을 벨소리랑 문자 착신음도 좀 바꾸고.

"아니, 이걸 왜 바꿉니까?"

-어차피 메이저리그에서 그 지랄할 일 없을 테니까!

김진호의 그 말에 이진용의 표정이 더 구겨졌다.

그런 이진용의 표정을 바라보는 김진호의 표정이 밝게, 정말 해맑게 번졌다.

-아, 메이저리그가 신사의 나라라서 다행이야. 최소한 저 호우 소리 들을 일은 없을 테니까.

그런 김진호의 해맑은 표정을 뒤로한 채 이진용이 문자를 확인했다.

그 순간 이진용의 표정이 변했다.

-뭔데? 군대 영장이라도 왔어? 제발 왔으면 좋겠다. 병역 비리 같은 거로 군대 다시 갔으면 좋겠다.

변한 그 표정을 확인한 김진호가 그대로 쑥, 이진용의 가슴을 통과한 후에 문자를 확인했다.

그 문자를 확인한 김진호 역시 이진용과 비슷한 눈빛을 빛냈다.

[2월 26일, 마이애미 말린스와 더블헤더 2차전 선발 출전.]

-드디어 자몽 리그가 시작됐군.

이진용의 데뷔전이 잡혔다.

2월이 시작되면 메이저리그 구단들은 자신들의 스프링 트레이닝에 많은 선수들을 초대한다.

구단 산하 마이너리그 소속 선수들은 물론, 한국이나 일본 프로야구에서 뛰는 선수들이 훈련에 참가하는 경우가 있다. 소위 스프링 트레이닝에 초청받는 것이다.

그렇게 참가한 참가자들의 숫자는 시간이 흐를수록 점차 줄어든다.

"빌어먹을, 올해는 남을 자신이 있었는데……."

"아, 또 기약 없이 마이너리그 생활을 해야 하는 건가?"

탈락자들은 사라지고, 생존자들만이 남게 되는 것이다.

그렇게 남은 생존자들에게는 당연히 특혜가 주어진다.

[시범경기 개막!]

시범경기, 메이저리그에 닿을 수 있는 마지막 구름다리를 건널 수 있는 특혜가.

-이제야 좀 메이저리그에 온 느낌이군.

물론 마이너리거들의 이야기다.

마이너리거가 아닌 메이저리거들에게 있어서는 시범경기야 말로 스타트 라인이라고 할 수 있다.

"예, 이제야 메이저리거들하고 제대로 붙어볼 수 있겠네요."

진짜 메이저리거들을 볼 수 있다는 의미.

-네 생각보다 훨씬 더 치열할 거다.

본격적인 전쟁이 시작됐다는 의미이기도 했다.

-마이너리거 애들은 어떻게든 메이저리거들을 잡으려고 입에 거품 문 채 덤벼들고, 메이저리거들은 그런 마이너리그 놈들을 다시는 올라오지 못하도록 짓밟으려고 하거든.

누군가는 말한다, 시범경기는 시범경기일 뿐이라고.

틀린 말은 아니다.

타이틀이 있는 것도 아니고, 시범경기 성적에 따라 보너스 연봉을 얻거나 그러는 것도 없다.

여러모로 페넌트레이스보다 느슨한 부분이 있는 게 당연하다.

하지만 어디까지나 페넌트레이스에 비해 느슨하다는 것이지, 모두가 봄소풍을 즐기듯 즐긴다는 의미가 아니다.

-무엇보다 시범경기 성적은 기록에 남지.

결정적으로 시범경기에서 일어나는 모든 것은 그 선수의 커리어에 남는다.

그 어떤 투수도 자신의 커리어 어딘가에 10점대 방어율이 남는 걸 원치 않고, 그 어떤 타자도 자신의 커리어 어딘가에 1할대 타율이 남는 걸 원치 않는다.

-메이저리그 닷컴이 지구상에서 소멸될 때까지 남는데, 그게 추하면 좀 그렇잖아?

심지어 그렇게 남긴 기록이 죽은 후에도 사라지지 않는다면, 그러하다면 과연 어느 선수가 나름의 최선을 다하지 않을까?

-참고로 난 시범경기에서는 미스터 제로야.

그렇기에 김진호는 시범경기에서도 자신의 존재 가치를 분명하게 보여줬다.

그는 단 한 번도 시범경기를 허투루 치르지 않았다.

-단 1실점도 해본 적 없어.

당연한 말이지만 이진용 역시 그럴 생각이었다.

"그럼 자존심 때문에라도 실점해서는 안 되겠네요."

메이저리그의 시범경기에는 두 개의 리그가 있다.

애리조나에 자리 잡은 팀들이 서로 경기를 치르는 캑터스 리그와 플로리다에 자리 잡은 팀들이 서로 경기를 치르는 그레이프푸르트 리그.

더불어 시범경기는 페넌트레이스와 다른 몇 가지 차이점이 있었다.

일단 내셔널리그 팀끼리 붙어도 아메리칸리그처럼 지명타자 제도를 이용한다. 투수가 타석에 서는 일은 특별한 경우가 아닌 이상 없다.

또한 선발투수는 2이닝, 아주 특별한 경우에만 3이닝 정도를 던지며 이후 올라오는 투수들은 저마다 1이닝씩을 소화한다.

-이호우 경기 오늘 시작 아님? 왜 다른 선수 올라옴?

-이호우 벌써 강판됨?

-이호우 어디 감?

그리고 상황에 따라서는 더블헤더, 하루에 2경기를 치르는 경우도 있었다.

그게 이유였다.

-오늘 더블헤더임. 이 경기 끝나고 다음 경기 나옴.

└아, 젠장 오늘 경기라고 해서 일찍 준비했는데 더블헤더라니!

└이호우 그래서 언제 나옴?

└얼마나 기다려야죠?

정확한 상황을 모른 채 그저 이진용의 선발 등판 경기라는 말에 스마트폰과 TV를 켠 이들이 하염없이 이진용의 경기가 시작되기를 기다리게 된 것은.

-그런데 이호우가 메이저리그에서 호우 할 수 있을까?
  └하는 순간 타자한테 주먹 맞고 실려 갈 듯.
-한국에서는 했잖아?
  └그야 한국에서는 타자들도 빠던 하잖아!
-메이저리그는 빠던 안 됨?
  └하면 전쟁 남.
-호우 못하면 이호우가 아닌데, 그럼 뭐라고 불러야 해?
  └또라이라고 부르면 되지 않을까?

그 덕분이었다.

-우와! 스탠튼 홈런 쳤다. 어? 뭐야?
-응? 스탠튼 지금 배트 던진 거 맞지?
-빠던이네?
-빠던이야?
-뭐야? 이거 몰카야?

그들이 메이저리그에서 시작된 새로운 그리고 아주 강렬한 변화의 목격자가 될 수 있었던 건.

지안카를로 스탠튼.

마이애미 말린스 13년 동안 총 3억 2천 5백만 달러를 받는 메이저리그 역사에 길이 남을 계약을 성사시킨 그는 2017시즌 엄청난 일을 해내고 말았다.

2017시즌 그는 59개의 홈런을 기록하며 스테로이드의 시대 이후 사라진 60홈런 타자가 될 뻔했다.

당연히 2017시즌 MVP는 그의 몫이었다.

빠악!

그런 그가 메츠와의 시범경기에서 펜스는 물론 경기장마저 넘어갈 법한 거대한 홈런을 때렸을 때, 그 사실에 의구심을 제기하는 이들은 단 한 명도 없었다.

"대단하군."

"역시 스탠튼이야."

비가 내린 후 무지개가 만들어지는 것처럼, 그 경기를 보는 모든 이들은 스탠튼이 만든 홈런을 무지개 보듯 바라볼 뿐이었다.

"어?"

"어!"

스탠튼이 호쾌한 타격과 함께 자신의 배트마저 날려버리는 모습을 보이기 전까지는.

'설마 지금 배트 플립한 건가?'

'맙소사, 지금 여기서?'

배트 플립!

메이저리그에서 타자가 하지 말아야 할 불문율을 어겼다는 사실에 그라운드의 분위기는 차갑게 가라앉았다.

그라운드를 채운 메츠 선수들의 표정은 굳었고, 더그아웃을 채운 말린스 선수들의 표정도 굳었다.

오직 한 명.

"어?"

-어?

아니, 두 명만이 굳은 표정 대신 아주 재미있는 것을 본 듯한 표정으로 배트 플립을 마치고 베이스 러닝을 하는 스탠튼을 바라볼 뿐이었다.

그때 이진용이 나지막이 말했다.

"저래도 돼요?"

-당연히 안 되지! 끝내기 홈런 치고도 배트 플립한다는 이유로 빈볼 맞는 게 이 바닥이야!

"그런데 쟤 했잖아요?"

-그야······.

그 순간 김진호는 입을 꽉 다물었다.

메이저리그에서 무려 11시즌을 뛴 김진호가 배트 플립에 대한 메이저리그의 시선을 모를 리 없다.

메이저리그에서 배트 플립을 금지하는 조항은 없다.

해도 된다.

단지 그걸 하면 다음 타석에서 투수가 던진 빈볼에 분노하는 대신 1루로 묵묵히 걸어가야 할 뿐.

물론 예외가 아주 없는 건 아니었다.

-아니, 시범경기에서 처음 홈런 친 마이너리거도 아니고…….

예를 들어 마이너리그에서만 5시즌 정도 뛰다 막 메이저리그에 콜업된 타자가 자신의 메이저리그 커리어 첫 홈런을 치는 순간 저도 모르게 배트 플립을 하는 것, 그 정도는 봐준다.

혹은 월드시리즈에서 끝내기 홈런을 치는 경우, 그 경우에도 나름 참작해 준다.

정신이상자가 사고를 치면 정상 참작을 해주듯이.

-작년 시즌에 홈런 60개 가까이 친 놈이 모를 리가 없는데…….

하지만 지금은 참작될 여지가 어디에도 없었다.

일단 지금 그들이 있는 무대는 월드시리즈가 아니라 시범경기일 뿐이었고, 홈런을 친 타자는 메이저리그에서 한 시즌에 60개 가까운 홈런을 친 타자였다.

정상 참작될 여지는 어디에도 없었다.

그럼에도 불구하고 스탠튼은 여전히 투수를 향해 미안하다는 사과 없이, 오히려 자신의 홈런에 열광하는 팬들을 향해 고개를 끄덕이며, 응원에 감사하며 베이스 러닝을 마쳤다.

-설마?

그 순간 김진호의 시선은 콜린스 감독을 향했다.

그런 그의 눈에 비친 콜린스 감독은 벤치코치와 짧은 대화를 막 마친 모습이었다.

그뿐이었다.

그 후에 콜린스 감독은 이렇다 할 말을 하지 않았고, 벤치코치 역시 움직이지 않았다.

-빈볼 사인이 없다? 오케이라는 건데?

여전히 놀라는 김진호.

그런 김진호의 의문을 해결해 줄 이는 아쉽게도 김진호의 곁이 아니라, 다른 곳에 있었다.

'진짜였군.'

황선우, 관중석 한곳에서 경기를 지켜보던 그는 스탠튼의 홈런과 함께 터진 배트 플립을 보는 순간 며칠 전 뉴욕 타임스 기자가 건네준 메일의 내용을 떠올릴 수 있었다.

[롭 만프레드 커미셔너는 2018시즌을 기점으로 배트 플립을 유행시킬 것이며, 메이저리그 모든 구단에게서 동의를 얻어 냈다.]

10조 원이 넘어가는 메이저리그란 비즈니스 무대를 이끄는 수장, 롭 만프레드 커미셔너가 배트 플립을 유행시키기 위한 작업을 마쳤다는 내용을.

그건 결코 이상한 일이 아니었다.

'하긴, 안 하면 그게 이상한 일이지. 커미셔너가 될 때부터 배트 플립의 필요성을 주장했으니.'

롭 만프레드가 커미셔너에 자리에 앉았을 때부터 그는 배트 플립이 필요하다고 말했다.

다른 스포츠와 달리 화려함이 부족한 메이저리그가 이제는 화려한 수준을 넘어 새로운 차원의 콘텐츠를 즐기는 젊은이들을 메이저리그의 팬으로 끌어들이기 위해서는 배트 플립이 아니라 그 이상도 도입할 필요가 있다는 것이 롭 만프레드 커미셔너의 생각이었으니까.

물론 오랜 세월 동안 지켜진 메이저리그의 불문율을 깨는 작업은 쉬운 게 아니었다.

일단 이 불문율을 메이저리그가 지켜야 할 전통이라고 생각하는 이들을 설득해야 했다.

그와 동시에 그 불문율을 깰 만한 가치가 있음을 보여줘야 했다.

'배트 플립을 유행시키기엔 이번 시즌보다 좋은 시즌도 없고.'

그런 의미에서 2018시즌은 적기였다.

'어느 때보다 타자들이 홈런을 많이 치려고 하고, 여느 때보다 많은 홈런이 나오고, 여느 때보다 많은 홈런 스타가 나올 테니까.'

2017시즌 메이저리그는 역사상 가장 많은 홈런이 나온 시즌이 됐다.

기나긴 투고타저의 시대에서 타자들은 투수로부터 점수를 내기 위해 안타 두 개를 연속해서 치는 것보다 홈런을 치는 게 낫다는 판단을 내리고, 그에 맞추어 모든 역량을 쏟은 와중에 나온 결과물이었다.

그와 동시에 과거 약물의 시대 이후 사라졌던 슬러거들, 매 시즌 50개의 홈런을 때려내는 건 물론 60홈런마저 넘보는 슈퍼스타들이 등장하기 시작했다.

스탠튼, 그는 59홈런을 기록했고 뉴욕 양키스의 신성인 애런 저지 역시 자신의 메이저리그 첫 풀타임 시즌 동안 50개가 넘는 홈런을 치며 신인왕과 MVP를 동시에 받았다.

그 외에도 젊은 거포들이 다수 등장했으며, 브라이스 하퍼와 마이크 트라웃, 크리스 데이비스와 같은 이미 메이저리그를 대표하는 타자들도 다수 있었다.

'신성에 이미 별이 된 선수들까지.'

심지어 이제는 살아 있는 전설이 될 만한 미겔 카브레라, 알버트 푸홀스 같은 타자들도 현재 현역으로 뛰는 상황.

그런 상황에서 그들이, 지안카를로 스탠튼과 애런 저지, 미겔 카브레라 같은 선수들이 홈런을 칠 때마다 끝내주는 세리머니를 한다는 사실에 환호하지 않을 팬이 있을까?

만약 에인절스 소속인 알버트 푸홀스와 마이크 트라웃이 백투백 홈런을 치며 배트 플립을 연속해서 보여준다면, 과연 그 영상을 찾아보지 않을 에인절스 팬이 있을까?

'만약 애런 저지나 스탠튼이 홈런을 치고 배트 플립을 한다

면 그 영상 조회수만 천만 건을 가뿐히 넘기겠지.'

하물며 프로의 존재 의의는 팬이다.

팬이 없는 곳에는 프로도 없다.

메이저리그는 그 사실을 누구보다 잘 알고 있었다.

이것이 롭 만프레드 커미셔너가 2018시즌 배트 플립을 유행시키기 위해 과감한 수를 쓴 배경이었다.

'역시 대단하군.'

황선우는 그런 롭 만프레드 커미셔너의 결정에 기꺼이 박수를 보낼 생각이었다.

일단 메이저리그 팬으로서 황선우 역시 타자들의 호쾌한 세리머니를 보고 싶었다.

더 나아가 황선우는 배트 플립이 야구의 전통을 해치는 게 아니라는 것을 한국프로야구를 통해 잘 알고 있을뿐더러, 이미 한국프로야구에서 타자들이 시원시원하게 배트를 던지는 것에 입맛이 적응해 버렸다.

'덕분에 볼 수 있겠어.'

결정적으로 황선우는 확신하고 있었다.

타자들이 홈런과 함께 배트를 던질 수 있는 권리를 손에 넣는 순간, 투수 역시 그에 해당하는 권리를 손에 넣을 수 있다고.

'이진용의 호우를.'

그리고 그 권리를 가장 먼저 쓰는 투수는 그 누구도 아닌 이진용이 될 것이라고.

그런 황선우의 예상은 정확했다.

"아야어여오요우유으이!"

-야, 뭐하냐?

"뭐하긴요, 목 풀잖아요?"

-목?

"아야어여오요우유으이, 호우, 호우! 아, 오랜만이라서 그런지 목이 좀 잠겼네. 아, 이러면 외야까지는 안 들리는데……."

이진용은 이미 준비하고 있었다.

"어쩔 수 없지, 오늘은 목풀기 정도만 해야겠네."

-젠장, 메이저리그 와서도 이 지랄을 봐야 하다니.

"호우."

-시끄러워!

"호우!"

-에이, 진짜!

미쳐 날뛸 준비를.

-스탠튼 다음 타석에서 한 대 맞겠네.

스탠튼의 배트 플립이 나오는 순간 그 경기를 본 이들은 그가 다음 타석에서 보복으로 몸에 공을 맞는다는 사실을 믿어 의심치 않았다.

-아무렴, 당연히 맞아야지.

└당연한 건 아니지.

└무슨 소리야? 불문율을 깼잖아?

└솔직히 난 아직도 그딴 게 왜 불문율인지 모르겠어.

하지만 그 사실에 대해 모두가 동의를 보내고, 찬성을 보내고, 고개를 끄덕이는 건 아니었다.

오히려 반대였다.

-까놓고 말해서 홈런 친 게 미안해서 배트 플립을 안 하는 거면, 그냥 홈런을 치지 말아야지.

-동감이야. 그런 식으로 하나하나 배려해 줄 거면 뭐하러 야구를 해? 차라리 골프를 해. 심지어 골퍼들도 끝내주는 샷이 나오면 제 골프채를 던진다고!

-투수들 입장에서도 마찬가지야. 타자가 배트 플립 못 하니까 투수도 마운드에서 아무것도 못 하잖아? 막말로 투수도 삼진 잡을 때마다 입이 근질근질할걸?

-투수는 뭐 좋아서 빈볼을 던지나? 애초에 빈볼을 고의로 던지는 것 자체가 투수에게도 곤란한 일 아님?

메이저리그 팬들은 배트 플립이 용인되지 않는 사실에 대한 격한 불만감을 표출했다.

그리고 그건 선수들 역시 마찬가지였다.

"보복이 없다고요?"

"감독님이 빈볼 사인은 주지 않았다. 이대로 속행이다."

"그럼 배트 플립을 용인하는 겁니까?"

"감독님의 의견은 그렇다."

선수들은 코치들로부터 보복은 없다, 그 사실을 받는 순간 그 사실에 분하기보다는 오히려 눈빛을 빛냈다.

일단 타자들은 이 사실을 반겼다.

'그럼 우리가 해도 좋다, 이거잖아?'

'정말 해도 되는 거야?'

반기지 않을 이유가 없었다.

'오케이, 그럼 마다할 이유가 없지.'

'오냐, 나도 하나 치고 아주 끝내주는 걸 보여주지.'

'배트로 펜스를 넘겨주마.'

배트 플립은 타자들에게 있어서 그들이 그라운드에서 할 수 있는 가장 끝내주는 일이니까.

홈런을 치는 것만으로도 끝내주는데, 그 순간 모든 스포트라이트 속에서 자신이 내지를 수 있는 가장 끝내주는 세리머니를 할 수 있다는 건 상상만으로도 온몸에 전율이 흐르는 일이니까.

'드디어 해금이 된 모양이군.'

'젠장, 드디어 이날이 왔군.'

반면 투수들에게는 썩 탐탁지 않은 일이었다.

홈런을 맞는 것만으로도 짜증나는데, 타자의 배트마저 날아가는 것을 봐야 하니까.

'결국 이 꼴을 보게 되는구나.'

하지만 그 사실에 불만을 품을지언정 그 불만을 소리 내어 토로할 생각은 없었다.

'빌어먹을, 오냐 해보자. 까짓것 안 맞으면 돼.'

그건 자존심이 허락지 않는 일이었으니까.

애초에 타자가 홈런을 친 건 투수 잘못이다. 홈런을 주려고 공을 던지는 투수는 없다.

그런데 홈런을 맞았는데 그걸 가지고 화나니까 세리머니 하지 말라고 투덜거린다?

동네 야구판에서는 그래도 된다.

애들끼리 야구 할 때는 그래도 된다.

그러나 공을 남들보다 잘 던진다는 이유 하나만으로 최소 50만 달러가 넘는 연봉을 받는 메이저리그는 그래서는 안 된다.

그것이 투수들이 굳이 이 상황에 대해서 언성 높은 불만을 품지 않은 채 눈빛만을 날카롭게 갈고 닦는 이유였다.

-빠던 되면 그것도 되겠지?

-아무렴, 당연히 되겠지.

-그럼 당연히 하겠지?

-아무렴 당연히 하겠지.

-이제 드디어 나도 해보는구나!

그리고 한국야구팬들이 이진용, 그의 등판을 기대하는 이유였다.

오전 10시 시작된 메츠와 말린스의 경기는 3 대 1, 말린스의 승리로 끝이 났다.

스탠튼, 그가 친 투런 홈런이 쐐기를 박은 게임이었다.

그 후, 오후 1시부터 두 번째 경기가 시작됐다.

이번에도 메츠와 말린스의 시합이었다.

"시범경기에서 두 팀이 더블헤더로 붙는 경우가 있나?"

"없던 걸로 아는데?"

"페넌트레이스도 아닌데 왜 두 팀이 연속해서 붙는 거야?"

"그 이유는 경기일정 짠 사무국만이 알겠지."

사실 그건 매우 이례적인 경우였다.

대개 시범경기 중에 더블헤더를 치르는 경우에는 각기 다른 구장에서 각기 다른 팀끼리 치르고는 한다.

오전 10시 경기를 말린스와 치른다면, 오후 1시 경기는 양키스와 치르는 식이다.

하지만 메이저리그 사무국은 메츠와 말린스의 더블헤더를 페넌트레이스 때처럼 2경기 연속으로 붙여놓았다.

비단 메츠와 말린스만 그런 게 아니었다. 다른 몇 개 팀의 경우에도 이런 식의 일정이 잡혀 있었다.

당연한 말이지만 메이저리그 사무국이 아무런 이유도 없이 이런 일정을 잡았을 리는 없었다.

-아주 작정했군.

"작정이요?"

-분위기를 봐. 지금 양 팀 선수들이 어떤지. 배트 플립 나온 이후부터 시범경기 같은 분위기가 아니잖아? 분위기만 보면 양키스랑 레드삭스랑 붙은 느낌이지.

배트 플립 유행, 그것을 위한 사무국의 노림수였다.

"그렇죠."

첫 경기에서 스탠튼의 배트 플립 이후 양 팀의 분위기는 간단했다.

메츠 타자들은 어떻게든 홈런을 친 후에 끝내주는 배트 플립으로 복수를 하고자 했고, 말린스 투수들은 그것만큼은 절대 허락하지 않겠다는 각오로 전력투구를 했다.

그게 3 대 1로 경기가 끝난 배경이기도 했다.

홈런만 노리며 전력으로 스윙하는 타자와 홈런을 어떻게든 주지 않기 위해 전력투구를 하는 투수가 만나면 그 경기는 아주 큰 점수 차로 게임이 끝나거나 아니면 이렇게 적은 점수만으로 끝나고는 하니까.

그런데 그런 상황에서 바로 더블헤더를, 두 번째 경기를 치른다?

치열한 분위기 속에서 선수들은 합의하게 된다.

-이런 분위기 속에서는 뭘 해도 오케이지.

타자가 뭘 하든, 투수가 뭘 하든 빈볼도 없고 벤치 클리어도 없다는 의미의 합의.

"호우를 해도 오케이."

당연한 말이지만 배트 플립이 허락된 상황에서 마운드 위의 투수가 삼진을 잡고 세리머니를 하는 것 역시 문제가 될 일은 없었다.

"리!"

그때 조 존스가 다가왔다.

"오늘 피칭 어떻게 할 생각이지?"

그 질문에 이진용은 짧게 대답했다.

"무조건 삼진만 잡는 피칭으로."

그 짧은 대답에 조 존스가 고개를 끄덕였다.

"오케이."

그 모습에 이진용도 고개를 끄덕였다.

-에휴, 또 그 지랄을 봐야 하는구나.

그리고 김진호는 고개를 저었다.

오후 1시, 플로리다의 햇살이 가장 따가운 시간.

그 햇살 아래 마운드, 그 위에 한 사내가 서 있었다.

메츠의 유니폼과 함께 등에는 1이라는 숫자를 짊어진 자그마한 체구의 사내.

"쟤가 이진용이군."

"생각보다 훨씬 작은데?"

"한국에서 방어율 0점을 찍었다는데 정말 실력으로 찍은 걸까?"

"실력은 무슨, 그냥 편파 판정으로 찍은 거겠지. 이름도 모를 리그에서 사기 치는 게 한두 번도 아니잖아?"

"아시아리그는 승부조작도 한다며? 뻔하지."

이진용.

이제는 메이저리그의 투수가 된 그의 등장에 좌중의 모든 이목이 집중됐다.

그리고 이제는 그런 이진용을 처음으로 공식적인 경기에서 상대하게 된 말린스의 타자 카를로스 실바는 이진용을 보고 있었다.

'방어율 0점이라니, 정말 쓰레기 같은 리그에서 온 모양이군.'

정확히는 얕잡아보고 있었다.

'저런 놈들이 메이저리그를 꿈꾼다는 것 자체가 메이저리그의 수치이지.'

그건 이상한 일은 아니었다.

일단 메이저리그를 노리는 선수들 중 상당수는 자신감을 넘어 자만과 오만으로 똘똘 뭉쳐있다.

세상 모든 것이 자기중심으로 돌아간다는 사실에 일말의 의심을 하지 않는 경우도 있다.

'아주 박살을 내주지.'

"박살을 내겠어."

좀 더 들어가면 그런 자들이 그나마 살아남을 가능성이 크다.

만약 타인이 자신보다 더 낫다는 걸 인정해 버린다면, 그 순간 그 선수는 자신보다 나은 타인이 수천 명이 있다는 것을 인정해 버리는 게 된다.

그런 상황에서 자신보다 나은 이들 수천 명과 경쟁을 해야 한다는 걸 과연 인정하고 열심히 할 수 있을까?

장담컨대 대부분의 평범한 이들은 그걸 못한다.

못하니까 프로와 아마추어의 구분이 생기는 것이다.

그런 의미에서 이진용이 누구든 간에 그를 얕보는 카를로스의 성격 자체는 문제 될 게 없었다.

'오른손으로 던질 모양이군. 구속이 80마일대라고 했었나? 홈런 치기 딱 좋은 쓰레기 구속이군.'

더불어 카를로스는 눈에 보이는 피지컬 자체는 놀라운 타자였다.

만약 그와 스탠튼, 둘을 세워놓는다면 단순히 보이는 피지컬로는 카를로스가 나을 정도.

실제로 카를로스는 자신의 능력이 이미 메이저리거들을 뛰어넘는다고 생각했다.

'드디어 신이 내게 기회를 주신 모양이야. 모두가 보는 이 상황에서 메이저리그행 티켓을 받을 기회를.'

단지 자신이 운이 없어서, 실력을 보여줄 기회에서 몇 번 실수를 해서 마이너리그에 있다고 생각할 뿐.

'스탠튼보다 더 큰 홈런을 쳐주지. 그리고 배트도 그대로 관중석까지 던져 버리겠어.'

당연히 그런 카를로스의 목표는 오늘 여러모로 충격적인 홈런을 친 스탠튼의 존재를 사람들의 머릿속에서 지우고 대신 자신의 이름을 새겨 넣는 것이었다.

'그럼 SNS에 내 이름이 도배되겠지.'

메이저리그 닷컴, 그 메인 페이지 영상으로 자신의 홈런과 배트 플립 영상이 채워지는 것이었다.

"으하하."

그 사실을 상상하는 것만으로도 즐거운 듯, 카를로스의 입에서 웃음소리가 흘러나왔다.

그런 그를 바라보는 이진용의 입가에는 미소가 걸려 있었다.

'홈런 치고 싶다, 존에 들어오는 모든 공에 풀스윙을 하고 싶다, 아주 그냥 온몸으로 광고를 해주는군. 아이고, 고마워라.'

반면 김진호의 입가에는 쓴웃음이 걸려 있었다.

-젠장, 겉모양이 튼실하기에 머리 좋은 고래인 줄 알았는데 덩치만 큰 붕어였네. 역시 메이저리그 못 올라오는 놈들은 다 이유가 있다니까. 겉으로 멀쩡하면 뭐해, 소프트웨어가 병신인데.

그리고 조 존스의 입가에는 옅은 미소가 걸려 있었다.

'치고 싶어 안달이 나면, 기꺼이 넣어주면 되지.'

그 순간 조 존스가 사인을 보냈다.

스플리터.

그 말에 이진용은 미소를 지었다.

홈런을 치고 싶어 안달이 난 건 물론, 그 사실을 숨기지 못할 정도로 자만에 취한 타자에게 스플리터만큼 확실한 낚싯바늘도 없을 테니까.

당연히 이진용은 조금의 주저함도 없이 힘차게 고개를 끄덕인 후에 곧바로 초구를 던졌다.

구질은 스플리터

코스는 당연히 스트라이크존 한가운데.

후웅!

그 공에 카를로스의 배트가 허공을 시원하게, 플로리다에 태풍이라도 일으킬 정도로 거세게 갈랐다.

"스윙, 스트라이크!"

"퍽!"

곧바로 카를로스의 입에서 분노가 폭발했다.

물론 고작 그 거친 소리 한 번으로 카를로스의 분이 풀릴 리는 만무, 그는 성난 황소처럼 씩씩거리며 재차 타석에 선 채 타격을 준비했다.

그 모습에 조 존스는 비릿한 미소를 머금으며 곧바로 이진용에게 사인을 보냈다.

조금 전과 같은 사인을.

그 사인에 이진용은 미소를 지으며, 글러브로 가린 입 사이로 나지막이 중얼거렸다.

"라이징 패스트볼."

그 주문을 마친 이진용이 다시 2구째를 던졌다.

후웅!

그 공에 카를로스의 배트가 다시 한번 힘차게 허공을 갈랐다.

"스윙, 스트라이크!"

볼카운트가 한순간에 노볼 투스트라이크가 되는 순간이었다.

그 사실에 말린스의 더그아웃에 있는 타격코치가 고개를 절레절레 흔들었다.

이 순간 타격코치의 눈빛이 분명하게 말해주고 있었다.

카를로스, 저놈은 저 다혈질 성격과 상대를 깔보는 자만심과 자신이 운이 없어 메이저리거가 되지 못했다는 웃기지도 않는 착각을 버리지 않으면 죽을 때까지 메이저리그를 밟을 수 없을 거라고.

재능만으로 살아남을 수 있을 정도로 메이저리그라는 무대는 가소로운 무대가 아니라고.

하지만 그 사실을 타격코치는 굳이 사인을 통해서 카를로스에게 전달하지 않았다.

메이저리그였으니까.

다른 곳이라면 어떻게든 카를로스를 다독여서, 그를 조련하고자 하겠지만 메이저리그는 아니다.

알아서 살아남은 자들만을 고를 뿐이다.

어차피 카를로스란 선수가 아니더라도 그를 대신할 선수는 이미 넘치도록 많기에.

'젠장, 젠장!'

그렇기에 단숨에 벼랑 끝으로 몰린 카를로스는 벤치에서 도움조차 받지 못한 채 홀로 싸움을 해야 했다.

'저 새끼가!'

물론 이 순간 카를로스의 머릿속에 고민이라는 단어는 조금도 존재하지 않았다.

고민이란 걸 할 줄 아는 성격이었다면 이진용을 상대하기 전 그가 한국프로야구에서 보여준 피칭을 찾아봤을 것이며 이런 식으로 스플리터에 헛스윙을 두 번 하는 일은 없었을 것이다.

'오냐, 또 던져봐.'

때문에 이 순간 카를로스의 목표는 하나였다.

이진용이 던지는 스플리터를 어떻게든 배트에 맞춰서 펜스 너머로 보내겠다는 것.

'스플리터를 노리는군.'

조 존스는 그 사실을 파악하고는 곧바로 이진용에게 몸쪽 체인지업을 요구했다.

'그럼 몸쪽 체인지업이면 헛스윙을 가볍게 뽑아낼 수 있겠지.'

카를로스의 몸쪽으로 흘러 들어가듯 감속하는 체인지업은 가장 완벽한 헛스윙을 끌어낼 수 있을 테니까.

그러나 그런 조 존스의 요구에 이진용을 고개를 저었다.

그 모습에 조 존스는 두 눈을 게슴츠레 뜬 채, 찰나의 순간 동안 이진용이 원하는 공이 무엇인지 생각했다.

그러고는 새로운 사인을 보내자 이진용이 힘차게 고개를 끄덕였다.

그 모습에 조 존스가 씨익 웃었다.

'그래, 고작 카를로스 같은 마이너리거를 상대로 스트레이트 펀치는 필요 없지. 가벼운 잽 세 발로 제압해야지.'

그렇게 사인을 나눈 이진용이 곧바로 주문을 외웠다.

"라이징 패스트볼."

한 번.

"리볼버."

그리고 두 번.

그 주문을 외운 이진용이 다시 한번 앞서 던진 것과 완벽하게 똑같은 공을 던졌다.

구질은 스플리터.

코스는 스트라이크존 한복판.

그 공에 카를로스가 얼굴에 만연한 미소를 지으며 그대로 전력으로 스윙을 했다.

후우웅!

그러자 거대한 바람이 그라운드를 스쳐 지나갔다.

'고, 공이 사라졌어?'

그 순간 헛스윙을 한 카를로스는 물론 경기를 보던 모든 이들이 그대로 굳어버렸다.

'맙소사. 저게 스플리터라고? 포크볼 수준으로 떨어지는데?'

'85마일짜리 스플리터가 저렇게 떨어지면, 그냥 치지 말라는 거잖아?'

이진용, 그가 보여준 마법과도 같은 공에 대한 경악이었다.

"스윙, 스트라이크아우우웃!"

그 경악으로 인해 고요해진 그라운드 사이로 주심의 삼진 콜이 지나갔다.

"호우!"

그리고 이진용의 환호 소리가 그 뒤를 이어 길게, 그야말로 그라운드를 흔들었다.

"헉!"

"뭐, 뭐야?"

"호, 호우?"

그 사실에 좌중이 기겁한 눈으로 이진용을 바라봤다.

-드디어 저질렀구나.

메이저리그에 호우주의보가 내리는 순간이었다.

[235포인트를 획득하셨습니다.]

[삼진을 잡았습니다. 보너스 포인트가 지급됩니다.]

[메이저리그 첫 삼진을 잡았습니다. 골드 룰렛 이용권이 지급됩니다.]

[현재 누적 포인트는 6,455포인트입니다.]

-응? 메이저리그 첫 뭐? 어?

그리고 이진용의 새로운 게임이 시작되는 순간이었다.

-진용아, 저 새끼 달려온다!

동시에 이진용의 신고식이 시작되는 순간이었다.

호우!

마치 화산이 폭발하듯, 마운드 위에서 터진 그 소리에 그라운드의 분위기는 그대로 경직되었다.

말 그대로였다.

'응?'

'어?'

말 그대로 미증유의 사태, 단언컨대 1세기가 넘는 메이저리그 역사에 존재하지 않았을 이 상황을 이성적으로 판단하는 건 불가능했다.

판단할 수 없으니 대응 역시 불가능했다.

"마더 퍼커!"

가능한 건 오직 하나, 이진용의 도발을 곧이곧대로 직격당한 카를로스의 본능적인 반응뿐!

순식간이었다.

카를로스가 본인이 그토록 소망한 대로 배트를 아주 화려하게 내던진 채 마운드를 향해 미친 황소처럼 뛰어가기 시작했다.

그제야 메츠와 말린스 선수들도 움직일 수 있었다.

"마, 막아! 아니, 뛰어!"

"일단 나가! 저 새끼들 막아!"

하지만 너무나도 갑작스러운 일이었고, 때문에 메츠와 말린스, 두 팀의 선수단의 반응은 한 박자…… 아니, 두 박자 느릴 수밖에 없었다.

선수단이 더그아웃을 나왔을 때 이미 카를로스는 마운드 위에 있는 이진용을 향해 제 오른쪽 주먹을 날리고 있었다.

후웅!

그런 카를로스의 주먹이 허공을 갈랐다.

이진용, 그는 오히려 예상했다는 듯이 카를로스의 주먹을 가볍게 허리를 살짝 뒤로 젖히는 것만으로 피해냈다.

권투선수조차 감탄을 토해낼 만한 끝내주는 스웨이였다.

후웅!

후웅!

심지어 이진용은 연달아 이어진 카를로스의 펀치를 똑같이 허리를 뒤로 젖히고, 고개를 옆으로 젖히는 것만으로 피해냈다.

프로 복서가 아마추어를 링에서 가지고 노는 듯한 광경이었다.

더욱이 선수들 중에서도 덩치 큰 편에 속하는 카를로스와 선수들 중에서도 덩치가 아주 작은 편에 속하는 이진용이었기에, 그 모습은 마치 동양의 무술고수가 무식한 외국인을 상대하는 것처럼 보였다.

"와우!"

그걸 보던 이들이 저도 모르게 감탄사를 내뱉을 정도였다.

"헉!"

그때 제힘을 주체못한 카를로스가 결국 마운드에 있는 이진용의 발자국에 발이 걸리며 그대로 바닥에 쓰러졌다.

그 무렵이었다.

"떨어져!"

"나가!"

마운드에 올라온 양 팀의 선수단이 이진용과 카를로스 사이를 가로막으며 그들을 떼어놓았다.

"놔! 놔!"

그 와중에도 넘어진 카를로스는 분노 어린 소리를 내뱉었다.

"헤이, 진정해 카를로스!"

"저 새끼 죽여 버릴 거야!"

얼마나 분노했는지 그의 입에서는 영어가 아닌 스페인어가 흘러나왔다.

메이저리그 경력답게 스페인어를 나름 알고 있는 김진호가 잽싸게 통역해줬다.

-야, 저놈이 스페인어로 널 사랑한다는데?

"놔! 저 개새끼가 날 먼저 도발했다고!"

-정말 진심으로 사랑해서 빨리 널 껴안고 쪽쪽 뽀뽀까지 해주고 싶다고 하는군.

"저 쪼그마한 호빗 같은 새끼가 날 모욕했다고!"

-음, 너보고 쪼그마한 호빗 같은 개뽀록 허접쓰레기 땅딸보 투수 놈이라고 하는데? 진용아 대답해야지.

거듭된 김진호의 해석에 이진용 역시 기꺼이 대답했다.

"내 마운드에서 꺼져!"

그렇게 경기가 잠시 멈췄다.

-뭐야?

-지금 뭐라고 한 거임?

그 사건이 터지는 순간 메이저리그 팬들은 기겁했다.

-뭐긴 뭐야 호우지!

-호우다, 호우!

-드디어 터졌다!

반면 이진용의 그 환호를 오랜 시간 동안 기대하고 고대하던 몇몇 팬들은 드디어 외치기 시작했다.

-호우 파도타기 갑시다!

└호!

└우!

└호!

└로!

└아니, 대체 이게 뭐하는 짓이야?

환호를 하는 이들부터 벤치 클리어링 이유에 의문을 품는
이들과 이진용이 보여준 저 행위에 충격을 받은 이들까지, 그
야말로 혼돈의 도가니가 되었다.

그 상황 속에서 나름 상황을 이해하기 위한 시도가 이루어
졌다.

-저 투수가 대체 뭐하는 건지 알려줄 사람?
└이호우는 아웃 잡으면 마운드에서 호우 외침.
└아웃을 잡으면 세리머니를 한다고?
└시즌 내내 그랬음. 그래서 이름이 호우 리임.

질문이 나왔고 대답이 나왔다.

-저래도 돼?

그리고 논쟁이 시작됐다.

-타자들이 배트 플립하는데, 투수가 삼진 잡고 환호 내지르는 건 안 됨?
└다르지 않아?
└다를 게 뭐임? 그럼 삼진당한 타자 심기 거스르지 않게 삼진 안 잡
을까?

-카를로스가 홈런을 쳤으면 아마 스탠튼보다 배트를 더 크게 던졌겠지. 아마 놈이라면 파울을 쳤어도 배트를 던졌을 거야.

└아무렴, 이진용 행동에는 문제없음. 정말 문제를 찾으라면 스탠튼부터 까라고.

-정리하면 문제없음.

-꼬우면 니들도 호우하든가!

그렇게 시작된 논쟁은 빠르게 정리됐다.

더욱이 앞서서 첫 번째 경기에서 스탠튼의 배트 플립에 대해 메츠는 그 어떤 대응도 하지 못한 상황.

시소로 따지면 말린스 쪽으로 일방적으로 기울어진 상황이었다.

그런 상황에서 이진용의 환호는 시소를 그나마 균형 있게 만들어주는 것에 불과했다.

적어도 오늘 메츠와 말린스 사이에서 그것을 문제 삼을 이유는 없었다.

때문에 그라운드의 분위기 역시 빠르게 정리됐다.

사실 정리되고 자시고 할 건 없었다.

"어떻게 되는 거야?"

"어떻게 되긴, 카를로스가 주먹 세 번이나 휘둘렀으면 보복은 거기서 끝이지."

어쨌거나 벤치 클리어링은 일어났고, 카를로스는 이진용에게 보복을 위해 주먹을 무려 세 번이나 휘둘렀다.

그 정도면 이미 카를로스는 자기가 표할 모든 보복을 행한 것이다. 그 주먹을 맞추지 못한 건 그냥 카를로스가 못 한 것뿐이다.

결정적으로 양 팀 감독이 선수의 행동에 태클을 걸지 않았다.

'아주 제대로 일이 터졌군.'

'그래, 터질 거면 차라리 크게 터지는 게 낫지.'

오늘 경기에서 선수들이 어떤 짓을 하더라도 그대로 간다, 그것은 이미 다른 누구도 아닌 단장으로부터 받은 명령이었으니까.

그렇게 정리된 분위기 속에서 이진용이 다시금 마운드 위로 올라왔다.

"쯧."

마운드에 올라온 이진용이 짧게 혀를 찼다.

'팍 식었네.'

달아오른 분위기가 꺼지는 것을 좋아할 투수는 이 세상 어디에도 없으니까.

하물며 그것이 자의가 아닌 타의에 의해서라면 불쾌함을 느끼는 게 당연했다.

"메이저리그 촌놈 새끼들은 이래서 안 된다니까, 호우 처음 듣는다고 이렇게 지랄발광을 하네."

그렇기에 이진용이 불평을 토해냈다.

-뭐?

그 모습에 김진호가 어처구니가 없다는 표정을 지었다.

그때였다.

"리!"

"조?"

조 존스가 마운드로 걸어오기 시작했다.

"네 그 독특하고 비이성적인 세리머니 대해 할 말이 있다. 호
우 말이야."

그렇게 마운드에 올라오자마자 조 존스가 호우라는 단어를
꺼냈고, 그 사실에 김진호가 반색했다.

"말린스의 타자들이 그 소리에 제대로 자극을 받는다."

-그래, 제정신이 박혔으면 여기서 이 또라이 새끼보고 자제
하라고 충고해야지, 아무렴!

반색하는 김진호를 향해 조 존스가 말했다.

"그러니까 계속 부탁한다."

-응?

"아주 좋았어."

말과 함께 조 존스가 엄지를 척 치켜든 후에 그대로 다시 포
수석으로 향했다.

그 모습을 본 김진호가 소리쳤다.

-대체 왜 내 주위에는 또라이 새끼들뿐인 거야?

그 말에 이진용이 대답했다.

"글쎄요, 똥에 파리가 꼬이는 거랑 비슷한 거 아닐까요?"

말과 함께 이진용이 자신을 노려보는 말린스 선수단을 바
라봤다.

'꿈에서도 날 보기 싫게 만들어주마.'

먹잇감을 바라보듯이.

승리를 위해선 적을 도발해라!

역사 속 무수히 많은 전략가들이 몸소, 직접, 무수히 많은 희생을 통해 증명한 사실이다.

스포츠 역시 마찬가지였다.

제대로 도발할 줄 아는 자들은 그 누구보다 확실한 승리를 쟁취하고는 한다.

그런 의미에서 오늘 게임은 이진용이 승자가 될 수밖에 없는 게임이었다.

[215포인트를 획득하셨습니다.]
[삼진을 잡았습니다. 보너스 포인트가 지급됩니다.]
[현재 2이닝 무실점 중입니다.]
[현재 누적 포인트는 7,215포인트입니다.]

"호우!"

이진용, 그의 도발에 말린스 타자들은 넘어가는 정도가 아니라 뒤로 넘어갈 지경이었으니까.

말 그대로였다.

"퍼킹 호우맨!"

"저 호빗 같은 새끼! 저 빌어먹을 새끼!"

"저 새끼 어디서 왔다고? 김진호의 나라? 한국? 누가 한국어 욕 좀 검색해 봐!"

"호로, 호로 새끼라고 하면 될 거 같은데?"

"호우로 새끼?"

2회 초, 이진용이 자신의 마지막 아웃카운트를 다섯 번째 삼진으로 잡는 순간, 그리고 다섯 번째 호우를 내지르는 순간 말린스의 더그아웃에는 분노가 넘쳐흘렀다.

그런 말린스의 더그아웃을 등진 채 마운드를 내려오는 이진용의 뒤에서 김진호가 말했다.

-애들이 아주 그냥 널 죽일 생각이다.

그 말과 함께 김진호가 씨익 웃으며 말했다.

-어때? 역시 메이저리그가 재미있지? 여기 애들하고 야구 하니까 한국 애들하고는 비교가 안 되지?

그 질문에 이진용이 대답 대신 가볍게 고개를 끄덕였다.

지금 이 순간 이진용 역시 말린스 타자들만큼이나 뜨겁게, 아주 뜨겁게 달아올라 있었다.

플로리다의 더운 날씨 때문이 아니었다.

'김진호 선수 말대로 정말 끝내준다.'

자신에게 호우 소리를 듣는 와중에, 6명의 타자들이 다섯 번의 삼진을 당하는 와중에, 그야말로 무참하기 그지없는 일방적인 폭력을 당하는 와중에, 그런 와중에도 말린스 타자들의 기세는 줄어들기는커녕 오히려 더 뜨겁게 달아올랐다.

'역시 이래서 메이저리그구나.'

그건 한국프로야구에서는 경험할 수 없는 열기였다.

사실 한국프로야구에서는 이런 경우가 거의 없었다.

이진용이 환호성을 내뱉을 때마다 한국프로야구의 대부분의 선수들은 그 사실에 발끈하기보다는 오히려 그 상황을 벗어나기 위한 선택을 했다.

조금이라도 피를 덜 흘리는 방법을 택했다.

이빨을 드러내는 경우도 있지만, 그 경우는 극히 소수에 불과할 뿐이었다.

그마저도 제대로 된 이빨을 드러내는 경우는 없었다.

'죽일 듯이 때려도 기세가 절대 안 죽네.'

그러나 메이저리그는 달랐다.

이곳의 선수들은 피를 덜 흘리는 방법 따위는 몰랐다.

오히려 피를 흘릴수록 더 사납게 이진용을 죽이기 위해 덤벼들 정도.

'심지어 도발 당한 상태에서 나오는 스윙도 장난 아니야. 아주 등골이 싸늘할 지경이야.'

더욱이 그들은 그냥 선수가 아니었다.

메이저리그 혹은 그곳에 근접한 마이너리거들.

이진용의 실수 한 번을 놓치지 않는 건 물론, 그 실수를 단숨에 절망적인 결과로 만들고도 남을 실력자들이었다.

-자고로 사냥감이란 팔팔하고, 살벌해야지 사냥을 하는 맛

이 있는 법이지.

그래서 이진용도 뜨거워질 수밖에 없었다.

저들의 열기만큼이나 자신 역시 자신이 가진 역량을 최대한 끄집어내야 했으니까.

그건 그동안 100킬로미터로만 달리는 차들 사이에서 달리다가 이제는 기본 150킬로미터로 달리는 자동차들 사이는 달리는 기분과 비슷했다.

'진짜 재미있다.'

해보면 안다.

그게 얼마나 끝내주는 일인지.

심지어 150킬로미터로 달리는 자동차들을 추월할 때의 느낌은 그 무엇으로도 표현할 수 없다.

지금 이진용의 상태가 그랬다.

'아, 더 던지고 싶다.'

당연히 이진용은 이 순간을 더 즐기고 싶었다.

마음 같아서는 9이닝까지, 오늘 하루 전부를 이곳에서 불태우고 싶을 정도.

그러나 시범경기에서 선발투수에게 주어지는 이닝은 2이닝에 불과했다.

이미 많은 투수들이 자기 차례를 기다리며 불펜에서 예열을 마친 상황이기도 했다.

특별한 경우가 아니라면 이진용은 이제 오늘 피칭을 마치고 담을 기약해야 할 때.

그게 이유였다.

마운드에서 내려온 이진용이 더그아웃으로 걸어오는 사이 콜린스 감독을 지그시 바라봤다.

그러고는 콜린스 감독 앞에서 옆구리에 끼고 있는 글러브를 다시 손에 꼈다.

2이닝 내내 꼈던 왼손이 아닌 오른손에.

'일부러 왼손은 안 썼다.'

그 사실을 콜린스 감독이 모를 리 없었다.

'왼손도 따로 쓰게 해달라, 이건가?'

콜린스 감독 역시 이진용이 2이닝 내내 오른손만을 쓰며, 자신의 왼손을 감추었음을 알고 있었으며 지금 저 제스처가 이제는 왼손으로 더 던지고 싶다는 것임을.

'오랜만에 멋진 녀석이 등장했군.'

그러한 이진용의 모습은 콜린스 감독의 심장을 뛰게 했다.

어쩔 수 없었다.

콜린스 감독, 그는 구시대의 감독이었으니까.

이제는 혹사라고 비난하는 투수의 완투를 로망이라고 생각하는 구시대의 감독.

그런 콜린스 감독 앞에서 더 던지고 싶다고 꾀를 부리는 투수가 등장한다면?

그 순간 콜린스 감독은 곁눈질을 통해 이진용이 아닌 다른 선수들의 낌새를 확인했다.

"리! 나이스 호우!"

"정말 끝내주는 소리였어. 나도 해봐야겠어!"

"말린스 새끼들 표정 봤어?"

"애초에 배트 던진 놈들이 잘못이지."

"아무렴."

더그아웃에 있는 선수들과 수비를 마치고 더그아웃으로 들어오는 야수들이 이진용의 피칭에 환호를 내보내는 것을 확인했다.

자신들을 대신해 말린스를 두드려 주는 이진용을 향한 환호였다.

그 환호를 보는 순간 콜린스 감독은 고민 따위 하지 않았다. 곧바로 투수코치를 불러 오더를 내렸고, 투수코치가 그 오더를 말했고, 그 말을 곧바로 이영예가 통역해 줬다.

"3회에 던지랍니다. 오직 왼손으로만 던질 자신이 있다면."

도발 섞인 그 오더에 이진용은 당연히 대답했다.

"13회까지도 던질 자신이 있다고 말해주시죠."

그 말을 들은 투수코치가 씨익 웃었다.

"정말 배포가 끝내주는군. 그래, 메이저리거라면 그 정도 포부는 가지고 있어야지."

물론 투수코치는 몰랐다.

-역시 메츠 코치들도 이 새끼가 얼마나 또라이 새끼인지 모르고 있군.

이진용이 한 말이 그저 거창한 포부 따위가 아님을.

그렇게 이진용의 3회 등판이 정해졌다.

3회 초, 마운드에 이진용이 올라왔을 때 그 사실에 의문을 품는 말린스 선수는 없었다.

"저 새끼 내가 잡는다."

"저 새끼가 다시는 지랄하지 못하도록 주둥이를 막아버리자고."

오히려 말린스 타자들은 그 사실을 반겼다.

이진용이란 투수에게 아직 복수할 기회가 남았음을.

그와 동시에 팬들도 반겼다.

이런 날이 오기를, 투수의 공 하나하나에 환호성을 내지를 가치가 있을 만한 투수가 나오기를 그토록 기다렸으니까.

-리다! 호우 리가 올라왔어!

-콜린스 감독이 역시 뭘 좀 아는군. 이런 경기에서 시범경기라고 2회만 올리고 끝내면 안 되지.

-메츠에 드디어 진짜배기 스타가 왔어. 내가 장담하지. 저 선수가 메츠를 우승시킬 거야.

물론 이 순간을 가장 기다린 건 그 누구도 아닌 이진용 그리고 김진호였다.

다시금 이진용이 마운드를 서는 순간, 그를 따라 마운드에 선 김진호는 시범경기라고 할 수 없는, 뜨거워진 분위기 앞에서 잠시 동안 말을 잊어버렸다.

"뭘 그렇게 생각해요?"

그런 김진호를 향해 글러브로 입을 가린 이진용이 말을 건넸다.

그제야 침묵에서 깨어난 김진호가 입을 열었다.

-팬들이 널 어떻게 생각하고 있을지, 그런 생각을 하고 있었어.

"팬들이 어떻게 생각할까요?"

-글쎄, 호빗 같은 쪼그마한 놈이 올라와서 호우호우 하는 꼴을 보고 저 새끼 별명은 이제부터 호우빗이다, 그러지 않을까?

호우빗.

듣는 순간 눈살이 찌푸려지는 그 별명에 이진용은 당연히 눈살을 찌푸렸다.

"장난치지 마시죠?"

-장난이라니? 너 같아도 너 같은 호빗 같은 투수가 호우하면 호우빗이라고 별명 붙일걸?

그 말에 이진용은 반문할 수 없었다.

'젠장, 진짜 이러다 별명 호우빗 되는 건가?'

그 어느 때보다 가능성 있는 말이었으니까.

'아니야, 내 별명이 그딴 쓰레기 같은 별명일 리는 없어.'

그 사실을 부정하려는 듯 이진용이 김진호를 무시한 채 경기에 집중하고자 타석의 타자를 바라봤다.

그 모습에 김진호가 씨익 웃었다.

-호우빗 님께서 왜 이렇게 표정이 굳으셨을까? 응? 너도 내심 인정하고 있는 거지?

"닥쳐요."

'호우빗이라니, 그런 별명은 절대 안 돼.'

그 말을 끝으로 입을 다문 채 이제는 자신이 잡아야 할 말린스의 7번 타자를 바라보는 이진용의 눈빛은 어느 때보다 살벌하게 빛나고 있었다.

'어떻게든 강렬한 이미지를 남겨줘야 해. 어떻게든.'

그런 이진용의 왼손은 당연한 말이지만 초구에 자신이 던질 수 있는 가장 빠른 공을 던졌다.

펑!

구속 150킬로미터, 93마일!

"뭐야, 저거?"

"93마일? 그것밖에 안 나왔어? 구속은 그보다 더 빨라 보이는데?"

"맙소사, 진짜 좌완 파이어볼러잖아?"

왼손에서 뿜어진 그 갑작스러운 강속구에 말린스 타자들의 얼굴이 딱딱하게 굳었다.

그렇게 어느 때보다 필사적인 피칭을 시작한 이진용, 그런 이진용의 좌완 피칭 앞에서 당연한 말이지만 말린스의 기적은 없었다.

첫 타자를 상대로 내야 뜬공을 얻어낸 이진용은 곧바로 두

두유 노우 호우 105

번째 타자를 상대로 삼진을 얻어냈다.

"스윙, 스트라이크 아웃!"

"젠장!"

그리고 마지막 타자를 상대로 삼진을 뜯어냈다.

[195포인트를 획득하셨습니다.]

[삼진을 잡았습니다. 보너스 포인트가 지급됩니다.]

[현재 3이닝 무실점 중입니다.]

[현재 누적 포인트는 8,115포인트입니다.]

-잘했어, 호우빗!

"닥쳐요!"

3이닝 무실점 7탈삼진, 이진용의 첫 데뷔전 성적이었다.

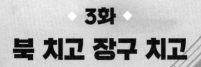

◆ 3화 ◆
북 치고 장구 치고

[이진용, 1회부터 벤치 클리어링!]
[이진용 3이닝 무실점 피칭!]
[이진용, 화끈한 데뷔전 치르다!]

이진용, 그의 데뷔전에 너무나도 당연한 말이지만 한국야구
팬들은 열광했다.

-드디어 나도 호우했다!
-이호우, 7호우 적립!
-호우! 엔젤스 새끼들 이렇게 맛있는 걸 지들만 빨았단 말이야?

이제는 이진용의 활약에 분노를 담은 욕지거리를 내뱉는 대

신 그 활약을 순수하게 즐길 수 있었으니까.

더불어 메이저리그 팬들 역시 이진용이란 뉴페이스의 등장에 지대한 관심을 가졌다.

그럴 수밖에 없었다.

-1회부터 벤치클리어링 일으키는 또라이는 처음인 듯.

-카를로스 주먹 피하는 거 봐, 끝내주네! 얘가 머니웨더 경기보다 복싱 재미있게 할 듯?

└이미 이번 벤치 클리어링만으로 머니웨더가 평생 복싱하면서 보여준 모든 재미보다 더 큰 재미를 줬을 듯?

-얘가 과연 바티스타나 오도어 상대로도 호우할 수 있을까?

-호우 리? 이 녀석 경기는 내가 언젠가 무조건 보러 간다.

자신의 메이저리그 첫 타자를 상대로 환호성을 내지르며 벤치 클리어링을 일으켰고, 그런 자신을 죽이러 온 타자의 주먹을 연달아 피하는 모습, 심지어 그 타자를 향해 마운드에서 꺼지라고 일갈을 내지르는 모습은 장담컨대 메이저리그의 역사 어디에서도 존재치 않았던 광경이었으니까.

더욱이 이진용이 보여준 건 그것만이 아니었다.

-그보다 3이닝 7탈삼진이라니? 메츠에서 엄청난 투수를 데리고 온 것 같네.

이진용은 선수가 가져야 하는 가장 중요한 것, 실력이라는 가치마저 분명하게 보여줬다.

-처음에는 왜 얘가 오타니 쇼헤이랑 같이 언급되는지 이해불가였는데 이제는 이해된다.
-우완으로 80마일대, 좌완으로 90마일대 공을 던지는데, 두 손 모두 탈삼진 능력이 있다…… 이 정도면 오타니 쇼헤이보다 더 낫지 않을까?
 └에이, 그래도 100마일짜리 공을 던지는 투수한테 90마일짜리 투수를 비비는 건 좀 그러네.
 └그래도 메츠에서 4선발 정도는 충분히 책임져줄 수 있을 듯.
 └스위칭 피처이니까 불펜에서 전천후로 활약할 수도 있지 않을까?

이런 선수에 대해서 관심을 가지지 않는다면 그게 이상한 일.
실제로 이진용의 데뷔전은 메이저리그 닷컴의 메인을 장식하기에 부족함이 없었다.
문제는 오직 하나.

[오타니, 연타석 홈런 폭발!]
[오타니, 20승-20홈런이 내 목표!]

이진용이 활약한 그 날, 다른 야구장에서 더 놀라운 활약이 일어났다는 것뿐.

"에이, 진짜."

메이저리그 닷컴의 메인페이지, 그곳에 걸린 오타니 쇼헤이의 모습을 확인한 이진용이 스마트폰을 끄며 테이블 위에 올려놓았다.

그러자 이진용의 뒤에서 스마트폰을 같이 보던 김진호가 곧바로 불만을 내뱉었다.

-야, 나 스마트폰 보는 거 안 보여?

"다 봤잖아요!"

이진용의 퉁명스러운 반문에 김진호가 고개를 끄덕였다.

-그야 다 봤지.

"그럼 됐잖아요?"

-너 엿 먹는 건 보고 또 봐도 재미있거든.

김진호의 그 말에 이진용이 뚱한 표정을 지었다. 그런 이진용의 표정에 김진호가 어깨를 으쓱했다.

-장난이야, 장난.

그럼에도 불구하고 이진용의 표정은 여전히 좋지 못했고, 김진호가 그런 이진용을 위로했다.

-진용아, 긍정적으로 생각하자고. 여기서 만약 오타니가 연타석 홈런을 못 쳤다면 메이저리그 닷컴에 네가 올라왔을 테니까.

"그게 긍정적으로 생각하는 겁니까?"

-당연하지! 만약 메이저리그 닷컴에 진용이, 네가 메인에 뜬 다고 하면 모든 메이저리그 팬들이 너한테 관심을 집중할 테고, 그럼 메이저리그 팬들이 네 일거수일투족을 보고 별명을 지어주겠지. 호우빗 같은 별명 말이야. 하지만 다행히도 오타니가 활약해 준 덕분에 호우빗 같은 별명은 안 붙었잖아? 안 그래?

말을 하던 김진호가 이진용의 어깨를 두드리며 말했다.

-그러니까 오늘 자기 전에 다저스 스프링 트레이닝 구장이 있는 애리조나에 절 세 번 하는 거 잊지 마.

그런 김진호의 말에 이진용은 대답하지 않았다.

[골드 룰렛 이용권을 사용하셨습니다.]

대신 곧바로 오늘 얻은 골드 룰렛 이용권을 사용했다.

그 모습에 김진호가 굳은 표정으로 소리쳤다.

-젠장, 자기 불리하면 룰렛 돌리네. 야! 그런 거 나 안 보이는 데서 돌려!

물론 씨알도 먹히지 않을 소리였다.

황금빛 룰렛은 가차 없이 돌아가기 시작했다. 김진호의 눈동자도 돌아가기 시작했다.

그때 이진용이 말했다.

"그거 아세요?"

-뭐?

"김진호 선수가 나 엿 먹일 때마다 룰렛 돌리면 좋은 거 나오는 거."

그 말에 김진호는 대답 대신 꿀꺽, 침 한 번 삼킨 후에 긴장된 표정으로 룰렛을 바라봤다.

-에이 설마, 그런 게 어디 있…….

그리고 이내 룰렛이 멈췄다.

[히트맨 스킬을 습득하셨습니다.]

-씨발, 진짜네?

"우와, 진짜네?"

다이아몬드 칸에.

[히트맨]

-스킬 랭크 : F

-스킬 효과 : 다음과 같은 효과가 적용됩니다.

-피지컬 +5

-밸런스 +3

-선구안 +1

-배트 스피드 10퍼센트 증가

"히트다, 히트!"

히트맨 스킬.

그야말로 타격 스킬의 끝판왕이라고 해도 과언이 아닐 스킬의 등장에 이진용은 절로 엄지를 치켜들었다.

당연한 말이지만 김진호의 표정이 좋을 리 없었다.

-젠장 가뜩이나 선구안 좋은 놈한테 이딴 거 나오면 안 되는데…… 이러다가 이 새끼가 20승하고 20홈런 하는 거 아니야? 젠장, 그럼 내 이름 뒤로 백 퍼센트 밀리는데…….

그때였다.

-응?

이진용이 갑작스럽게 김진호 앞에서 절을 하기 시작했다.

한 번 그리고 두 번 마지막으로 세 번!

-너 뭐해?

김진호의 의문 어린 반문에 이진용이 정말 진심을 담은 해맑은 미소를 지으며 말했다.

"고마워서요."

-야! 꺼져!

"다음에도 잘 부탁합니다."

-야, 재수 없으니까 꺼져!

김진호의 그 말에 이진용이 씨익 웃으면서 자리에서 일어난 후에 다시금 스마트폰을 들었다.

이제 다시 오타니 기사를 확인한 이진용은 마치 두고 보라는 듯이 스마트폰을 보며 말했다.

"오타니 기다려라, 나도 이도류로 간다! 아니, 난 양손이니까 삼도류인가?"

-개소리는 그만해. 어차피 이번 시즌에 메이저리그 사무국이 영웅으로 만들려는 건 오타니이니까.

"네?"

그 갑작스러운 말에 이진용이 고개를 갸웃했다.

-내가 나중에 너 기죽이려고…… 아니, 너 기죽을 것 같아서 일부러 말 안 했는데, 메이저리그에서는 잘한다고 해서 무조건 스포트라이트를 받는 게 아니야.

"그게 무슨 말이죠?"

-너도 알겠지만 메이저리그는 거대한 비즈니스 시장이야. 여기 선수 두세 명 연봉이면 한국프로야구 선수 전체 연봉 수준이 나오는 비즈니스 시장. 이런 비즈니스 시장이 설마 아주 공정하게 돌아갈 것 같냐? 간단히 말하면 더 좋은 상품을 만들기 위해 메이저리그 사무국 차원에서 영업을 해.

"그러니까 메이저리그를 관리하는 메이저리그 사무국이 선수 한 명을 편애한다는 건가요?"

-한 명은 아니고 몇 명이긴 하지만, 맞아. 편애를 해. 똑같은 활약을 해도 누군가는 대서특필이고, 누군가는 지역 신문에 그냥 이름 좀 올리고 끝. 당장 메이저리그 사무국이 메이저리그 닷컴을 운영하잖아.

말을 하던 김진호는 쓴웃음을 지었다.

-내 루키 시절 떠올려 봐. 시즌 초반부터 리그를 폭격했지만 내가 본격적으로 괴물 소리 들은 건 올스타전 끝난 이후 후반기였어. 만약 내가 미국에서 태어난 잘생긴 백인 선수였으면 어땠을까? 응?

10조 원이 넘는 시장.

그 시장의 가치를 지키고 관리해야 하는 의무를 가진 메이저리그 사무국은 이 시장을 위한 모든 수단과 방법을 동원한다.

-더욱이 메이저리그의 역사는 영웅의 역사이거든. 스타 플레이어에 대한 시선이 한국프로야구하고는 차원이 달라.

더불어 메이저리그에게 있어서 스타 플레이어, 영웅의 존재는 절대적이었다.

-리그가 침체기에 접어들었을 때 영웅이 등장해서 리그의 분위기를 띄웠지. 베이브 루스가 그랬고, 심지어 그 약쟁이들의 홈런 레이스가 메이저리그의 열풍을 불러일으킨 것 역시 분명한 사실이지.

메이저리그의 기나긴 역사 속에서 찾아왔던 무수히 많은 위기는 언제나 영웅의 탄생으로 버텼으니까.

그 사실을 현 커미셔너인 롭 맨프레드란 사내가 모를 리 없었다.

-물론 편애는 시즌 전반기에만 이루어져. 어차피 후반기 시작하면 실력 좋은 선수들은 알아서 평가를 받으니까. 그리고 그렇게 실력 좋은 선수들 중 스타성이 있는 선수들은 다음 시즌에 대우를 받는 거고. 메이저리그는 편애하는 선수가 결과

를 만들지 못하면 더 가치 없어지거든.

"그러니까 이번 시즌 전반기 핫아이템은 오타니다, 그 말인가요?"

이진용의 반문에 김진호가 오히려 눈살을 찌푸리며 말했다.

-그럼 설마 키 크고 잘생긴 데다가 100마일짜리 공을 던지고 홈런 치는 투수를 대신해서 키 작고 못생기고 마운드에서 지랄하고 주먹질이나 하는 투수를 상품으로 내놓을 줄 알았어?

"그건……."

그 말에 이진용이 꿀 먹은 벙어리가 됐다.

반박할 말이 떠오르지 않은 모양.

결국 이진용은 반박 대신 질문을 했다.

"어떻게 방법이 없나요?"

-열심히 잘, 꾸준히 활약하는 모습을 보이면서 명성을 쌓는 수밖에 없지. 시즌 후반까지 파이팅!

그 말에 이진용이 불만 가득 한 표정을 지었다.

당연한 말이지만 이진용은 그 사실을, 이 현실을 그냥 순순히 받아들일 생각이 조금도 없었다.

현재에 만족하지 마라!

더더욱 탐욕스러운 괴물이 되어라!

그러라 말해준 건 그 누구도 아닌 자신의 눈앞에 있는 사내였기에.

그렇기에 이진용은 말했다.

"그래도 분명 방법이 있을 거 아닙니까? 김진호 선수였다면 이런 상황을 순순히 받아들일 겁니까?"

-당연히 아니지.

말을 하던 김진호가 머릿속으로 앞으로 남은 메츠의 시범경기 일정을 떠올리기 시작했다.

-가만 보자…… 2주 후에 레드삭스랑 붙네. 그때쯤이면 슬슬 선발 로테이션 돌리면서 5이닝 피칭 시키겠고, 슬슬 사이영급 투수들이 본격적으로 던질 테고…….

그 계산 끝에 말했다.

-작년 시즌에 300탈삼진을 넘긴 유일한 투수인 크리스 세일 같은 투수를 상대로 맞붙어서 삼진 대결에서 이기면, 그러면 이야기는 조금 달라질 수 있겠지.

"예."

그 말에 이진용이 고개를 끄덕였다.

"조언 감사합니다."

그 모습을 보는 김진호의 입가에는 미소가 걸려 있었다.

2월 말에 시작된 스프링 트레이닝은 경기를 거듭하며, 이내 3월 중순에 이르렀다.

시범경기일 뿐이지만 메이저리그의 분위기는 날을 거듭할수록 달아오르기 시작했다.

[다저스 연승행진! 이번에는 월드시리즈다!]
[컵스, 아직 우리는 배고프다!]
[레드삭스, 21세기를 우승의 해로 장식하기 위한 도전!]
[양키스, 저지를 앞세워서 다시 한번 악의 제국 건국에 나서다!]

특히 언론이 어느 때보다 뜨거웠다.

-아니, 이제 3월인데 무슨 월드시리즈 이야기냐? 누가 보면 9월인 줄 알겠네.
-기자 새끼들 좀 미친 듯?
-최근 기자들이 과하게 설레발치긴 함.

팬들이 언론의 열기에 눈살을 찌푸릴 정도.
하지만 그렇다고 해서 모든 구단들이 이 언론의 따뜻함을 체험할 수 있는 건 아니었다.

[신더가드 2이닝 5실점, 이번 시즌에도 부진?]
[맷 하비, 다시 한번 부상자 명단에 이름 올리다.]
[제이콥 디그롬 2이닝 4실점, 데드암 증상?]
[메츠, 시범경기 연전연패!]
[콜린스 감독의 구시대 야구, 한계에 봉착하다!]

메츠, 그들에게 있어 2018시즌 스프링 트레이닝은 어느 때보다 혹독했다.

그리고 그게 바로 메이저리그 언론이었다.

영웅 하나를 만들기 위해서는 열넷의 희생양이 필요한 곳, 종국에는 스물아홉의 희생양을 필요로 하는 곳이 바로 메이저리그란 곳이었으니까.

그런 메이저리그는 이번 2018시즌 메츠를 영웅 만들기의 희생양으로 점찍은 듯했다.

당연한 말이지만 메츠에 있어 그건 결코 좋은 일이 아니었다.

"분위기가 말이 아니군."

콜린스 감독의 말에 모인 코칭스태프들이 대답 대신 깊은 한숨을 흘리며 고개를 절레절레 흔들었다.

굳이 자세한 설명은 필요 없었다.

다들 메이저리그에서 닳고 닳은 이들이기에, 그렇기에 현 상황이 얼마나 안 좋은지 잘 알고 있었으니까.

당연히 이 분위기를 반전시킬 수 있는 방법도 알고 있었다.

'분위기를 바꾸려면 결국 선수로 바꿔야 한다. 경기를 뛰는 건 선수이니까.'

'타자로는 힘들지. 할 수 있다면 투수.'

야구는 투수놀음이란 말이 있듯이, 이런 분위기를 반전시키는 데에는 투수의 끝내주는 피칭보다 좋은 건 없었다.

'시범경기에서 투수는 맥시멈이 5이닝이다. 결국 5이닝 안에 강렬한 임팩트를 줄 수 있는 스프린터가 필요한데……'

더불어 시범경기에서 선발투수가 뛸 수 있는 맥시멈 이닝은 5이닝.

그렇기에 이닝 이터처럼 8이닝이 지난 후에 가치를 드러내는 마라토너 타입의 투수보다는 짧은 이닝 안에 보다 확실한 인상을 줄 수 있는 투수가, 스프린터 타입의 투수가 필요했다.

더불어 메츠에는 그런 스프린터 타입의 투수가, 5이닝 안에 팬들의 가슴에 불을 지를 100마일짜리 패스트볼을 던지는 투수가 세 명이나 있었다.

'신더가드, 디그롬, 둘 모두 컨디션이 안 좋다. 오히려 지금은 케어를 해줄 때야.'

'맷 하비는 부진과 부상이 겹쳐서 최악의 시즌을 보냈다. 여기서 무리하게 쓰면 정말 이대로 선수 생명이 끝날 수도 있어.'

문제는 그것이 2015년의 이야기라는 것.

한때 모든 메이저리그 팬들, 관계자들, 코칭스태프를 부럽게 했던 메츠의 파이어볼러 3인방은 최소한 스프링 트레이닝에서는 활약을 기대하기 힘들었다.

그리고 그들은 시범경기에서의 활약을 강요할 수 있는 선수도 아니었다.

어떻게든 시범경기 동안 그들이 본래의 기량을 되찾을 수 있도록 만들어야 하는 선수이지.

'어쩔 수 없지. 시범경기의 분위기가 중요하다고 해도 시범경기를 위해 목숨을 걸 필요는 없으니까.'

'최악의 분위기로 시즌을 시작하겠군.'

그 무렵이었다.

"리의 상태는?"

콜린스 감독이 한 선수를 언급했다.

그러자 투수코치가 굳은 표정으로 말했다.

"좀 위험합니다."

위험, 그 두 글자에 다른 코치들의 표정이 굳었다.

'위험하다고? 보기에는 멀쩡하던데?'

'저번에 보니까 너무 과할 정도로 힘이 넘쳐서 약 먹은 거 아닐까, 의심이 될 정도였는데?'

콜린스 감독 역시 굳은 표정으로 되물었다.

"무엇이 위험한가?"

"무대를 만들어주면 단순히 뛰는 게 아니라 미쳐 날뛸 겁니다. 더욱이 리가 미쳐 날뛰면…… 전 어떻게 될지 짐작조차 되지 않습니다. 그래서 위험하다는 겁니다."

그 말에 좌중은 고개를 끄덕였다.

'그래, 그런 의미라면 위험하지.'

'그런 의미의 위험함이라면 장담컨대 메이저리그에서 가장 위험한 투수이겠지.'

그리고 콜린스 감독 역시 고개를 끄덕이며 말했다.

"그럼 레드삭스 상대로 기죽을 일은 없겠군."

그 말에 좌중의 표정이 굳었다.

그 굳은 표정 사이로 벤치코치가 조심스레 말했다.

"리를 세일하고 붙이실 겁니까?"

그 질문에 콜린스 감독은 대답하지 않았다.

고개만 끄덕일 뿐.

메이저리그에는 총 서른 개의 구단이 있고, 당연히 메이저리그는 하루에 최대 15경기를 치른다.

엄청난 경기 수다.

때문에 메이저리그 경기를 중계하는 해설자나, 메이저리그 기사를 쓰는 기자들조차 모든 메이저리그 경기를 일일이 챙기는 건 불가능하다.

하물며 해설자와 기자들이 그러한데 팬들은 어떨까?

자기가 응원하거나 관심도 없는 팀의 선발이 누구인지 아는 이가 있을 리 없다.

달리 말하면 그 점이 척도가 될 수 있다.

-레드삭스랑 메츠가 붙는군!

-오늘 레드삭스 선발이 크리스 세일이잖아?

유명세의 척도.

그런 의미에서 이제는 레드삭스의 에이스가 되어 작년 시즌 레드삭스의 포스트시즌 진출을 이끈 크리스 세일의 유명세는 메이저리그 최고 수준이었다.

-세일? 그럼 당연히 이 경기를 봐야겠군!

-세일 경기라면 무조건 봐야지!

-세일 경기는 전부 챙겨볼 가치가 있지!

레드삭스에 별 관심조차 없는 팬들은 물론, 메이저리그에
별 관심이 없는 팬들조차 그의 이름을 알고 그의 경기를 보기
위해 메이저리그 중계를 보게 만들 정도였으니까.

"경기 당일인데도 내 이름이 걸린 기사는 얼마 없네요."

-당연하지. 작년 시즌 300개가 넘는 탈삼진을 기록한 메이
저리그 최다 탈삼진 투수가 이제 시즌 앞두고 본격적으로 던
지는 경기인데, 누가 개뽀록 호우빗 투수 따위를 신경 쓰겠어?
페라리 지나가는데 도요타 프리우스 신경 쓰는 사람 봤어?

"그래도 고맙네요. 연비 좋은 차랑 비교해 줘서."

-응? 그게 아니라 내가 본 차들 중에 제일 못생긴 차라서 그
런 건데?

그런 경기에서 이진용에 대한 주목도는 너무나도 당연하게
도 적을 수밖에 없었다.

아니, 주목도가 적은 정도가 아니었다.

-이상한 또라이 새끼가 드디어 제대로 된 메이저리거를 만났군.

-세일이 그 이상한 난쟁이 새끼한테 메이저리그의 무서움을 보여줬
으면 좋겠어.

-감히 메이저리그 무대에서 그따위 짓을 하다니, 아주 본때를 보여 달라고!

　적지 않은 팬들이 크리스 세일 앞에서 이진용이 처참하게 짓밟히는 꼴을 보고 싶어 했다.
　더욱이 메츠 팬들조차 이진용을 적극적으로 보호해 주지 못했다.
　이제 막 얼굴을 알게 된 투수를 위해 손가락에 핏줄을 세우는 게 오히려 이상한 일일 테니까.

-너무 그러지 말라고, 처음 메이저리그라서 멋모르고 한 것일 수도 있잖아?
-신인이나 다름없는 선수인데 비난은 삼가자!
-다음 경기에는 얌전하게 할 거야. 분명 코칭스태프가 주의를 줬을 테니까.

　SNS커뮤니티를 통해 이러한 상황을 파악한 김진호는 피식 웃었다.
-밭에 들어온 고라니 취급이네. 그것도 이제 막 자라기 시작한 새끼 고라니 취급.
　너무나도 정확한 표현이었다.
　메이저리그 팬들은 이진용을 자신들의 농장에 침입해서 이상한 짓을 한 짐승 취급을 하고 있었다.

-어쨌거나 상황을 정리해 보자고.

물론 그런 취급을 당하는 입장에서는 여러모로 부담스러울 수밖에 없는 상황이었다.

-다른 팀 팬들은 비난을 퍼붓고, 우리 팀 팬들은 아직 애정이 없어서 제대로 실드도 못 쳐주는 와중에, 우리 팀은 작년 시즌을 제대로 망친 것도 모자라 시범경기 내내 개처럼 처맞는 반면, 상대 팀은 작년 시즌 포스트시즌 진출에 성공한 명가 레드삭스.

여러모로.

-심지어 상대하는 투수는 그 팀의 에이스이며, 레드삭스에서 끝내주는 남자들만 할 수 있다는 한 시즌 300탈삼진 달성에 성공한 투수. 다시 말하지만 레드삭스 유니폼 입고 한 시즌에 탈삼진 300개 이상 잡은 투수치고 끝내주는 남자가 아니었던 사람은 없어. 그런 투수들은 눈빛만 봐도 여자들 막 쓰러지고 그랬어. 뭐, 그랬었다고.

정말 여러모로 부담스러운 것들만이 가득한 상황.

-자, 그럼 이 상황을 넌 어떻게 생각하냐?

그 상황을 눈앞에 둔 이진용은 대답했다.

"어떻긴요, 감사히 잘 먹어야죠."

제트블루 파크 앳 펜웨이 사우스.

레드삭스의 스프링 트레이닝 장소인 이 야구장에는 펜웨이라는 이름이 붙어 있다.

그건 그저 단순히 레드삭스가 쓰는 스프링 트레이닝 장소라고 해서 붙여진 것이 아니었다.

펜웨이파크, 그린 몬스터라고도 불리며 메이저리그의 역사에 길이 남은 자존심과 같은 그 구장은 쉽사리 자신의 이름을 쓰는 것을 허락하지 않으니까.

당연히 이유가 있었다.

"여기 펜스 높이가 펜웨이파크랑 똑같다는군."

"그린 몬스터 2세 같은 거지."

제트블루 파크 앳 펜웨이 사우스, 그곳의 펜스 높이는 그린 몬스터라 불리는 펜웨이 파크와 똑같았다.

좌익수 방면, 그곳에 11미터짜리 그린 몬스터와 똑같은 벽이 존재하고 있었다.

물론 진짜 그린 몬스터와 다르게 외야석이 존재했고, 벽 대신 그물망이 존재했다.

어쨌거나 중요한 건 그 드높은 벽이 무수히 많은 홈런들을 안타로 만든다는 것.

그리고 레드삭스 투수라면 그 사실이 다른 무엇도 아닌 홈 어드밴티지가 된다는 것.

"여러모로 세일에게는 최고의 무대이겠군."

크리스 세일.

이번 시즌 시범경기 두 번째로 등판하게 된 그에게 있어 제트블루 파크는 여러모로 완벽한 무대였다.

당연한 말이지만 그 완벽한 무대에서 크리스 세일은 완벽한 피칭을 보여줬다.

펑!

1회 초, 축포 대신 97마일짜리 포심 패스트볼을 초구로 선보인 크리스 세일은 그 축포를 끝으로 아웃카운트를 사냥을 시작했다.

"스윙 스트라이크 아웃!"

"스트라이크, 아웃!"

"스윙 스트라이크, 아우우우웃!"

삼진!

오로지 삼진만으로 메츠의 1번과 2번 그리고 3번을 그저 희생양으로 만들어버린 크리스 세일은 그 사실에 감흥조차 없는 듯한 표정으로, 심지어 땀 한 방울조차 흘리지 않은 채 마운드를 내려갔다.

'괴물 같은 놈!'

'젠장, 이걸 어떻게 치라고!'

메츠 선수들은 물론 플로리다의 뜨거운 태양조차 무색하게 만드는 피칭이었다.

크리스 세일의 피칭은 그 정도로 압도적이었다.

일단 2미터 가까운 장신과 긴 왼팔을 이용한 독특한 투구폼, 쓰리쿼터와 사이드암, 그 중간에 위치한 투구폼에서 나오는 최대 100마일짜리 패스트볼은 그 자체만으로도 흉기였다.

타자들에게 있어서는 말 그대로 총이었다.

그냥 투수가 방아쇠를 당기면 타자는 억! 하고 맞을 수밖에 없는 총.

더욱이 크리스 세일은 명사수이기도 했다.

그는 패스트볼로 단숨에 타자를 2스트라이크란 벼랑 끝에 몰아넣었고, 그렇게 벼랑 끝에 몰린 타자에게 슬라이더와 체인지업, 여러모로 다른 두 가지 변화구로 삼진을 잡아냈다.

때문에 혹자는 크리스 세일을 이렇게 표현했다.

-슬라이더를 던질 때는 랜디 존슨을 떠올리게 하고, 체인지업을 던질 때는 김진호를 떠올리게 하는 투수.

좌완 파이어볼러의 상징인 랜디 존슨과 메이저리그의 지배자였던 김진호의 장점만을 뽑아 만든 선수!

그야말로 극찬이었다.

-김진호의 장점만을 뽑았다…… 뭐, 인정해 주지.

심지어 김진호 본인마저 인정할 정도로, 그 정도로 크리스 세일의 피칭은 훌륭했다.

-외모는 내가 좀 더 낫지만.

"헐."

이진용의 말문마저 막힐 정도의 극찬.

그런 이진용의 말문은 이미 발자국으로 만연한 마운드 위에 선 다음에도 열리지 않았다.

지그시.

이진용은 크리스 세일이 남긴 발자국을 지그시 바라본 후에 곧바로 긴 숨을 내뱉으며 이내 자신의 오른손에 글러브를 꼈다.

그 모습에 김진호가 피식 웃었다.

이진용, 그는 1회에 오른손을 주로 썼으니까.

당연한 일이었다.

주심의 스트라이크존을 파악해야 하는 1회에 컨트롤이 좋은 오른손을 쓰는 것이 여러모로 합리적이고 상식적이니까.

그런데 지금 이진용은 그 오른손에 글러브를 꼈다.

왼손을 쓰겠다는 의지를 분명하게 표현했다.

타석에 선 타자가 좌타자가 아닌 우타자임에도 말이다.

-유치한 놈.

김진호의 말대로 유치하기 그지없는 이유였다.

크리스 세일도 왼손으로 던지니까 나도 왼손으로 던지겠다!

오직 그 이유로 오른손이 가지는 무수히 장점을 포기한 채 좌완 피칭을 하려는 것만큼 유치한 이유도 세상에 없을 테니까.

어쨌거나 그런 이진용의 유치함은 확실히 효과가 있었다.

"좌완 피칭부터 한다?"

"저 선수 좌완은 컨트롤이 불안하지 않나?"

좌중이 좌완 피칭에 놀라움을 표했다.

야구를 볼 줄 아는 이들, 이제는 나름 이진용의 스펙을 아는 이들은 이진용이 오른손 피칭부터 하리라 생각했다.

'레드삭스를 상대로?'

하물며 상대는 레드삭스, 양키스에 버금가는 전통과 역사를 가지고 있으며 무엇보다 작년 시즌 포스트시즌 진출에 성공한 강팀 아닌가?

'세일의 피칭을 보고도?'

심지어 앞서서 던진 투수는 그 누구도 아닌 작년 시즌 최고의 투수 중 한 명이었던 크리스 세일이었다.

현존하는 메이저리그 좌완투수 중에서도 손꼽히는 스타 플레이어!

그런데 그런 크리스 세일의 피칭이 이루어진 자리에서 망설임 없이 왼손을 꺼내들었다?

그런 이진용의 선택을 바라보는 이들의 생각은 둘 중 하나였다.

'아무것도 모르는 애송이인가?'

'그냥 또라이인가?'

범 무서운 줄 모르는 하룻강아지이거나 아니면 그딴 거 안 보는 그냥 미친개이거나.

대부분이 그리 생각했다.

이진용이 크리스 세일을 상대로 정면승부를 하기 위해 왼손을 꺼내 들었다고 생각하는 이들은 소수에 불과했다.

'역시 마음에 드는군.'

그 소수에 조 존스가 있었다.

'그래, 그런 식으로 가야지.'

그런 조 존스는 이진용의 선택에 찬성했다.

막연히 그게 멋있는 것 같아서 그러는 게 아니었다.

'이제는 리도 알려진 투수다. 그런 상황에서 알려진 대로 하면 좋을 건 없어.'

이진용은 말린스전에서 충분히 자신의 얼굴 정도는 알렸다.

팬들이나 관계자 중에는 모르는 이가 제법 있겠지만 그건 어디까지나 그들의 이야기, 이진용을 상대하게 된 오늘 레드삭스의 선수들이 이진용에 대한 최소한의 정보를 모를 리 없었다.

그런 상황에서 이진용의 이런 돌발 행동은 충분히 그만한 효과가 있었다.

오른손 투수를 예상하던 타자에게 왼손 투수가 나오는 것만큼 당혹스러운 일은 없으니까.

'당황하는군.'

그 증거로 레드삭스의 1번 타자 브라이스 버틀러는 좌완투수 이진용을 제대로 보지 않고 있었다.

이진용을 보는 대신 거듭 벤치를 바라보고 있었고, 벤치는 그런 브라이스에게 꽤 긴 사인을 보내고 있었다.

사전에 준비해 놓은 작전이 무용지물이 되었다는 의미.

물론 그런 수작만으로 메이저리그에서 살아남을 수 있었다면 이 세상에 모든 투수들이 양손 피칭을 연습했을 것이다.

가장 중요한 것은 결국 이진용의 왼손이 가진 위력, 그 부분에 있어서 조 존스는 분명하게 말할 수 있었다.

'리의 좌완은 보이는 구속 이상으로 위력적이다.'

이진용은 메이저리그에서도 통할 좌완 파이어볼러라고.

그렇기에 조 존스는 기꺼이 요구했다.

'어려울 것 없이, 크리스 세일이 한 것처럼 하면 된다. 패스 트볼로 타자를 벼랑 끝에 몰아세운 후에 밀어버리면 돼.'

스트라이크존을 향하는 포심 패스트볼.

그 요구에 이진용이 기꺼이 고개를 끄덕였다.

93마일.

약 150킬로미터의 공은 메이저리그 타자들에게 있어서도 아주 쉽게 공략할 수 있는 공은 아니다.

하지만 이 정도 구속만으로는 메이저리그에서의 활약을 자신할 수 없다.

실제로 93마일대의 공을 던지는 투수들 중에서도 메이저리그에서 버티지 못해 마이너리그를 전전하는 경우가 부지기수이다.

반면 93마일대 패스트볼로 메이저리그에서 풀타임 주전으로 활약하는 건 물론 리그의 수준급 투수로 활약하는 선수들도 있다.

그 차이를 만드는 것 중 하나는 다름 아니라 투수의 투구폼이다.

똑같은 구속이라고 해도 타자를 더 곤란하게 만들고, 짜증

나게 만들고, 식겁하게 만드는 투구폼이 있다.

혹자는 투구폼이야말로 투수의 알파이자 오메가라고 할 정도.

그 사실을 메이저리그의 한 시대를 풍미한 투수, 김진호는 누구보다 잘 알고 있었다.

이진용의 좌완 투구폼은 그런 김진호가 하나부터 열까지 설계한 투구폼이었다.

하물며 김진호가 이진용의 좌완 투구폼을 만들어줬을 때, 그 투구폼을 한국프로야구 타자들을 염두에 두고 만들었을 리 만무. 김진호가 이진용의 좌완 투구폼을 만들 때 그 사냥감은 메이저리그 타자들이었다.

펑!

"스윙, 스트라이크 아우우웃!"

[285포인트를 획득하셨습니다.]
[삼구삼진을 잡았습니다. 보너스 포인트가 지급됩니다.]
[현재 1이닝 무실점 피칭 중입니다.]

1회 말, 이진용은 그 사실을 세 타자 연속 삼진을 잡아내는 것으로 분명하게 증명했다.

포심 패스트볼의 최고 구속은 94마일.

결정구는 슬라이더와 체인지업이었다.

"훌륭하군."

"생각보다 훨씬 공이 좋아. 구속 이상으로 구위가 좋은 투수였어."

크리스 세일만큼은 아니지만, 적어도 이진용을 범 무서운 줄 모르는 하룻강아지나 그냥 정신 나간 또라이라고 생각한 이들의 그 생각은 바꿀 만큼의 피칭이었다.

"그런데 이번에는 조용하네?"

"그러네? 저번 경기 때처럼 이상한 소리를 안 지껄이네?"

더욱이 이진용은 삼진을 잡았음에도 말린스전과 다르게 환호성을 내지르지 않았다.

호우.

이진용의 이름보다 유명한 그 소리가 제트블루 파크 어디에서도 들리지 않았다.

"그 경기 이후 주의를 받고 정신을 차린 거겠지."

"상식이 있는 사람이라면 저렇게 하겠지."

"우리가 생각했던 것처럼 또라이는 아니었던 모양이야."

"그래, 도전자라면 겸손할 줄도 알아야지."

그 사실에 이진용을 또라이로 취급하던 이들조차 이제는 이진용을 메이저리그에 도전할 자격과 능력을 갖춘 동양에서 온 실력자로 바라보기 시작했다.

거기까지였다.

사람들은 지금 치러지는 경기에 그 이상의 의미를 부여하지 않았고, 이진용에게도 그 이상의 가치를 부여하지 않았다.

"세일이 올라오는군."

"오늘은 5이닝만 던지니까 2이닝부터 전력투구할 거야. 어쩌면 2회에 99마일 이상이 나올 수도 있어."

"세일은 8회에도 99마일을 던지는 투수이니까."

오늘 경기의 주인공은 크리스 세일이었고, 이진용은 굳이 따지면 햄버거 세트에 햄버거와 같이 나오는 감자튀김 같은 존재였으니까.

있으면 손이 가지만 없어도 딱히 불만은 생기지 않는 감자튀김.

그리고 크리스 세일은 주인공답게 2회 초 두 개의 삼진을 포함해 삼자범퇴로 완벽하게 메츠 타자들을 잡고 내려갔다.

2이닝 무실점 5탈삼진.

최고 구속은 98마일.

흘린 땀방울 서너 방울.

감히 이진용과는 비교할 수 없는 그 강렬함에 경기를 보던 모든 이들이 환호성을 아끼지 않았다.

"와우!"

"끝내주네!"

당연히 크리스 세일이 마운드를 내려갔을 때, 야구장은 여전히 크리스 세일의 존재감으로 가득 차 있었다.

"정말 끝내주는 패스트볼이야. 랜디 존슨보다 훨씬 더 빠른 것 같아!"

메이저리그 최고 투수의 존재감 앞에서 2회 말 마운드에 올라와 첫 타자를 상대로 삼진을 잡아내는 이진용을 신경 쓰는 이들은 그다지 많지 않았다.

"체인지업을 쓰는 타이밍은 김진호를 떠올리게 하지. 더 절묘하게, 타자들의 심리를 농락하고 있어."

여전히 크리스 세일에 대한 이야기로 가득했다.

이진용이 5번 타자를 상대로도 삼진을 잡아냈을 때도 마찬가지였다.

"리, 저 투수의 좌완 피칭도 나쁘지 않군. 뭐, 그래도 세일에 비할 바는 아니지만."

"그건 칭찬이지. 이번 시즌도 아메리칸리그 최고의 좌완투수는 크리스 세일이 될 테니까."

"하긴, 세일에 비교해서 나은 좌완투수가 어디 있겠어? 커쇼 정도만이 가능한 이야기이지."

몇몇 이들만이 이진용의 피칭에 관심을 가질 뿐, 여전히 크리스 세일의 존재감이 더 강렬했다.

"스윙, 스트라이크 아우-우-우-웃!"

그런 상황에서 이진용이 2회 말 마지막 아웃카운트마저 삼진을 잡아내는 순간.

"호우!"

그 순간 이진용이 오늘 경기 처음으로 환호성을 내질렀다.

이진용, 그가 그 환호성으로 크리스 세일에게 말했다.

지금 내가 너보다 삼진 하나 더 잡았다고.

그렇게 이진용이 환호성을 내지른 후 마운드를 내려갔을 때, 더 이상 그 누구도 크리스 세일만을 바라보지 못했다.

김진호, 그가 그 질문을 던진 건 이진용이 메츠와의 계약을 마치고 한국으로 돌아오는 비행기 안이었다.

　-진용아, 너 왜 마이너리그 애들이 마이너리그에 남는 줄 알아?

　그 질문에 이진용은 주변을 두리번거렸고, 이내 자신이 이대로 김진호의 말에 대답하면 테러리스트로 취급을 받을지도 모른다는 사실을 가늠하고서는 이내 스마트폰을 꺼낸 후에 자판을 두드리는 것으로 대답했다.

　'실력이 부족해서 그러는 거 아닙니까?'

　-그래, 네 말대로 메이저리그에서 버틸 실력이 안 되니까 마이너리그에 남는 거겠지. 하지만 생각해 봐. 메이저리그에 버티지 못하는 선수들이 굳이 마이너리그에 있을 필요가 있는지.

　그 말에 이진용은 생각했고, 대답했다.

　'외국인 선수들 말하는 건가요?'

　-그래, 그들. 상식적으로 생각하면, 메이저리그에서 뛸 수 없는 상황에서 한국이나 일본은 마이너리그보다 좋은 대안 아니냐?

　김진호가 말을 이어갔다.

　-그렇잖아? 마이너리그에서 받은 연봉은 이것저것 다 쓰다 보면 남는 거 하나 없지만, 한국에서 A급 외국인 선수들이 받

는 대우를 봐. 기본 연봉이 50만 달러에서 많으면 100만 달러 이상도 받고, 세금도 구단이 내주지. 그뿐인가? 집도 구단이 구해다 줘, 교통비랑 생활비도 구단이 내줘, 심지어 한국에서 10승만 하거나 20홈런만 쳐도 영웅 대접받으면서 어깨에 힘 빡 주고 다닐 수 있잖아?

김진호의 그 말에 이진용은 이내 고개를 끄덕였다.

-그런데 왜 한국이나 일본 프로야구리그 스카우트들이 선수들 영입하는 데 애를 먹을까? 왜 마이너리그에서 뛰는 대부분의 선수들이 그 달콤한 제안을 거절하는 걸까? 심지어 한국이나 일본에서 야구를 하는지조차 모르는 이들이 적지 않을 정도로 관심이 없지, 왜 그럴까?

그 질문에 이진용은 고민 없이 대답했다.

'메이저리그 선수들과 붙을 수 있어서?'

그 대답에 김진호는 더 이상 말을 이어가는 대신 씨익 미소만 지었다.

그 말대로였다.

마이너리그라고 해서 다 똑같은 수준인 게 아니다. 트리플A와 메이저리그 사이의 실력자들, 흔히 AAAA 수준이라고 하는 선수들이 있다.

어떻게 보면 메이저리거들과도 큰 차이가 없는 수준, 실제로 메이저리그에서 활약한 경력을 가지고 있는 경우도 있다. 단지 메이저리그에서 버티지 못했을 뿐.

그러나 마이너리그에서 그들의 처우나 대우는 그들의 실력에 비해서 처참했다.

김진호의 말대로 한국프로야구나 일본프로야구에서 외국인 선수로 뛰는 것이 천국처럼 느껴질 정도.

그럼에도 불구하고 그들이 마이너리그에 남은 채 눈물 젖은 빵을 먹는 이유는 하나다.

자신들이 어린 시절 야구선수를 꿈꾸게 해주었던 메이저리그 무대에서, 그 꿈을 주었던 선수들과 같이 야구를 할 수 있다는 것.

당연한 말이지만 이진용은 크리스 세일이란 메이저리그의 최고 선수를 마주한 기회를 그냥 기념일 정도로 끝낼 생각이 없었다.

'하늘이 주신 기회다.'

이런 기회는 그냥 오는 기회가 아니었으니까.

아메리칸리그에 속한 크리스 세일을 시즌 중에 만날 가능성은 지극히 낮으며, 포스트시즌에서 그를 만날 수 있는 무대는 월드시리즈 무대밖에 없으니까.

그게 이유였다.

"호우!"

이진용, 그가 크리스 세일을 향해 거침없는 도발을 한 이유.

-또 호우했어!

-미친 또라이 새끼!

-퍼킹 호우맨!

2회 말, 이진용의 외침이 터지는 순간 온라인 세상은 그야말로 아수라장이 됐다.

-그래, 메이저리그에는 이런 또라이가 필요하다고!

-이런 또라이는 메이저리그 사무국 차원에서 징계를 줘야지!

-화끈하네! 마음에 든다!

-저런 놈은 야구를 못하게 해야 해! 메이저리그의 치욕이야!

이진용의 행동에 대한 찬반 논란으로 야구 커뮤니티는 물론 SNS까지 숨 쉴 틈이 없었다.

반면 막상 경기장의 분위기는 온라인 세상과는 대조적으로 고요했다.

물론 레드삭스 선수들이 이진용의 행동에 분노하지 않은 건 아니었다.

'저 새끼가 감히?'

'빌어먹을 새끼, 여기가 어디라고!'

레드삭스 선수들의 가슴 속은 분노로 가득 찬 상황이었다. 누군가 사인만 주면 당장에라도 마운드로 뛰쳐나갈 수 있을 정도.

그러나 레드삭스 선수들 중 그 누구도 먼저 움직이지 않았다.

일단 이번 시즌 메이저리그 사무국이 선수들의 감정 표현을 장려하는 것이 이유였다.

타자의 배트 플립이 해금됐고, 자연스레 투수의 세리머니도 어느 정도 용납되는 상황.

'젠장, 세일만 아니었으면……'

하지만 가장 큰 이유는 다른 누구도 아닌 크리스 세일, 그에게 있었다.

이진용이 도발을 한 건 사실상 타자가 아니라 크리스 세일이었으니까.

더욱이 크리스 세일은 에이스, 그것도 레드삭스라는 기나긴 역사를 가진 팀의 에이스였다.

'일단 세일의 의견이 제일 중요해.'

레드삭스는 그런 에이스의 의사를 절대적으로 따를 의무가 있었다.

'그래서 세일의 선택은?'

때문에 레드삭스 선수단은 크리스 세일의 판단을 기다렸다.

'무시하면, 우리가 응징한다.'

만약 크리스 세일이 이진용의 도발을 무시하고자 한다면, 어디 이름 모를 개새끼가 짖는 것으로 치부한다면, 그 이후부터는 타자들이 이진용이 다시 한번 호우를 외치는 순간 직접 응징할 것이다.

벤치 클리어링이든 뭐든 수단과 방법을 동원해서.

'만약 받아들이면 모든 건 세일에게 맡긴다.'

반대로 크리스 세일이 이진용의 도발을 받아들인다면 무대를 만들어줄 생각이었다.

그런 좌중의 기다림 앞에 크리스 세일은 짧게 대답했다.

"저 고블린 같은 놈, 죽여 버리겠어."

크리스 세일이 이진용의 도발을 받아들였다.

무대가 만들어졌다.

이미 메이저리그에서 확고한 주전 선수들이 시범경기에서 전력을 드러내는 경우는 거의 없다.

여러 이유가 있지만 가장 큰 이유는 결국 그것이다.

열심히 해야 할 이유가 없다는 것.

시범경기에는 선수들의 명예를 드높게 해줄 타이틀이 걸려 있지도 않을뿐더러, 이미 확고부동한 위치에 있는 선수들은 감독과 코치들에게 자신이 메이저리그에 남아야 할 이유를 설명할 필요도 없다.

막말로 클레이튼 커쇼나 맥스 슈어저, 크리스 세일 같은 투수가 시범경기에서 3이닝 10실점으로 난타를 당한다고 해서 그들을 에이스 자리에서 쫓아낼 감독은 없다.

달리 말하면 이유만 있다면 시범경기에서 전력을 다하지 못할 것도 없다.

펑!

"99마일!"

"크리스 세일이 미쳐 날뛰는군!"

크리스 세일.

이진용의 도발을 받아들인 그는 3회 초 마운드에 올라오는 순간 앞선 이닝과는 전혀 다른 투수가 됐다.

"구속도 구속이지만 마운드에서 보여주는 위압감이 달라. 전력투구 중이라고!"

전력투구.

말 그대로 타자를 상대로 삼진을 잡는 게 아니라 억지로라도 뜯어내기 위한 피칭을 시작했다.

그 결과는 당연히 모두가 예상하는 그대로였다.

펑!

"스윙, 스트라이크 아우우웃!"

첫 타자를 볼넷으로 내보냈으나 이후 나온 모든 타자들을 삼진으로 잡으며 단숨에 자신의 탈삼진 개수를 8개로 만들었다.

더불어 투구수는 3회에만 18구였다.

볼넷으로 타자를 내보내더라도, 투구수가 5이닝에 100구가 되더라도 개의치 않고 삼진을 잡겠다는 의지의 표현이었다.

그런 크리스 세일의 피칭에 이진용은 당연히 왼손 피칭으로 보답했다.

"스트라이크 아우웃웃!"

첫 타자를 상대로 볼넷을 내주었지만, 곧바로 세 타자를 상대로 삼진을 얻어냈다.

3이닝 9탈삼진.

"맙소사, 모든 아웃카운트를 삼진으로 잡다니, 이게 말이 돼?"

물론 그런 그 둘의 싸움에 양 팀의 타자들 역시 가만히 당하고만 있을 생각은 없었다.

'둘이 치고받고 싸우는 건 좋은데, 허수아비처럼 당할 수는 없지.'

'어떻게든 삼진을 잡으려고 하면, 어떤 식으로든 홈런을 칠 기회가 온다.'

타자들 역시 메이저리그를 꿈꾸거나 이미 메이저리그에서 활약하는 이들이었으니까.

'오늘 내가 영웅이 된다.'

이런 상황에서 주눅이 들기는커녕 오히려 자신이 주연이 되지 못한다는 사실에 짜증을 내는 진짜배기들.

'이미 공은 눈에 익었어. 제대로 타이밍 하나만 맞으면 돼.'

그렇기에 타순이 한 바퀴가 돌고 다시 상위 타순부터 시작된 4회에는 이진용과 크리스 세일, 둘에게 모두 위기가 찾아왔다.

당장 위기를 맞이한 건 크리스 세일이었다.

첫 타자를 삼진으로 잡았으나, 두 번째 타자를 상대로 안타를 맞은 그는 곧바로 볼넷을 내주면서 1사 1, 2루 상황을 마주했다.

"득점 찬스다."

"여기서 점수 나면 끝이야!"

그 상황에서 크리스 세일은 네 번째 타자를 삼진으로 잡았다.

그리고 마지막 타자를 상대에게 펜스 바로 앞에서 잡히는 큼지막한 외야플라이를 내주었다.

무실점.

"빌어먹을."

하지만 크리스 세일은 자신의 탈삼진 개수가 4회까지 10개에 불과하다는 사실에 불만을 품었다.

하지만 위기는 이진용에게도 찾아왔다.

"볼!"

이진용, 그는 선두타자를 상대로 볼넷을 내주었다.

심지어 그 볼넷은 그냥 볼넷이 아니었다.

'이걸 골라내네.'

무려 한 타자를 상대로 10구를 던진 끝에 나온 볼넷, 투수에게 충분히 치명적인 볼넷이었다.

그 후에 두 번째 타자를 상대로 삼진을 잡았으나, 그 후에 이진용은 안타를 내주고 말았다.

1사 주자 1,2루.

위기일발, 그 상황 속에서 다음 타자가 이진용의 공을 쳤다.

빡!

"유격수!"

"오케이!"

병살타가 나오는 순간이었다.

당연히 병살타를 친 타자의 표정은 사정없이 구겨져 있었다.

"젠장!"

전력을 다해 1루로 갔으나, 주심의 주먹을 보는 순간 저도 모르게 욕지거리를 내뱉을 정도.

그런 타자의 모습을 이진용은 얼빠진 표정으로 바라봤다.

'아니, 그렇게 빠지는 공을 쳐?'

조금 전 자신이 던진 스트라이크존에서 완벽하다 못해 실투라고 할 정도로 크게 빠지는 공을 기어코 유격수 근처까지 날리는 타자의 모습이 너무 어이가 없었으니까.

어이가 없는 일이었다.

보통은 공을 치는 것조차 쉽지 않고, 치더라도 그냥 파울이 될 공을 어떻게든 내야로 굴렸다는 거니까.

심지어 타구 속도도 상당해서 유격수의 나름 안정적인 수비가 아니었다면 내야를 가로지르는 안타가 나와도 이상하지 않을 정도였다.

-봤지? 여기 새끼들이 이렇다니까.

반면 김진호는 그 광경에 미소를 지었다.

-이미 느끼겠지만, 메이저리그에서 야구 하다 보면 스트라이크존이 좆같다고 느껴질 거야. 스트라이크존 밖의 공은 물론 홈플레이트랑 키스한 공도 안타로 만드는 또라이 새끼들이 있으니까.

그야말로 괴물들의 세상.

이제는 그 세상의 주민이 된 이진용이 헛웃음을 흘렸다.

'아, 젠장.'

그리고 그 헛웃음 뒤로 쓴웃음을 머금었다.

'여기서 병살이 나올 줄이야.'

어쨌거나 병살타가 나오는 바람에, 4회를 마친 이진용의 삼진은 10개로 크리스 세일과 동률이 되었으니까.

'5회가 사실상 마지막이다.'

더욱이 이제 두 투수에게 남은 이닝은 5이닝이 마지막이었다.

시범경기에서 선발투수를 6회 이후에도 내보내는 경우는 사실상 없을뿐더러, 양 팀 감독들은 오늘 경기로 두 투수가 정말 몸을 불사르는 것을 볼 생각이 없었다.

오히려 갈증을 느끼는 정도, 그 정도에서 두 선수를 멈추게 할 것이다.

굶주린 맹수보단 굶주림 속에서 피를 맛만 본 맹수가 가장 무서운 법이니까.

-5이닝까지다. 5이닝에 잡은 삼진 개수가 사실상 승패를 좌우할 거야. 물론 타자들은 그걸 노리고 어떻게든 스트라이크를 잡으러 오는 공을 홈런으로 노릴 테고. 분명히 말하는데 여기 진용이, 네 능력조차 가소롭게 만드는 괴물들이 천지인 곳이야. 걸리면 넘어간다. 절대 긴장을 풀지 마.

김진호의 조언에 이진용은 고민했다.

그 고민 속에서 이진용은 떠올렸다.

'가만, 5회에 타순이 7번부터 시작인가? 그리고 9번이 지명타자였으니까……'

고민하는 이진용을 바라보는 김진호도 고민했다.

-이 또라이가 또 뭔 짓을 하려고?

그런 상황에서 5회 초가 시작됐다.

펑!

"스트라이크, 아웃!"

5회 초, 크리스 세일이 두 번째 타자를 상대로 삼진을 잡는 순간 경기를 보던 이들은 주심이 아니라 전광판을 바라봤다.

100마일!

"나왔다!"

"세일이 100마일을 던졌다!"

강속구를 넘어 광속구와 같은 그 공의 등장에 경기를 보던 모든 이들이 환호성을 보냈다.

그게 100마일이라는 공이 가지는 가치였다.

구속이 전부가 아니라지만, 야구를 사랑하는 이들의 가슴을 가장 뜨겁게 만드는 것.

동시에 그것은 크리스 세일이 지금 얼마나 제대로 달구어졌는지 말해주는 대목이기도 했다.

"크리스 세일이 100마일을 던진다…… 리가 제대로 그를 열받게 만든 모양이군."

"그렇지, 세일이 선발로 자리 잡으면서 가장 먼저 한 게 자신의 구속을 낮추는 거였으니까."

크리스 세일, 그는 원래부터 100마일을 던지는 투수로 유명했다.

그것이 그가 드래프트에서 1라운드에 지명받은 가장 큰 이유이자 근거였다.

하지만 그는 시즌을 거듭할수록 구속을 늘리기보다는 오히려 자신의 평균 구속을 줄였다.

100마일 패스트볼을 던지는 대신 95마일, 90마일대의 패스트볼을 던지고자 했다.

토끼 한 마리를 잡는 것이 아니라, 토끼 열 마리를 잡기 위한 선택을 한 것이다.

그랬던 그가 다른 경기도 아닌 시범경기에서 100마일을 던졌다는 것, 크리스 세일이 열 받았다는 확실한 증거였다.

그 사실에 경기를 보던 모든 이들이 존경 어린 시선으로 크리스 세일을 바라봤다.

'그래, 저 뜨거움이야말로 스타가 가져야 할 덕목이지.'

'저런 모습을 보기 위해 팬들이 야구장을 찾는 거지.'

더 나은, 보다 높은, 더더욱 뜨거운 것을 추구하는 별에 대한 존경이었다.

하지만 그 세일을 향한 존경은 오래 가지 않았다.

'응?'

'어?'

"대타!"

이제는 하나의 아웃카운트만 남은 상황에서, 메츠가 지명 타자인 9번 타자를 대신해 새로운 타자를 내보냈으니까.

'뭐야, 이거 진짜야?'

'이건 또 뭐야?'

이진용이란 타자를.

시범경기로 치러지는 모든 경기는 지명타자 제도가 있다.

즉, 투수가 타석에 굳이 설 필요는 없다.

말 그대로 설 필요가 없는 것뿐, 투수가 타석에 서지 못할 이유는 조금도 없다.

애초에 지명타자란 투수를 대신해서 타석에 서주는 포지션이니까. 지명타자가 사라지는 순간 투수는 무조건 자신의 타순에서 타석에 서서 타격을 해야 한다.

하지만 지명타자가 있는 시범경기 동안 굳이 그런 식으로 지명타자를 빼고 투수를 타석에 세우는 경우는 없다.

이유가 없으니까.

반대로 말하면 이유가 있으면 지명타자를 없애고 그 자리에 원래대로 투수를 세울 수 있다.

예를 들면 메이저리그가 첫 시즌이며, 지명타자 제도가 없는 내셔널리그에서 뛰게 된 신인 투수에게 진짜 메이저리그 투수를 상대하는 경험을 쌓아주고 싶다…… 그런 이유라면 못 세울 이유는 없다.

물론 요즘은 그런 방식을 근거가 없는, 오히려 메리트보단

리스크가 큰 비합리적인 방식이라고 한다.

흔한 말로는 구시대의 방식이라고 말한다.

'잃을 건 없다.'

콜린스 감독, 그가 구시대의 감독으로 평가받는 이유였다.

4회 말이 끝났을 때 이진용은 콜린스 감독을 찾아와 말했다. 지명타자를 대신해 타석에 서서 크리스 세일을 상대하고 싶다고.

그 말에 콜린스 감독은 이유 따위는 묻지 않았다.

대신 콜린스 감독은 계산을 시작했다.

과연 크리스 세일을 상대로 이진용이 타석에 서서 얻을 수 있는 게 무엇인지.

'반대로 얻을 건 많다.'

얻을 수 있는 건 많았다.

'타석에서 크리스 세일 같은 초일류 투수의 공을 보는 건 큰 자산이 된다.'

일단 경험을 얻을 수 있었다.

크리스 세일 같은 투수를 타석에서 상대한다는 건 타자 이진용은 물론 투수 이진용에게도 아주 큰 도움이 될 테니까.

근거는 없지만, 적어도 콜린스 감독은 좋은 투수가 되기 위해서는 마운드에서 던지는 것만이 아니라 타석에 서서 투수가 던지는 것을 봐야 한다고 생각하고 있었다.

'크리스 세일을 흔들 수도 있다.'

더불어 크리스 세일을 흔들 수도 있었다.

크리스 세일 같은 리그 최정상급 투수를 흔든다는 건 무척

이나 힘든 일이다.

더욱이 여기서 크리스 세일에게 어떤 식으로든 데미지를 남겨두면, 다음 중요한 무대에 그 데미지는 어떤 식으로든 영향을 준다.

그리고 만약 메츠가 크리스 세일을 중요한 무대에서 만난다면 그 무대는 월드시리즈밖에 없다.

물론 콜린스 감독으로 하여금 결단할 수 있게 해준 가장 큰이유는 바로 그것이었다.

'무엇보다 이진용이라면 칠 수 있다.'

이진용의 타격 능력이 충분히 메이저리그에서도 결과를 만들 만한 수준이라는 것.

'그러니 타석에 올리지 않을 이유는 없다.'

그렇게 이진용은 타석에 서게 됐다.

시범경기.

어떻게든 기록이 남는 경기.

그런 경기에서 이진용은 자신의 타석의 첫 상대로 크리스세일이란 투수를 삼게 됐다.

-미친! 이게 뭐하는 짓이야?
-죽으려고 환장했네.

-저 또라이 대체 뭐하던 놈이야?

　그 사실에 메이저리그 팬들은 패닉 상태에 빠질 수밖에 없었다.
　놀라움을 넘어 이제는 불가사의한 이진용의 행보를 도무지 이해할 수 없었으니까.
　반대로 한국야구팬들은 이 상황에 당황하지 않았다.

-역시 우리 호우야.
-이래야 우리 호우지.
-뭐야, 평상시의 이호우잖아?
-훗, 호우네.

　이진용의 말도 안 되는 행보를 시즌 내내 봐왔던 그들에게 이진용이 타석에 서는 일은 충분히 감당할 만한 수준의 해프닝이었으니까.
　'드디어 여기에 섰군.'
　그리고 이 모든 사태의 주범이라고 할 수 있는 이진용은 타석에서 미소를 짓고 있었다.
-아주 그냥 주둥이가 찢어지려고 하네.
　마운드에서 지었던 것보다 더 큰 미소를.
-그렇게 좋냐?
　그 정도로 이진용은 지금 기분이 좋았다.

좋을 수밖에 없었다.

-하긴, 자기랑 싸우던 투수를 직접 엿 먹일 수 있는 것만큼 끝내주는 것도 없지.

김진호의 말대로, 이진용은 지금 그 누구도 아닌 자신의 손으로 직접 자신의 경쟁자를 엿 먹일 수 있다는 사실에 몸서리가 쳐질 지경이었으니까.

-그래도 정신 차려. 상대는 100마일짜리 공을 던지는 좌완 투수, 랜디 존슨의 재림이라고 불리는 괴물이니까. 넌 지금 그 괴물을 미친 괴물로 만든 거고.

크리스 세일의 입장에서는 기가 찰 일이었다.

메이저리그 최고의 타자들조차 겁을 먹는 자신을 상대로 메이저리그에서 한 타석도 정식으로 서보지 못한 놈이, 그것도 투수라는 놈이 기쁨에 미소를 짓는다니?

당연한 말이지만 크리스 세일은 그런 이진용의 존재를 용납할 생각이 없었다.

죽여 버리겠다.

그것도 그냥 죽이는 것이 아니라 다시는 자신을 상대로 타석에 서는 것을 꿈꾸지 못하도록 죽여 버리겠다.

그 의지를 조금도 숨기지 않은 채 마운드에서 드러냈다.

그 덕분이었다.

-초구는 딱 봐도 뭐가 나올지 보이네.

'당연히 몸쪽 붙는 패스트볼이나 슬라이더가 오겠죠.'

그 덕분에 이진용은 크리스 세일의 의지를 넘어 의중을 읽을 수 있었다.

-고개 젓네.

'오케이. 100퍼센트네.'

더 나아가 크리스 세일이 고개를 한 번 젓는 것을 보는 순간 예상은 확신이 되었다.

확신 정도가 아니었다.

이진용은 조금 전 포수와 투수가 나눈 사인조차 예상할 수 있었다.

'포수는 그냥 한가운데 패스트볼로 잡자고 했지만, 크리스 세일이 거절했군.'

포수는 분명 크리스 세일에게 쉽게 갈 수 있는 방법을 제시했을 것이다.

이 조그마한 투수를 상대로 그냥 스트라이크존 한가운데 100마일짜리 패스트볼 2개만 던져도 2스트라이크가 될 테니까, 초구로 한가운데 패스트볼을 던지라고 했을 것이다.

하지만 그 포수의 요구에 크리스 세일은 고개를 저었고, 결국 포수는 크리스 세일이 원하는 대로 좌타자들이 가장 두려워하는 크리스 세일의 몸쪽 공을 요구했을 것이다. 그 공에 놀란 이진용이 뒤로 자빠져서 엉덩방아를 찍는 것을 보고 싶다고 했을 것이다.

그런 이진용의 예상은 정확했다.

크리스 세일, 그가 던진 초구는 이진용의 몸쪽에 붙는, 좌타자 입장에서는 몸에 맞을지도 모른다는 사실에 저도 모르게 뒤로 움찔하며 물러날 만한 공이었다.

이진용은 그 공을 지켜만 봤다.

펑!

일말의 미동 없이.

"볼!"

볼로 빠지는 공은 배트를 휘두를 가치도 없다는 듯이.

물론 그 경기를 보는 대부분의 이들, 관중들이나 시청자들은 생각했다.

-완전히 겁먹었네.

-보통은 놀라서 몸이라도 빼는데, 그냥 얼어버렸네.

-저러다 오줌 지리는 거 아니야?

이진용이 크리스 세일 공에 너무 겁을 먹는 바람에 반응조차 하지 못했다고.

크게 이상한 생각은 아니었다.

일단 기본적으로 시청자들이 보는 시점에서는 타자보다는 투수가 더 크게 보인다. 카메라 방향은 대개 투수 뒤쪽에서 타석을 향하기 마련이니까. 여기에 투수는 마운드라는 그라운드에서 가장 높은 곳에 있다.

여기에 크리스 세일은 2미터에 가까운 신장을 가진, 메이저리그 투수들 중에서도 충분히 큰 신장의 소유자다.

반면 이진용은 메이저리그 최단신 투수.

심지어 이진용의 타격폼은 보통 타자들의 타격폼과 다르게 보는 이로 하여금 동정심을 불러일으킬 정도로 자신의 몸을 최대한 작게 만드는 타격폼이었다.

　-다윗과 골리앗이 싸우면 이럴 듯.
　└근데 골리앗이 돌팔매 던짐.

　그야말로 다윗과 골리앗의 싸움.
　그러나 반대로 몇몇 이들은 눈치챘다.
　'저 녀석 세일의 공을 끝까지 봤어. 몸쪽에 닿을 법한 98마일짜리를.'
　'미동조차 안 하는 게 아니야. 겁을 안 먹은 거야. 그리고 공이 몸에 안 닿을 거라는 걸 확신한 거고.'
　이진용이 겁에 질리기는커녕, 어지간한 타자들조차 가지지 못한 용기를 보여줬다고.
　'저 타격폼에 저 정도 담력이면……'
　'저기에 선구안까지 좋으면……'
　더 나아가 그들은 우려하고 또한 기대했다.
　'만약 크리스 세일의 공을 제대로 건드릴 수 있다면, 그러면 정말 골치 아플지도 모르겠군.'
　이진용이 어쩌면 이 이상을 보여줄지도 모른다는 사실에.
　그리고 그 사실은 그 누구도 아닌 크리스 세일이 뼈저리게 느끼고 있었다.

이진용의 자신의 공에 꼬리를 내리기는커녕 오히려 이빨을 드러내고 있다는 것을.

'어디 한 번 해보자.'

그런 이진용을 상대로 크리스 세일은 너무나도 당연하게도 다시 한번 몸쪽 공을 던졌다.

펑!

그리고 그 공에 이진용은 조금 전과 같은 똑같은 모습을 보였다.

미동조차 없이 자신의 몸에 아슬아슬하게 오는 공을 분명하게 지켜만 봤다.

"볼!"

그렇게 두 번째 볼이 나왔다.

이 순간 움직인 건 다름 아니라 포수였다.

'이대로는 안 돼. 여기서 볼이 나오면 골치 아파진다.'

스트라이크 하나 없이 2볼인 상황에서 만약 볼이 나온다면 순식간에 노스트라이크 3볼, 투수 입장에서 최악의 상황이 나온다.

'일단 하나는 잡아야 한다.'

그 사실에 포수는 크리스 세일에게 스트라이크존에 들어오는 공을 요구했다.

'바깥쪽이다.'

대신에 한가운데는 포기했다.

'괜히 한가운데 넣어서 안타를 맞으면 안 돼.'

한가운데 나오는 공이라면 안타가 나올 확률이 높으니까.

동시에 크리스 세일은 그 무엇보다 삼진을 잡고 싶었다.

즉, 이진용이 범타로 물러나는 것조차 그에게는 탐탁지 않은 일이었다.

그런 상황에서 나온 크리스 세일의 3구째 공은 이진용의 스트라이크존 바깥쪽을 꽉 차게 들어가는 슬라이더였다.

좌타자 입장에서는 멀어지는 슬라이더.

헛스윙을 유도하기에 가장 좋은 공.

'좋다.'

심지어 그 공은 던지는 크리스 세일조차 100점 만점에 80점은 줄 정도로 나쁘지 않은 공이었다.

딱!

그런 그 공을 이진용이 쳐냈다.

안타는 없었다.

"파울!"

안타 대신 3루수가 저도 모르게 움찔할 정도, 좀 더 안쪽으로 들어왔다면 3루수를 지나치고, 좌익수가 있는 곳까지 굴러갈 법한 파울을 만들었다.

-안타인 줄 알았네.

-배트 스피드 생각보다 빠르네.

-저 새끼 겁에 질린 거 맞아?

그제야 경기를 보고 있던 이들은, 이진용이 크리스 세일의 공을 보고 오줌을 지릴 만큼 겁에 질렸다고 생각한 이들은 자신들의 생각이 틀렸음을 느끼기 시작했다.

자연스레 경기장의 분위기가 달라지기 시작했다.

그리고 이진용이 그 분위기를 느끼기 시작했다.

'자, 그럼 이제 슬슬 시작해 볼까?'

그 분위기 속에서 투수를 향해 새로운 공을 던져주는 포수를 향해 이진용이 영어로 말했다.

"호우 해줄까?"

Do you wanna howoo?

이진용, 그가 포수 괴롭히기를 시작했다.

-진용아, 그거 아냐?

마운드는 고요하다.

-마운드랑 타석은 소리부터가 달라.

그에 비해 타석은 소란스럽다.

-타석은 진짜 시끄러워.

다름 아니라 타자와 포수의 대화 때문이다.

투수가 공을 던지는 사이사이, 그 사이마다 포수와 타자는 쉴 새 없이 대화를 나눈다.

-마운드에 있다가 타석에 오면 아주 시장바닥이 따로 없다니까?

당연한 말이지만 그저 서로의 안부를 묻는 단순하고, 평범한 대화를 나누는 게 아니었다.

타자를 흔들기 위해서 반대로 포수를 흔들기 위해서, 어떻게든 상대방을 흔들어서 이득을 얻기 위해서.

그러기 위해서 자극적인 대화를 나눌 때가 적지 않았다.

심지어 대화만 하는 게 아니다.

-그것도 그냥 시장바닥이 아니지. 아니다, 그냥 간단하게 개판이라고 하는 게 낫겠네.

타자가 포수를 괴롭히기 위한 방법은 생각보다 많으니까.

-비유가 아니라, 진짜 개처럼 땅을 파고, 흙 튀기고 지랄을 해. 마운드에서 보일 거야. 타자들이 쉴 새 없이 땅을 발로 차고, 밟는 게.

가장 대표적인 것은 배터 박스 끝에 있는 하얀 선, 배터 박스를 그려주는 그 라인을 사정없이 짓밟는 것이다.

그런 식으로 경계면을 뭉개면서 좀 더 뒤쪽으로 이동하는 것이다.

포수 입장에서는 타자가 뒤로 올수록 자신이 위험해지기에, 그렇기에 그 사실에 스트레스를 받을 수밖에 없다.

-심지어 앞발로 흙 파서 홈플레이트를 덮는 새끼들이 수두룩하지. 개도 안 할 짓을 말이야.

또는 타석의 흙을 툭툭 차면서 홈플레이트를 더럽게 만드는 것도 한 가지 방법이다.

홈플레이트는 주심이 판정을 내릴 때 육안으로 확인할 수 있는 자와 같으니까.

그런 자를 흙을 덮어 줄인다면, 당연히 스트라이크의 좌우 판정에도 영향을 줄 수밖에 없다.

그야말로 개판이란 단어가 딱 어울리는 곳.

'개판이면 기꺼이 개가 되어주지.'

당연한 말이지만 이진용은 그 개판에서 점잖은 개가 될 생각이 없었다.

'비글이 되어주마.'

툭툭!

3대 지랄견조차 혀를 내두를 개가 될 생각이었다.

"작작해, 작작!"

그 사실에 기어코 포수가 짜증이 났는지, 포수가 손에 한 줌의 흙을 쥔 후에 이진용에게 뿌렸다.

"퍼킹 호우맨!"

심지어 욕지거리조차 내뱉었다.

그 사실에 이진용은 기꺼이 대답했다

"호우 해줄까?"

그 대답에 포수는 이를 꽉 물었다.

-한 문장으로 메이저리그 포수를 이렇게 빡치게 만드는 건 진용이, 네놈이 아마 유일할 거다.

그리고 그 사실에 김진호는 이제 놀람을 넘어서 감탄마저 나올 지경이었다.

물론 포수를 짜증 나게 하고 김진호를 감탄하게 만드는 진짜 요인은 이진용의 이런 잔재주가 아니었다.

"몇 구째지?"

"이번에 던지는 10구째."

"이렇게까지 크리스 세일을 몰아붙일 줄이야……"

정말 놀라운 건 지금 현재 이진용이 크리스 세일로 하여금 무려 9개나 되는 공을 던지게 했으며, 이제 열 번째 공을 던지게 만든다는 점이었다.

놀랍기 그지없는 일.

'선구안이 보통이 아니다.'

'한 개 이상 빠지는 공에는 미동조차 안 한다.'

그것을 가능케 한 건 이진용의 선구안과 스트라이크존을 만드는 능력 그리고 투수의 심리를 꿰뚫는 능력이었다.

일단 이진용의 선구안은 이미 메츠 코칭스태프도 인정할 정도로 무척 우수했다.

또한 이진용의 스트라이크존을 만드는 능력 역시 뛰어났다.

'무엇보다 저 타격폼, 보기에는 불쌍해 보여도 상대하는 입장에서는 진짜 지랄 맞은 타격폼이야.'

'크리스 세일 입장에서는 존이 구겨진 느낌이겠지.'

더욱이 이진용의 스트라이크존은 다른 타자들보다 훨씬 작았다.

마지막으로 이진용은 그 누구보다 확실하게 크리스 세일 그리고 포수의 심리를 꿰뚫고 있었다.

그들이 무슨 공을 던질지 가늠했고, 그에 맞는 대비를 했다.

그것이 부족한 피지컬로도 크리스 세일을 한계까지 몰아붙일 수 있는 배경이었다.

때문에 김진호도 인정할 수밖에 없었다.

-오른손으로 공 던지는 거 빼고 다 잘하는 새끼가 왜 우완투수를 고집했는지 모르겠네.

이진용에게 타자의 재능이 있다는 것을.

물론 타자에게 있어 가장 중요한 재능은 좋은 선구안이나, 스트라이크존을 만드는 능력이 아니었다.

투수의 실투를 놓치지 않는 것, 그것보다 중요한 타자의 재능은 없으니까.

그게 이유였다.

김진호, 그가 이진용에게 타자의 재능이 있다고 말한 이유.

딱!

크리스 세일이 던진 10구째 공, 스트라이크존 한가운데 몰린 체인지업을, 10구째만에 나온 그 실투를 이진용은 놓치지 않았으니까.

이진용이 친 공은 3루수를 지나친 후에 곧바로 파울 라인을 벗어나 데굴데굴 굴러갔다.

그 공을 잡기 위해서는 좌익수가 한참을 뛰어야 하는 공, 단타이지만 충분히 2루를 노릴 수 있을 있는 공이었다.

때문에 이진용이 1루를 밟는 순간 1루 베이스코치는 이진용을 향해 힘차게 팔을 돌렸다.

-뛰어!

김진호의 외침에 이진용은 망설임 없이 1루를 밟자마자 곧바로 2루를 향한 질주도 시작했다.

그 외에 특별한 일은 없었다.

이진용은 여유롭게, 군이 몸을 날릴 필요 없이 2루 베이스에 안착했다.

[615포인트를 획득하셨습니다.]

[2루타를 기록하셨습니다. 보너스 포인트가 지급됩니다.]

[첫 2루타를 기록하셨습니다. 골드 룰렛 이용권이 지급됩니다.]

[메이저리그 첫 안타를 기록하셨습니다. 골드 룰렛 이용권이 지급됩니다.]

[메이저리그 첫 2루타를 기록하셨습니다. 골드 룰렛 이용권이 지급됩니다.]

그 사실을 그 누구도 아닌 베이스볼 매니저가 분명하게, 명확하게 확실하게 알려줬다.

당연히 2루를 밟는 이진용은 주먹을 높게 들며 소리쳤다.

"호우!"

이진용, 그가 메이저리그에 자신의 이름을 더 이상 잊을 수 없는 이름으로 만드는 순간이었다.

5회 초, 메츠의 득점은 없었다.

"마이 볼!"

2사 상황에서 이진용의 2루타가 나왔지만 크리스 세일은 흔들리지 않은 채, 오히려 더더욱 냉정한 모습으로 다음 타자를 상대로, 내야 뜬공으로 마지막 아웃카운트를 잡아냈다.

5이닝 무실점 12탈삼진.

그야말로 크리스 세일의 이름값에 걸맞은 피칭이었다.

하지만 마운드를 내려가는 크리스 세일의 얼굴에는 자신의 피칭에 대해 만족한 기색 따위는 조금도 존재하지 않았다.

오히려 그 어느 때보다 차갑게 가라앉은 표정이 그 어느 때보다 화가 났음을 말해주고 있었다.

반면 크리스 세일과 함께 그라운드를 내려가는 이진용의 얼굴에는 미소가 걸려 있었다.

그 미소를 본 김진호가 비웃음을 머금었다.

-웃음이 나오냐?

김진호, 그는 당연히 이진용이 미소 짓는 이유를 알고 있었다.

4회 말까지 10개의 삼진을 잡은 이진용이 5회 말의 모든 아웃카운트를 삼진으로 잡는다면 크리스 세일을 이길 수 있다, 그것을 상상하기에 나올 수 있는 미소라는 것을.

-넌 지금 레드삭스를 엿 먹였어. 당연히 5회 말에 레드삭스

는 작정하고 널 죽이려고 할 거다.

그런 그에게 김진호는 굳은 표정으로, 그 어느 때보디 진지한 어조로 조언했다.

-그러니까 정신 차리고 야구해. 더욱이 이제 레드삭스 타자들 모두가 네 공에 눈이 익었을 거다. 메이저리그 타자들의 적응력은 타의 추종을 불허하니까.

그 조언에 이진용은 대답 대신 김진호의 눈앞에서 자신의 오른손을 힘차게 흔들었다.

-뭐야?

그 모습에 김진호의 입가에 지어진 비웃음이 사라졌다.

그 무렵 더그아웃에 들어온 이진용은 글러브를 챙긴 후에 더그아웃을 나왔다.

그때 조 존스가 이진용에게 다가와 말했다.

"리, 글러브를 잘못 가져온 것 같은데?"

검은색 글러브를 끼던 이진용이 갈색 글러브를 가지고 있다는 것을 발견한 조 존스가 그 부분을 지적했다.

그 지적에 이진용은 정말 입이 찢어질 정도로 해맑게 웃으며 대답했다.

"내 글러브 맞아."

"뭐?"

"우완투수용 글러브."

그 대답에 조 존스는 놀람 대신 이진용만큼이나 해맑은 미소를 지으며 말했다.

"역시 멋지군."

그리고 그 모습을 본 김진호는 헛웃음을 지으며 말했다.

-야, 이 악마 같은 또라이 새끼들…….

그렇게 5회 말이 시작됐다.

-진용아, 메이저리그에서는 무조건 정면승부를 해야 해.

김진호, 그는 이진용에게 정면승부의 중요성을 누누이 강조했다.

-다시 말하지만 절대 도망치지 마. 메이저리그에서 도망칠 곳은 마이너리그밖에 없으니까.

도망치지 말라고.

정면에서 상대를 마주하고, 전력을 다해 승부하라고.

-이 말이 무슨 의미인지 알지?

물론 정면승부를 하라는 말은 정정당당하게 싸우라는 의미가 결코 아니었다.

애초에 김진호 본인이 그러했다.

김진호가 메이저리그 무대에서 활약하던 때 모든 이들이 그가 가진 최고의 무기를 100마일짜리 패스트볼이라고 했다.

틀린 말은 아니었다. 이 세상 그 어떤 구질도 100마일짜리 패스트볼보다 강할 리는 없으니까.

하지만 막상 김진호가 가장 즐겨 썼던 무기는 스플리터와 체인지업이었다.

그는 100마일짜리 패스트볼로 두드린 후에 벼랑 끝에 몰린 타자를 상대로 각기 다른 성격을 가진 그 두 가지 구질을 이용해 허를 찌르는 것으로 완벽한 승리를 거두는 것을 최고의 플레이라고 생각했다.

즉, 김진호가 말하는 정면승부는 모든 수단과 방법을 동원해 타자의 허를 찌르다 못해 사정없이 후벼 파는 것을 의미했다.

그리고 지금 이진용이 그 정면승부를 시작했다.

"뭐지? 뭔가 이상한데?"

"뭐가?"

"리 말이야, 리. 뭔가 이상해."

"이상하긴, 똑같이 짜리몽땅한…… 어? 어!"

"오른손이다!"

5회 말.

이진용이 자신의 마지막 이닝이 될 그 무대에서 우완투수가 되어 등장했다.

"아, 양손투수였지."

"맞아, 양손투수였어."

그제야 경기를 보던 이들은 이진용이 양손투수란 사실을 다시금 자각할 수 있었다.

그 정도였다.

앞서 치러진 4이닝 내내의 혈투, 두 좌완 파이어볼러가 보여준 탈삼진 전쟁은 이진용이 우완투수라는 사실을 잊게 만들 정도로 강렬했다.

정확히 말하면 우완투수라는 걸 알아도 이진용이 오늘 경기에서 우완투수가 될 줄은 몰랐다.

"비겁한 새끼, 여기서 오른손을 꺼내다니!"

"도망치는 거냐?"

물러섬이 없던 좌완투수 간의 대결, 서부극의 한 장면과 같던 그 전투에서 이진용이 오른손을 꺼내 드는 것이 비겁하다고 여겨졌으니까.

"우-우-우!"

일부는 그런 이진용을 향해 야유를 토해냈다.

어쨌거나 이곳은 레드삭스의 홈구장, 이진용에 대해 적개심으로 가득 찬 이들의 무대였으니까.

하물며 이진용은 메이저리그에서 가장 뜨거운 팬 중 하나인 레드삭스 팬들의 에이스를 상대로 안타를 뽑아낸 상황.

이진용이 마운드에서 한숨을 쉬는 것조차 야유를 보낼 이유가 될 만한 상황이었다.

"우-우-우!"

그렇게 그라운드로 흘러들어온 야유가 마운드로 모이기 시작했다.

물론 그런 야유 소리는 이진용에게 조금의 영향도 주지 못했다.

"누가 호우하나 보네."

-뭐?

"우-우-우, 그러잖아요?"

-그게 어떻게 호우냐?

"호우-우-우, 하는 거 아닙니까?"

영향을 주기는커녕 오히려 이진용은 이 야유 소리에 옅은 미소를 지었다.

그 모습을 김진호는 어처구니가 없다는 눈빛으로 바라보며 말했다.

-진용아, 어디 아픈 거 아니지? 감정을 담당하는 뇌가……
소뇌! 그래, 소뇌에 문제가 있는 것 같다. 내가 잘 아는 정신과 의사가 있는데 소개해 줄게.

그 말에 이진용이 표정을 찌푸리며 말했다.

"장난친 겁니다. 제가 설마 야유도 구분 못 할 것 같습니까?"

-진용아, 정신병 환자들은 대부분 자신이 정신병 있는 걸 몰라. 그래서 이럴 땐 제3자의 판단이 중요해. 내가 봤을 때 넌 또라이가 맞아. 그게 아니고서는 마운드에서 호우호우 거릴 리가 없잖아?

김진호의 그 말에 이진용은 더 이상 대답하지 않았다.

-너도 동의하지? 네가 또라이라는 사실에? 응? 또라이, 말 좀 해 봐.

여기서 맞장구를 칠수록 김진호는 또라이란 단어를 내뱉는 빈도수를 높여줄 테니까.

무엇보다 레드삭스의 타자들이 더 이상 이진용과 김진호와의 대화를 허락지 않았다.

때문에 이진용은 자신의 입가를 가리고 있던 글러브를 치웠다.

그러고는 자신을 바라보는 타자를 바라봤다.

이 순간 이진용은 타자의 심정을, 그가 지금 자신을 바라보는 이가 뭐라고 생각하는지 정확히 알 수 있었다.

'좆같은 놈이라고 생각하겠지.'

타자가 자신을 좆같은 놈이라고 생각한다는 것을.

그 사실에 이진용은 타자에게 분명하게 말해줄 생각이었다.

'그럼 더 좆같은 게 뭔지 보여줄 차례로군.'

세상에는 정말 더 빌어먹을 게 있다고.

'좆같은 놈!'

이진용, 그의 오른손을 처음 마주하게 된 타자, 대니 마스는 너무나도 당연하게도 이진용을 씹고 있었다.

'오냐, 누가 이기나 해보자.'

물론 그렇다고 해서 이진용의 우완 피칭에 순순히 당해줄 생각은 없었다.

아니, 그럴 수가 없었다.

타석에 선 대니 마스에게 있어 이번 무대는 그저 단순한 무대가 아니었으니까.

'네놈을 잡고 40인 로스터에 남겠어.'

그는 40인 로스터에도 이름을 올리지 못한 마이너리거였지만, 스프링 트레이닝 동안 두각을 나타내며 지금까지 살아남아 레드삭스의 유니폼을 입고 있었다.

놀라운 일.

하지만 대니 마스는 그 놀라운 일을 그저 간직할 추억으로 남길 생각이 없었다.

그는 어떻게든 살아남아 4월 이후에도 레드삭스의 유니폼을 입고 싶었다.

싶은 정도가 아니라 그럴 수만 있다면 뭐든 할 생각이었다.

그 절실함 앞에서 오히려 크리스 세일과 나름 대등한 싸움을 한 이진용은 이제 먹잇감이었다.

살아남기 위해서는 어떤 식으로든 먹어치워야 하는 먹잇감.

'분명 오른손은 80마일대 공을 던진다고 했어. 그럼 못 칠 이유는 없다.'

더 나아가 대니는 이번 상황을 기회라고 생각했다.

솔직히 말해서 대니는 이진용의 왼손을 공략할 자신이 없었다.

이미 이진용의 공을 앞선 타석에서 직접 그리고 더그아웃에서 간접적으로 보면서 느꼈다.

이진용의 왼손은 크리스 세일보다 구속만 느릴 뿐이지, 공을 공략하는 난이도는 크리스 세일에 비해 부족할 게 없다고.

'놈의 왼손은 진짜 더럽다.'

좀 더 들어가면 이진용의 공은 찍히는 구속과는 괴리감이 느껴질 정도로 묵직하면서도 더러웠다.

당장 투구폼 자체가 보통 투수와 다를뿐더러, 릴리스 포인트를 비롯해 모든 요소가 일반적인 부분을 벗어나고 있었다.

보통 투수들과 다르다는 점이 오히려 타자들의 타격 메커니즘에 오류를 발생시키고 있었다.

그런 의미에서 본다면 80마일대 공, 140킬로미터의 공을 던지는 이진용의 오른손은 분명 해볼 만했다.

'존에 들어오기만 해봐.'

공이 아무리 더럽고, 구위가 좋다고 하더라도 80마일대 구속은 존에 들어오는 순간, 수를 읽는 순간 얼마든지 칠 가능성이 있는 구속이었으니까.

그런 그에게 이진용은 던졌다.

펑!

"볼!"

스트라이크존 바깥쪽 낮은 코스, 그 끄트머리만을 공략하는 공을.

펑!

"볼!"

그렇게 이진용은 그 공만을 던졌다.

펑!

"스트라이크!"

펑!

"스트라이크!"

톰 글래빈, 그가 그랬던 것처럼.

-진짜 빡치게 야구한다. 너 내가 레드삭스 있을 때 이랬으면 경기 끝나고 죽빵 맞았어.

이진용, 그가 김진호가 말한 대로 정면승부를 시작했다.

레드삭스 타자들의 약점을 후벼 파기 시작했다.

강속구 투수들이 야구를 하는 법은 단순하다.

일단 강속구를 던진다.

굳이 컨트롤을 잘할 필요도 없이 스트라이크존 안으로 던지기만 하면 된다.

그렇게 강속구 몇 개를 던지면 헛스윙을 하든, 파울이 나오든 어떤 식으로든 2스트라이크를 잡을 수 있다.

그 후에 타자의 마지막 헛스윙 혹은 빗맞은 타격을 유도할 만한 결정구를 던지면 된다.

오늘 이진용과 크리스 세일의 피칭이 그러했다.

그들은 빠른 공을 이용해 볼카운트를 만들었고, 2스트라이크가 되는 순간 결정구를 던져 타자로부터 삼진을 뜯어냈다.

당연히 타자들은 그런 두 투수를 공략하기 위해 자신들을 맞췄다.

그런 그들 앞에서 이진용은 오른손을 꺼냈다.

펑!

그리고 그렇게 꺼낸 그 오른손으로 스트라이크존에 집어넣기는커녕 바깥쪽 그 아슬아슬한 코스만을 집요하게 노렸다.

'젠장, 여기서 저런 피칭을 하다니.'

그건 생각보다 훨씬 더 사악한 방법이었다.

스트라이크존 바깥쪽 낮은 코스만을 노리는 투수를 상대로 타자가 할 수 있는 건 인내심을 발휘하는 것이다.

계속 참으며 좋은 공이 오기만을 기다리거나 혹은 투수가 제 꾀에 넘어가서 볼넷이 나오기를 기다려야, 만약 인내심을 잃고 덤벼들면 사정없이 당할 뿐이다.

'여기서 참을 수 있는 인간이 있을 리 없어.'

하지만 지금 이진용을 마주하는 레드삭스의 타자들은 당장에라도 이진용을 죽이고 싶은 심정이었다.

그런 그들에게 이진용이 던지는 공을 그냥 보고 참으라는 것은 배고픈 맹수 앞에서 피가 뚝뚝 떨어지는 고깃덩어리를 던져주면서 먹지 말고 참으라는 것과 다를 바 없었다.

펑!

심지어 이진용의 오른손 컨트롤은 놀라움을 넘어 경악에 가까울 정도로 완벽했고, 그 공을 잡는 조 존스의 캐치 능력 역시 놀라울 정도로 훌륭했다.

"스트라이크, 아우우우웃!"

그렇게 이진용 앞에서 인내를 발휘한 레드삭스 타자들이 그 대가로 삼진을 당했다.

"아⋯⋯."

그 광경을 본 레드삭스 팬들은 말을 잊을 수밖에 없었다.

그런 레드삭스 팬들에게 이제는 혹독한 현실이 다가왔다.

"열두 개……."

"하나 더 잡으면……."

이진용이 5회 말 마지막 타자를 삼진으로 잡으면 크리스 세일보다 많은 삼진을 잡는다는 현실이.

그리고 이진용은 그런 좌중의 예상을 현실로 만들었다.

펑!

"스트라이크!"

펑!

"스트라이크!"

펑!

"스트라이크, 아우우우웃!"

타자의 스트라이크존 바깥쪽 낮은 코스, 그곳만을 집요하게 넘나드는 공으로 자신의 마지막 아웃카운트를 삼진으로 잡았다.

크리스 세일보다 하나 더 많은 열세 번째 삼진을.

당연한 말이지만 그 열세 번째 삼진을 잡는 순간 이진용은 마운드 위에서 소리쳤다.

"호우!"

하지만 그 사실에 이제 더 이상 놀라는 이는 없었다.

'결국은 하는군.'

'아주 골때리는 또라이 새끼가 등장했어.'

이제는 모두가 이진용이 그러할 거라고, 너무나도 당연하게 예상하고 있었으니까.

'이진용, 기억해 두겠어.'

'어디 한 번 펜웨이파크에 와라. 아주 박살을 내줄 테니까.'

그렇게 이진용이 자신의 존재감을 메이저리그에 알렸다.

메이저리그는 불공평한 곳이다.

아무리 노력을 해도 압도적인 재능 앞에서 고꾸라지는 이들이 부지기수이며, 같은 재능을 가지고 있어도 누군가는 재능 이상의 대우를 받지만 누군가는 재능이 있음에도 제대로 된 기회조차 받지 못하고는 한다.

그러나 한 가지 사실만은 모두에게 공평하게 적용된다.

결과를 만든 이에게는 그만한 대우를 해준다는 것.

그렇기에 메이저리그 닷컴은 모두가 경악할 만한 결과를 만든 이진용을 위해 기꺼이 메인 무대를 마련해 줬다.

이진용이 환호성을 내지르는 사진과 함께 기꺼이 그를 상징하는 문구를 붙여줬다.

[Howoo is coming!]

이진용의 이름이 이제는 메이저리그 모든 팬들에게 알려지는 순간이었다.

자연스레 이진용이 레드삭스전에서 보여준 행동도 메이저리그 팬들에게 알려졌다.

그에 대한 반응은 다 똑같았다.

-이거 완전히 또라이 아니야?

일단 이진용을 정상인으로 보는 경우는 없었다.

-이 정도면 그냥 또라이 수준이 아닌데.
-장담하는데 이 녀석 약물 검사보다 마약 검사 먼저 받을 듯.

이진용이 메이저리그 역사 어디에서도 볼 수 없는 이상한 놈이란 사실에 대해서는 이견이 없었다.

하지만 이진용의 행동에 대한 반응에는 이견이 있었다.

-설마 이 또라이 새끼가 정규시즌에서도 이런 미친 짓을 하는 걸 놔두려는 건 아니겠지?
-이런 또라이 새끼가 날뛰면 매일 매일이 전쟁일 거야! 어떻게든 징계를 줘야 해!
-징계는 아니더라도 사무국 차원에서 하지 말라고 제지를 해야지. 배트 플립도 그렇고. 그런 건 예의가 아니라고.

보수적인 야구팬들은 이진용의 행동에 치를 떨며, 이진용의 행동을 제지할 필요가 있다고 말했다.

-아니, 왜 저래? 재미있잖아?
-이런 투수가 있어야 야구 볼 맛이 생기는 거지.
-그동안 야구 안 보다가, 드디어 야구 볼 맛 생기는 놈이 나왔는데, 징계는 무슨 징계야.
-이런 선수가 없으니까 요즘 젊은 애들이 야구를 보는 대신 이스포츠를 보는 거야!
-타자들도 배트 던지는데 투수가 삼진 잡고 환호성 지르는 건 안 된다? 무슨 개소리야?

반대로 이진용의 행동에 오히려 응원과 박수, 환호를 내지르는 이들도 적지 않았다.

그런 상황에서 결국 칼자루를 쥐게 된 것은 메이저리그 사무국이었다.

메이저리그 사무국은 정규시즌이 시작되기 전에 이진용에 대한 결론을 내릴 필요가 있었다.

이진용의 행위를 용인할 것인지 아니면 제지할 것인지.

"이진용, 이 선수 어떻게 할까요?"

그리고 그 논의는 사무국의 정점에 있는 롭 맨프레드 커미셔너에게까지 도달했다.

"어떻게 하긴."

그렇게 이진용의 운명을 손에 쥔 롭 맨프레드 커미셔너의 고민은 길지 않았다.

"그토록 바라던 이슈메이커가 등장했는데 우리가 제재할 이유가 어디 있나?"

"그럼?"

"그냥 날뛰도록 놔두도록."

"하지만 비난 여론이 커질 겁니다."

"비난도 관심이지. 무엇보다 영웅들만 있는 것보다는 빌런도 있어야지, 안 그런가?"

"알겠습니다."

이진용, 그의 뒤에 날개가 생기는 순간이었다.

시범경기는 메이저리그 팀에게 있어 40인 로스터를 결정하는 마지막 시험무대다.

시범경기가 치러질 때마다 실력이 안 되는 선수들은 곧바로 스프링 트레이닝에서 퇴출당하고, 반대로 실력이 되는 이들에게는 조용히 통보가 간다.

이진용, 그에게도 통보가 왔다.

-4선발이라……

4선발.

그것이 메츠가 페넌트레이스를 앞두고 이진용에게 준 보직이었다.

-뭐, 이상할 건 없지.

제이콥 디그롬, 노아 신더가드, 맷 하비, 그다음 선발 자리에 이진용의 이름을 넣어준 것이다.

나름 충분한 대우였다.

어쨌거나 이진용의 선발투수 능력을 인정하고 그에게 선발 자리를 맡기겠다는 의미이니까.

더욱이 이진용 앞에 있는 세 투수는 메츠는 물론 메이저리 그를 대표하는 투수들이기도 했다.

이미 메이저리그 무대에서 경력을 남긴 그들을 뒤로 미루고 이진용에게 자리를 준다면 그게 이상한 일일 터.

때문에 이진용은 그런 메츠의 통보에 항의를 하거나 문제 제기를 할 생각은 없었다.

-하지만 만족할 수는 없지.

그리고 만족할 생각도 없었다.

-진용아, 며칠 정도 걸릴 것 같냐?

[골드 룰렛 이용권을 사용하셨습니다.]

김진호의 그 말에 이진용은 자신의 눈앞에 황금빛 룰렛을 소환하며 말했다.

"5월이 되기 전에 에이스 자리를 차지할 겁니다."

그 말과 함께 황금빛 룰렛이 힘차게 돌아가기 시작했다.

◆ 4화 ◆
저 투순데요

[2018시즌 메이저리그 개막!]

　2018년 4월 2일 월요일, 메이저리그 페넌트레이스의 시작을
알리는 개막전이 시작됐다.

[이제는 배트 플립의 시대!]
[더 이상 지루한 야구는 가라!]

　시즌 개막과 함께 언론들은 기다렸다는 듯이 야구 열기의
기름이 되어주는 기사들을 토해내기 시작했다.

[컵스, 저주를 넘어 역사에 도전한다!]

[양키스, 악의 제국을 다시 건국할까?]
[다저스, 다시 한번 우승에 도전한다!]

당연히 돈이 많고, 인기도 많으며 월드시리즈 우승할 자격과 능력이 되는 팀에 대한 기사도 쏟아졌다.

[크리스 세일 대 클레이튼 커쇼, 과연 최고의 좌완투수는 누구인가?]
[저스틴 벌랜더, 이제는 부활했다!]
[마이크 트라웃, 살아 있는 전설의 힘을 보여줘라!]
[브라이스 하퍼, 배트 플립의 시대, 최고의 스타 플레이어가 될 때!]
[오타니 쇼헤이, 이도류로 20승 −20홈런에 도전한다!]

더불어 인기 많고, 실력 좋은 선수들에 대한 기사 역시 미친 듯이 쏟아졌다.
물론 그렇게 쏟아지는 기사의 파도 속에는 이진용의 기사도 있었다.

[이진용, 환상의 호우쇼! 뭔가 보여드리겠습니다!]

하지만 그 기사를 찾아낸 이진용의 표정은 그다지 좋지 못했다.

"환상의 호우쇼라니. 아니, 무슨 표현이 이래? 무슨 나이트 클럽에서 똥꼬쇼 하는 것도 아니고……."

그다지 좋지 못한 표현 그리고 그다지 많지 않은 기사에 대한 불만이었다.

그 모습에 김진호가 구박하듯 말했다.

-메이저리그 공식 경기에서 1구도 안 던진 놈한테 이 정도면 충분히 써준 거지.

"오타니 기사는 쏟아지는데요?"

-진용아, 내가 내 입으로 너랑 오타니의 차이점을 말해주는 걸 듣고 싶니? 응?

"제가 잘못했습니다."

-야, 그리고 이 정도면 꽤 대단한 거야.

물론 그렇다고 아주 관심이 없는 건 아니었다.

김진호의 말대로 기사는 제법 있었다.

-문제는 조명을 받을 게 너무 많다는 거지. 한국프로야구하고는 사이즈가 달라. 단순하게 계산해도 30개 구단이 대표 투수랑 대표 타자 한 명씩만 뽑아도 이미 60명이 나오잖아? 심지어 그들의 인기는 세계 야구팬들 모두가 알 정도로 엄청나지.

단지 문제는 메이저리그가 별들의 세상인 만큼, 워낙 유명한 별들이 많다는 점이었다.

-물론 나처럼 야구 외적으로 멋진 외모와 올바른 성품을 가지며 타의 모범이 될 법한 선수들은 일찌감치 그들을 밀어내고 유명세를 떨치고는 하지만.

"네, 그래서 별명이 침묵의 암살자셨죠. 사람 죽이는 걸로 유명해지신 분이셨죠."

-야, 난 그전부터 유명했어! 마이너리그 시절부터 애새끼들 다 때려잡아서 마이너리그의 개새……

"개새?"

-아, 아니…… 그러니까 마이너리그의 파괴자…… 그래, 마이너리그 파괴자! 그렇게 불렸어.

"진짜요?"

-지, 진짜야!

"구글 검색해 볼까요?"

-야, 바쁘게 뭘 그렇게 수고를 해? 응? 아! 그렇지, 오늘 브레이브스랑 대결하지? 이야, 브레이브스가 나 때는 진짜 강팀이었는데. 이 팀이 지구우승을 14년 연속했다니까? 심지어 그렉 매덕스랑 존 스몰츠, 톰 글래빈이 같이 있던 팀이었지. 타자 입장에서는 브레이브스랑 매치업 잡히면 부상자 명단에 들어가고 싶어서 없던 부상도 만들어냈을 정도였지. 아무렴.

잽싸게 말을 돌리는 김진호의 모습에 이진용은 콧방귀만 뀌었다.

브레이브스에 대해 별 관심을 두지 않았다.

"그러면 뭐합니까, 어차피 나랑 브레이브스랑 경기할 일은 조금도 없는데."

관심을 둘 이유가 없었으니까.

메츠는 개막전으로 홈에서 브레이브스와 3연전을 치르게

되며, 이 경기에 나오는 선발투수들은 디그롬, 신더가드, 하비 이렇게 세 명으로 정해진 상황이었다.

이진용의 경우에는 브레이브스와의 3연전을 마친 후 치르는 원정경기인 내셔널스와의 경기 1차전 선발로 내정되어 있었다.

이진용이 브레이브스와의 경기에서 나올 가능성은 당연한 말이지만 조금도 없었다.

물론 야구는 아무도 모르는 법.

-에이, 그래도 모르지. 연장 14회까지 갔는데, 나올 타자가 없어서 널 내보낼지도.

특히 무승부 없이 승패가 나누어질 때까지 경기를 치르는 메이저리그에서는 말도 안 되는 일이 언제든 일어날 수 있었다.

"그게 말이 됩니까?"

-안 될 건 없지. 어쨌거나 넌 크리스 세일을 상대로 안타를 친 타자잖아? 연장 14회쯤 가서 맛탱이 간 투수를 상대로 어중간한 타자를 내기보다는 널 내는 게 나을걸?

"아니, 그러니까 연장 14회까지 가는 게 말이 되냐고요."

이진용의 그 말에 김진호는 씨익 웃으며 말했다.

-진용아, 너 아직도 메츠란 팀을 모르는구나.

"예?"

-어메이징 메츠, 엔젤스하고는 비교도 안 되는 놀라운 경험을 하게 될 거다.

그리고 그런 김진호의 말은 현실이 됐다.

-아, 공이 높게 뜹니다.

-너무 힘이 들어갔군요.

-12회 말, 결국 메츠가 3루에 있는 주자를 불러들이지 못하고 13회로 갑니다.

-여러모로 놀라운 개막전입니다.

4월 2일 월요일, 메츠의 홈구장인 씨티 필드에 짙은 밤이 내리기 시작했다.

이제는 집으로 돌아가 맥주에 취하며 잠들 준비를 해야 할 때.

그러나 씨티 필드에는 여전히 관중들이 제법 남아 있었다.

"미친, 개막전부터 이게 무슨 지랄이야."

12회 말, 여전히 승부를 내지 못한 메츠와 브레이브스 두 팀이 13회에 접어든 탓이었다.

"아, 9회에 그냥 막았으면 됐잖아!"

"젠장, 개막전부터 이게 무슨 지랄이야!"

"메츠 새끼들아, 이상한 포수 따위는 데려오지 말고 불펜투수를 영입하라고!"

사실 이런 식으로 진행될 게임은 아니었다.

일단 경기 시작부터 어느 정도 승패가 가늠됐다.

선발투수로 나온 메츠의 에이스 투수, 제이콥 디그롬은 에이스답게 6이닝 1실점 호투를 펼친 반면, 브레이브스는 선발로 나온 RA디키는 5이닝 4실점을 기록한 후 마운드를 내려갔다.

이후 브레이브스는 나름의 반전을 꾀하기 위해 추격조를 내보냈고, 메츠는 경기를 잡기 위해 필승조를 투입했다.

3점 차 상황에서 충분히 이해할 수 있는 일이었다.

그러면서도 나름 경기 결과가 가늠되는 게임이기도 했다.

메츠가 리드한 채 9회 초 이닝을 마무리하거나 혹은 브레이브스가 기적의 역전승을 하거나.

하지만 9회 초, 브레이브스가 3점 차를 단숨에 소멸시켜 버리는 쓰라린 홈런을 친 이후 경기가 이상하게 돌아가기 시작했다.

4 대 4 상황에서 10회에 돌입했고, 10회에 양 팀은 다시 한번 2점씩을 주고받는 난타전을 치른 채 6 대 6으로 11회에 돌입했다.

그리고 11회에는 무려 3점을 주고받으며 9 대 9 상태에서 12회에 돌입을 했다.

그리고 지금 그 12회가 끝났다.

점수는 여전히 9 대 9인 채로 13회에 접어든 것이다.

"이제 내보낼 선수나 있나?"

"투수도 타자도 거의 다 쓰지 않았어?"

너무나도 당연한 말이지만, 12회 동안 경기를 치르면서 메츠와 브레이브스는 적지 않은 선수를 소모했다.

이제 교체가 가능한 선수가 손에 꼽을 정도.

메이저리그 연장전에서 볼 수 있는 진풍경, 타자가 마운드에서 투수가 되는 광경을 볼 법한 상황이 나온 것이다.

'맙소사, 이게 현실인가?'

그 광경을 이진용은 얼빠진 표정으로 바라봤다.

-거봐, 내가 말했지?

반면 김진호는 이럴 줄 알았다는 미소를 지은 채 이진용을 바라봤다.

-메츠는 어메이징하다고.

그 말에 이진용은 어이가 없는 표정을 지은 채 김진호를 바라보며 표정으로 말했다.

'아니, 그래도 이런 식으로 어메이징할 줄이야!'

솔직히 이진용은 정말 이런 식으로 경기가 진행될 줄은 몰랐다.

그가 보기에 오늘 경기는 나름 충분히 메이저리그다운 경기였으니까.

실제로 오늘 경기를 보던 이진용은 감탄했다.

경기 내내 100마일짜리 공을 던지면서도 지치지 않는 디그롬의 피칭에 놀랐고, 그런 디그롬을 상대로 안타를 만들어내는 브레이브스 타자들의 저력에 놀랐으며, 한국프로야구였다면 내야를 뚫고 지나가는 안타가 됐을 공들을 당연하다는 듯이 범타로 만드는 두 팀의 수비 앞에서는 감탄사가 절로 나왔다.

정말 이게 메이저리그구나!

그런 감탄과 함께 이제는 이 리그에서 전쟁을 치러야 하는 사실에 전율했다.

'너무 경기력이 극단적이잖아?'

그런데 그런 선수들이 어느 순간 바보가 됐다.

이제까지 당연하다는 듯이 해냈던 수비에서 실책이 속출했고, 타석에서의 집중력이 소멸했으며, 마운드 위에서의 컨트롤은 실종했다.

어느 순간부터 메이저리그에 어울리지 않는 경기가 나오기 시작했다.

그 사실에 대해 김진호는 기꺼이 설명을 해주었다.

-원래 그래. 100킬로미터로 레이스할 때는 작은 실수도 별거 없어 보이고 잠시 한눈을 팔아도 사고가 안 터지지만, 200킬로미터로 레이스하면 집중력을 잃는 순간 사고가 터지니까. 명심해. 메이저리그에서는 최고의 피지컬을 가진 이들이 고도의 집중력을 발휘하면서 게임을 만든다는 것을. 삐끗하면 떨어진다는 것을.

말을 뱉은 김진호는 메츠의 더그아웃, 이 참담한 사건사고의 가해자이자 피해자가 된 이들을 보는 순간 조소를 머금었다.

-뭐, 메츠는 그게 좀 과했지만.

그 사실에 이진용은 대답하지 않았다.

-응?

아니, 대답할 수 없었다.

-진용아, 저기 봐봐. 저기 타격코치랑 감독이 이야기하고 있어. 마주쳤으니까.

-널 보면서.

자신을 보며 이야기를 하는 타격코치와 콜린스 감독, 그들의 눈동자와.

결국 예상은 현실이 됐다.

"리, 말할 게 있다."

13회, 메츠와 브레이브스 양 팀은 여전히 점수를 내지 못한 채 이닝을 마무리했다.

이제 14회를 시작할 때.

메이저리그에서도 보기 드문 14회 경기에 자연스레 다른 경기를 보던 혹은 잠자코 있던 야구팬들이 관심을 가지기 시작했다.

-어메이징 메츠네!

-역시 메츠야! 어메이징하지!

-지구 꼴찌 배틀이네!

그런 그들의 관심 속에는 조롱이 가득했다.

어쩔 수 없었다.

과거 내셔널리그 동부지구의 지배자라고 불렸던 시대는 저물고, 이제는 리그에서 가장 참담한 미래를 가진 브레이브스와 작년 시즌을 기점으로 이제 몰락의 길을 걷는 메츠.

두 팀의 배틀은 영광이라고는 찾아볼 수 없는 비참한 배틀
이 될 수밖에 없었으니까.

-여기서 지면 진짜 시즌 망칠 듯.
-이거 지면 사실상 이번 시즌 끝일 듯.

그렇기에 두 팀은 더더욱 이 경기에서 승자가 되기 위해 필
사적일 수밖에 없었다.

얻을 수 있는 것이 오로지 1승밖에 없는 무대에서 그조차
얻지 못한다는 건 메이저리그, 승리를 위해 살아온 그들의 자
긍심마저 잃는 일이었기에.

그런 상황에서 14회 말 메츠가 기회를 잡았다.

1사 상황에서 볼넷을 얻은 주자가 도루에 성공, 이후 재차
볼넷이 나온 이후 진루타가 나오며 2사 1, 3루 상황이 됐다.

문제는 타석에 선 이가 투수라는 것.

"타자가 한 명뿐이군."

"예."

그렇기에 메츠는 마지막 남은 타자를 대타로 내보냈다.

사실 내보내면서도 어느 정도 짐작은 하고 있었다.

"역시 예상대로 볼넷으로 거르는군."

브레이브스가 대타를 상대로 볼넷을 내주리란 것을.

그러나 어쩔 수 없는 일이었다.

투수가 서는 와중에 투수에게 2사 1, 3루 상황에서의 득점

을 기대하긴 힘들었으니까.

　무엇보다 그 상황에서 메츠는 나름 기대하는 게 있었다.

"대타!"

　메츠, 그들이 다시 한번 대타 카드를 발동했다.

"리!"

　대타 이진용을.

-호우 떴다!

　그것은 갑작스러운 일이었다.

-호우는 무슨 호우야?
-이호우 경기 3일 후인데, 무슨 개소리?
-양치기 소년임?

　이진용, 그의 이름이 갑작스럽게 한국야구팬들 사이에서 거론되기 시작했다.

　물론 처음에는 그 말을 믿는 이는 없었다.

　한국야구팬들에게 이진용의 경기는 D-3으로 되어 있었으니까.

-어? 진짜 호우네?

-뭐야, 진짜 호우잖아?

하지만 한국야구팬들은 이진용의 등장이 양치기 소년의 외침이 아니라 아주 진실된 정보의 전달임을 알았다.

더 나아가 자세한 정보도 알 수 있었다.

-대타 호우? 이건 또 뭐야?

-진짜 모르겠다. 대체 이 새끼 정체가 뭐임?

이진용, 그가 투수가 아닌 타자가 되어 마운드에 섰다는 것을.

심지어 그것이 14회 말 2사 만루 상황이라는 것을.

그런 상황에서 이제는 타석에 설 준비를 하는 이진용은 저도 모르게 헛웃음을 흘렸다.

그 헛웃음 사이로 나지막하게 말했다.

"진짜 어메이징하네."

말과 함께 이제는 장갑을 끼고 헬멧을 쓰고 타석을 향하는 이진용, 그런 그의 귀에 목소리가 들렸다.

[대타로 출전합니다. 획득하는 포인트의 양이 50퍼센트 증가합니다.]

[대타로 출전합니다. 핀치 히터 스킬이 발동됐습니다.]

[핀치 히터 스킬 효과에 의해 포인트 획득량이 50퍼센트 증가

합니다.]

　[핀치 히터 스킬 효과에 의해 피지컬이 6증가합니다.]

　[핀치 히터 스킬 효과에 의해 밸런스가 4증가합니다.]

　[핀치 히터 스킬 효과에 의해 선구안이 2증가합니다.]

　핀치 히터.

　이진용이 새롭게 얻은 스킬이 이 순간 이진용에게 기운을 불어넣기 시작했다.

　그와 동시에 떴다.

　[2사 만루 상황입니다. 획득하는 포인트의 양이 50퍼센트 증가합니다.]

　[득점권 상황입니다. 클러치 히터 스킬이 발동합니다.]

　[클러치 히터 스킬 효과에 의해 피지컬이 5증가했습니다.]

　[클러치 히터 스킬 효과에 의해 밸런스가 3증가했습니다.]

　[클러치 히터 스킬 효과에 의해 선구안이 1증가했습니다.]

　[클러치 히터 스킬 효과에 의해 배트 스피드가 10퍼센트 상승합니다.]

　클러치 히터!

　그 스킬의 안내음이 끝났을 때, 그제야 이진용이 주문을 외웠다.

　"라스트 찬스."

[라스트 찬스 스킬을 사용하셨습니다.]

[라스트 찬스 스킬 효과에 의해 피지컬이 3증가했습니다.]

[라스트 찬스 스킬 효과에 의해 밸런스가 2증가했습니다.]

[라스트 찬스 스킬 효과에 의해 선구안이 1증가했습니다.]

[라스트 찬스 스킬 효과에 의해 포인트 획득량이 50퍼센트 증가합니다.]

정말 길었던 베이스볼 매니저의 알림.

그런 베이스볼 매니저의 알림 뒤로 결코 빼놓을 수 없는 목소리가 들렸다.

-이 빌어먹을 쓰레기 게임.

김진호의 목소리, 그 목소리와 함께 게임이 시작됐다.

"플레이 볼!"

14회 말 2사 만루 상황에서의 타석, 그곳에서 이진용이 드디어 메이저리그 정규시즌 데뷔전이 시작됐다.

그날, 이진용이 크리스 세일과의 싸움에서 승리했던 그날, 황금빛 룰렛이 세 번 돌아가던 그날, 이진용은 세 가지 스킬을 얻을 수 있었다.

[클러치 히터]

[핀치 히터]

[라스트 찬스(F)]

플래티넘 스킬 세 가지를.

-젠장, 어떻게 된 게 골드 룰렛을 세 번 돌렸는데 플래티넘 스킬이 세 개가 나올 수 있는 거야? 응? 로또 2등 당첨자 숫자가 3등 당첨자 숫자보다 많다는 게 말이 돼?

김진호의 입에서 당연히 푸념이 나왔다.

하지만 그런 김진호의 푸념은 오래 가지 않았다.

-그런데 스킬들이 미묘하네.

이진용이 얻은 것들은 생각만큼 좋은 것이 아니었으니까.

-좋은데, 안 좋아.

김진호가 환호성도, 절망 어린 저주도 퍼붓지 않은 채 애매한 눈빛을 하는 이유였다.

-라스트 찬스는 좋네.

[라스트 찬스]

-스킬 등급 : F

-스킬 효과 : 스킬 사용 시 다음과 같은 효과가 적용됩니다.

-피지컬 +3

-밸런스 +2

-선구안 +1

-일일사용 가능횟수 : 1회

일단 라스트 찬스 스킬은 충분히 훌륭한 스킬이었다.
하루에 한 번만 사용할 수 있지만, 그 한 번 동안 타격 능력
향상을 꾀할 수 있으니까.
-문제는 클러치 히터인데, 투수가 득점권 찬스에 서는 경우
는 생각보다 적지.
클러치 히터 스킬도 스킬 자체는 매우 좋았다.

[클러치 히터]
-스킬 등급 : 없음
-스킬 효과 : 득점권 상황 시에 다음과 같은 효과가 적용됩니다.
-피지컬 +5
-밸런스 +3
-선구안 +1
-배트 스피트 +10퍼센트

득점권 찬스에서 능력치 향상, 그것도 무려 피지컬을 5포인
트나 올려주는 스킬이 나쁠 리 없지 않은가?
문제는 이 스킬이 사용될 빈도였다.
일단 타자들도 시즌 중에 득점권 찬스에 서는 경우는 생각
보다 많지 않다.
만약 타석에 300번을 설 경우, 득점권 찬스에 서는 경우는

그 절반에도 미치지 못한다.

하물며 투수인 이진용 같은 경우에는 한 시즌 전부를 치러도 타석수가 50타수를 넘기는 게 힘든 상황.

-5회 이후에 득점권 찬스면 오히려 투수 대신 대타로 타자를 내는 경우도 많으니까.

더욱이 김진호의 말대로 만약 6회 이후에 득점권 상황에서 이진용이 타석에 선다면, 팀은 그런 이진용 대신 대타를 쓸 가능성이 높았다.

내셔널리그에서는 흔히 볼 수 있는 일이니까.

정리하면 이진용이 클러치 히터 효과를 받는 경우는 장담컨대 시즌을 통틀어서 20번이 되지 않을 가능성이 컸다.

-핀치 히터는 그냥 쓰레기이고.

개중에서도 가장 쓸모없는 건 핀치 히터였다.

[핀치 히터]

-스킬 등급 : 없음

-스킬 효과 : 대타자가 될 경우 다음과 같은 효과가 적용됩니다.

-피지컬 +6

-밸런스 +4

-선구안 +2

대타로 나올 경우 능력치 상승!

심지어 능력치 상승의 총합이 12포인트나 될 정도로 대단한 스킬이었다.

하지만 과연 이진용이 대타로 타석에 서는 일이 과연 이번 시즌 동안 한 번이라도 있을까?

한 번 있으면 다행.

-까놓고 말해서 널 대타로 내보낼 정도면 경기가 막장을 넘어 아수라장이라는 거겠지.

아니, 솔직히 말하면 핀치 히터 스킬은 쓸 일이 없는 게 제일 좋았다.

내보낼 타자가 없어 투수를 대타로 내보내는 상황은 정신 나간 상황일 게 뻔했으니까.

그렇기에 이진용은 기뻐하지 않았다.

담담하게, 그저 자신의 보물 창고에 무언가 쓸모 있는 것이 들어왔다고 생각했다.

생각했는데…….

-젠장, 이 빌어먹을 게임! 쓰레기 스킬이 나오니까 이제는 아예 전용 이벤트를 해주네!

그날이 생각보다 일찍 왔다.

이진용이 타석에 서는 순간 어둠이 깔린 씨티 필드의 분위기는 어수선해지기 시작했다.

일단 가장 놀란 건 브레이브스 선수들이었다.

'뭐야? 왜 투수가 대타로 나와?'

'2사 만루에 대타로 투수라니?'

메츠가 이 경기를 잡기 위해 무슨 짓이든 하리라 생각은 했다.

아니, 경기 상황을 보면 이제는 할 수 있는 것 자체가 거의 없어진 상황이었다.

하지만 설마 대타로 작년 시즌까지 타자 경험은 단 하나도 없는 메이저리그 루키를 집어넣다니?

당연히 메츠 선수들도 놀랐다.

'리라니, 이게 무슨 짓이야?'

'미치겠군.'

메츠 입장에서도 썩 달가운 상황은 아니었다.

대타로 이진용이 나왔다는 건 이제 이후에 나올 것은 더 최악일 수밖에 없다는 거니까.

물론 가장 놀란 건 메츠 팬들이었다.

"이게 무슨 미친 짓이야!"

"야 이 새끼들아, 정신 차리고 야구해!"

이기고 있는 경기에서 9회에 동점을 내주는 바람에 14회까지 오는 것만으로도 미칠 노릇인데, 2사 만루 상황에서 대타로 타자도 아니고 투수가 올라온다?

심지어 이 경기가 메이저리그 첫 개막전이다?

미치는 수준의 일이 아니다.

"퍼킹 메츠!"

여기서 만약 이진용이 게임을 끝내지 못하면 메츠 팬들 중

누군가는 경기장에 내려올 기세였다.

한편 온라인에서는 그야말로 축제가 일어났다.

-어메이징 메츠!

-진짜 어메이징하네!

-올해도 어메이징!

남의 집이 불타면 구경하러 나오는 건 세계 어디에서나 이루어지는 일이었으니까.

메이저리그 팬들은 두 팀이 만들어내는 슬픈 코미디를 바라보며 신나게 웃음을 내뱉었다.

그 어수선한 분위기 속에서 흔들리지 않은 채, 어수선함에 취하지 않은 채 진지하게 집중력을 가다듬는 건 오로지 한 명이었다.

이진용.

타석에 선 그는 마운드에 설 때만큼…… 아니, 그때보다 훨씬 더 집중력을 가다듬었다.

-마운드는 다음이 있지만 타석에 다음은 없다.

김진호가 내뱉는 조언대로였다.

마운드에서는 타자 한 명을 출루시켜도, 다음 타자를 상대로 잘 잡으면 문제 될 건 없다.

하지만 타석은 아니다.

하루에 한 타자가 들어설 수 있는 타석의 숫자는 세 번 또는 네 번.

지극히 제한된 기회.

그 기회 안에서 타자는 자신이 부릴 수 있는 모든 것을, 보여줄 수 있는 모든 것을 해야 한다.

평소의 100퍼센트가 아니라, 120퍼센트를 발휘할 수 있어야 한다.

다음 따위를 기약해서는 안 된다.

"후우!"

그렇기에 타석에 들어서는 순간, 이진용은 그 순간부터 정면승부를 준비했다.

물론 김진호식 정면승부를 말함이다.

툭툭!

일단 들어서는 순간 발로 흙더미를 차며 홈플레이트를 지저분하게 만들었다.

그 사실에 현재 포수 마스크를 쓰고 있는 모하임의 눈매가 가늘어졌다.

그러고는 곧바로 배트를 쥐지도 않았다.

찌익! 찌익!

배트를 쥐기 전 아주 멀쩡하게 잘 낀 장갑을 뗐다, 붙였다를 거듭 반복했다.

결국 모하임이 한마디 했다.

"헤이! 바지에 오줌이라서 쌌어? 왜 이렇게 행동이 굼떠?"

그 한 마디에 이진용은 미소를 지으며 말했다.

"호우를 원하니?"

Do you wanna howoo?

"뭐?"

그 말에 모하임은 그제야 이진용의 트레이드마크가 무엇인지, 세상이 그를 무어라 부르는지 알 수 있었다.

호우맨.

'이 새끼가!'

정확히는 퍼킹 호우맨.

모하임이 발끈하는 사이, 이진용은 그제야 슬슬 배트를 쥐기 시작했다.

물론 순간에도 입은 쉴 새 없이 움직였다.

"아니, 그렇잖아? 내가 빨리 타석에 서봤자 너희들이 볼 건 내가 끝내기 안타를 치고 호우하는 것밖에 없잖아?"

그 말에 모하임은 대답 대신 투수에게 사인을 줬다.

빨리 투구 준비에 들어가!

말이 많고, 행동이 굼뜬 타자를 압박하기에는 가장 좋은 방법이었다.

타자가 너무 타석에서 시간을 끌면 주심은 절대 그 사실을 용납하지 않으니까.

특히 경기 시간을 줄이는 것이 현재 메이저리그의 지향점이었고, 때문에 메이저리그는 마운드 위에서 투수가 시간을 너무 끌거나, 타자가 타석에서 너무 시간을 끄는 것을 막기 위해 여러 조치를 취하는 중이었다.

"경기에 집중하도록."

결국 투수가 움직이자, 주심이 이진용에게 경고나 다름없는 지적을 해주었다.

그제야 이진용은 타석에 섰다.

툭툭!

그러고는 다시 한번 홈플레이트를 향해 흙을 발로 찼다.

그 사실에 모하임은 이를 꽉 물었다.

'넌 무조건 잡는다.'

당연한 말이지만 모하임은 이진용을 어떻게든 잡고 경기를 15회로 넘길 속셈이었다.

하지만 반대로 이진용을 잡고자 했을 때 모하임의 머릿속으로는 이렇다 할 생각이 떠오르지 않았다.

당장 이진용의 타격폼을 보는 순간, 모하임은 이진용이 정말 공략하기 힘든 상대임을 알 수 있었다.

'그런데 무슨 폼이 이래?'

모하임이 보는 이진용의 스트라이크존은 정말 보통 타자들의 절반처럼 보였으니까.

사실상 위아래는 공략하는 것이 불가능해 보였다.

결국 남은 건 좌우 공략뿐.

결코 좋은 일은 아니었다.

'젠장.'

더욱이 거기까지 생각이 미쳤을 때 모하임의 머릿속에 떠오른 건 이진용이 크리스 세일을 상대로 10구를 던지게 만든 후에 2루타를 쳐냈다는 사실이었다.

그 누구도 아닌 크리스 세일을 상대로.

100마일짜리 패스트볼을 던지며 작년 시즌 유일하게 한 시즌 300탈삼진을 기록한 투수를 상대로.

이쯤 됐을 때 포수가 투수에게 주문할 수 있는 건 하나였다.

'초구는 일단 하나 빼보자.'

일단 유인구를 던지는 것.

그 사인에 투수는 고개를 끄덕였다.

투수 입장에서도 14회 말 2사 만루 상황에서, 크리스 세일을 상대로 안타를 만들어낸 타자를 상대로 스트라이크존에 공을 집어넣고 싶지는 않았으니까.

그렇게 투수가 초구를 던지는 순간, 당연한 말이지만 이진용은 미동조차 하지 않았다.

펑!

미동조차 하지 않은 채 공을 지켜만 봤다.

"볼!"

그리고 그 공에 주심이 너무나도 당연하게 볼 판정을 했다.

평범할 것 없는 상황.

그러나 이 순간 이진용의 입가에는 미소가 번져 있었다.

지금 이 볼을 던진 이유를 그 누구보다 잘 알고 있었으니까.

'오케이, 게임 끝이다.'

지금 마운드 위의 투수에게 이진용이란 타자를 상대로 확실하게 던질 무기가 없다는 것.

그 사실에 이진용이 포수가 투수에게 공을 던지는 사이, 그 텀 속에서 포수에게 다시 말을 했다.

"아무래도 호우하겠는데?"

그 말에 모하임의 표정이 일그러졌다.

그리고 그 광경을 실시간으로 지켜보는 김진호가 피식 웃으며 말했다.

-이진용, 이 악마 같은 개새끼.

선구안이 좋은 타자는 투수에게 있어서 가장 골치 아프면서도 짜증 나는 상대다.

일단 유인구에 잘 속지 않는다.

존을 벗어나는 공에 미동조차 하지 않는 타자 앞에서 투수는 더더욱 스트라이크존이 좁게 느껴진다.

그 대표적인 선수가 바로 신시내티 레즈를 대표하는 타자, 조이 보토였다.

조이 보토가 배트를 휘두르지 않은 공은 볼이다, 그것이 사실이 될 정도로 그의 선구안은 절대적이었다.

'미치겠군.'

그리고 지금 브레이브스의 마운드에 있는 투수, 에릭은 그 조이 보토를 상대해 본 경험이 있었다.

불펜투수로 올라와 한 번 상대해 본 게 전부였고, 그 결과는 좋지 못했지만 어쨌거나 경험이 있었다.

당연히 별로 좋은 경험은 아니었다.

에릭은 조이 보토를 상대하던 날, 그의 스트라이크존이 자기 글러브보다 작다고 느낄 정도였으니까.

스트라이크존이 작아지는 경험은 투수에게 있어 심장이 작아지는 경험과 다를 게 없었다.

실제로 조이 보토를 상대로 볼넷을 내주었을 때 에릭은 오히려 더 이상 그런 타자를 상대할 일이 오지 않으리란 사실에 안도의 한숨을 내쉬었을 정도였다.

'젠장.'

그런데 지금 그와 비슷한 느낌을 주는 타자가 타석에 있었다.

'조금 전 그 공은 완벽한 공이었어. 하다못해 움찔이라도 했었어야 하는 공이라고!'

이진용.

메츠가 이번 시즌을 앞두고 동양에서 영입한 투수.

그런 그가 지금 타석에 선 채 에릭을 상대로 4개의 공을 던지게 했다.

그중 1개는 존에 들어오는 공이었고, 나머지 3개는 존에서 벗어나는 공이었다.

이진용은 그 공 중에 존에 들어오는 공은 걷어냈고, 나머지 3개의 공은 그대로 지켜봤다.

'젠장! 대체 뭐가 보이는 거지?'

개중에서도 마지막 공은 정말 아슬아슬하게 스트라이크존

을 스치는 공이었다.

주심이 스트라이크 콜을 해줬어도 이상할 게 없는 공.

그러나 이진용은 그 공이 너무나도 당연하게 볼이라는 듯이 그 공을 지켜만 봤다.

그 정도면 충분했다.

투수가 자신이 상대하는 타자의 능력을 가늠하는 데에는.

이 타자가 쉬운 타자인지, 어려운 타자인지 구분하는 데에는.

그 순간 에릭의 머릿속으로는 조이 보토가 타석에 선 듯한 장면이 떠오르기 시작했다.

'젠장.'

문제는 그가 조이 보토를 상대했을 때는 1사에 주자가 없는 상황이었지만 지금은 2사 만루라는 것.

그리고 여기서 볼넷만 나와도 게임이 끝난다는 것.

마지막으로 에릭은 현재 3볼 1스트라이크, 본인 스스로가 벼랑 끝에 몰렸다는 것.

그때 투수코치가 마운드로 올라왔다.

그러자 곧바로 포수도 마운드로 올라왔다.

잠시 동안 경기가 멈췄다.

이윽고 마운드에 올라온 투수코치는 곧바로 에릭을 바라본 후에, 에릭의 어깨를 두드리며 말했다.

"볼넷으로 내줄 바에는 그냥 맞는 게 낫다. 어차피 상대는 투수다. 빠른 공으로 승부를 해."

그 말을 마치고 투수코치는 내려갔다.

그렇게 내려간 후에 에릭이 긴 한숨을 내쉬었고, 포수도 숨을 고르며 다시 자신의 위치로 돌아왔다.

어수선함이 점차 정리되기 시작하고, 긴장감이 다시 자리를 잡기 시작했다.

그 무렵이었다.

"볼넷으로 내보낼 바에는 그냥 맞는 게 낫다. 어차피 상대는 투수다. 빠른 공으로 승부해라."

포수석에서 자세를 잡는 모하임을 향해 이진용이 말을 건넨 건.

모하임이 놀란 눈으로 이진용을 바라봤다.

'어, 어떻게?'

마운드에서 이루어진 대화를 거의 똑같이 말하는 이진용에 대한 경악이었다.

이진용이 그런 포수를 향해 씨익 웃으며 말했다.

"사실 내가 마운드에 도청장치를 숨겨놨거든."

그 말에 모하임이 기겁하며 소리쳤다.

"웃기지도 않는 소리!"

"진짜야. 마운드 파보면 도청기 나온다니까? 여기 우리 홈구장이거든?"

그 말에 포수는 입을 꽉 다물었다. 이진용이 하는 말을 무시로 상대할 속셈이었다. 하지만 이진용은 입을 다물 생각이 없었다.

"빠른 공 좋지. 크리스 세일만큼 빠르다면 말이야."

그 말에 모하임의 눈동자가 흔들렸다.

그제야 모하임은 다시금 이진용이 크리스 세일의 빠른 공 앞에서도 무너지지 않았음을 떠올렸다.

때문에 머릿속으로 혼란이 생겼다.

한가운데 빠른 공을 던지면 오히려 맞지 않을까?

유인구를 던져야 할까?

"한가운데 빠른 공, 3볼 1스트라이크 상황. 아주 제대로 한 번 휘둘러봐야지."

그때 이진용이 다시금 포수의 혼란스러운 머릿속에 새로운 혼란을 집어넣었다.

'아니, 오히려 반대다. 이건 놈의 몸부림이다.'

그러나 반대로 이진용의 그 말에 포수가 각오를 다졌다.

모든 이들이 벼랑에 몰리면 결단을 내리는 법.

'친다고 해도 안타가 될 확률은 없다. 이진용에게 분명 장타력은 존재하지 않는다. 그렇다면 유인구보다는 정면승부가 나아.'

이 순간 모하임은 이진용이 오히려 빠른 공을 무서워하는 바람에 이런 식으로 수작을 부린다고 생각했다.

그렇기에 모하임은 투구코치의 말대로 스트라이크존에 들어오는 빠른 공을 요구했다.

'오케이, 이제는 확실하게 한가운데 빠른 공이 오겠군.'

그 사실에 이진용은 미소를 지었다.

그 모습에 김진호가 한마디 했다.

-잔인한 새끼.

그런 김진호의 말을 이진용은 기꺼이 증명해 줬다.

딱!

투수가 던진 한가운데 패스트볼을 이진용이 그대로 깔끔하게 좌익수를 향해 굴려 보냈다.

[4,591포인트를 획득하셨습니다.]

[타점을 기록했습니다. 보너스 포인트가 지급됩니다.]

[최초로 타점을 기록했습니다. 골드 룰렛 이용권이 지급됩니다.]

[메이저리그 첫 타점을 기록하셨습니다. 골드 룰렛 이용권이 지급됩니다.]

[끝내기 안타를 치셨습니다. 보너스 포인트가 지급됩니다.]

[최초로 끝내기 안타를 치셨습니다. 플래티넘 룰렛 이용권이 지급됩니다.]

이진용, 그가 브레이브스의 심장에 세상에서 가장 잔인한 방법으로 비수를 꽂는 순간이었다.

"호-우!"

정말 잔인하게.

스포츠 세계에는 이런 말이 있다.

이기면 장땡!

아무리 경기 내용이 정말 눈 뜨고 보기 힘들 정도로 처참하고, 추잡하더라도 어쨌거나 이기면 된다.

승리, 그 두 글자를 얻는 순간만큼은 그 어느 때보다 뜨겁게 달아오를 수 있으니까.

"리!"

"이 미친 새끼!"

이진용, 그가 14회 말 팀에 승리라는 두 글자를 안겨주는 순간 메츠의 모든 선수들은 그라운드로 뛰쳐나오기 시작했다.

앞서 말했듯이 오늘 경기의 내용이 어떠하건, 그런 것은 아무래도 상관없었다.

때문에 뛰쳐나오는 메츠 선수들의 눈빛에 이성은 없었다.

그리고 이진용 본인 역시 3루에 있던 주자가 홈베이스를 밟고, 본인이 1루 베이스를 밟는 순간 이성이 끊어졌다.

"호우!"

이진용의 두 눈동자 속에도 광기가 깃들었다.

그 광기는 곧바로 주변을 전염시켰다.

-그렇지! 이거지! 봤냐! 씨발 이게 바로 우리 진용이다, 메이저리그 새끼들아!

김진호 역시 광기에 전염된 듯 이진용의 게임을 마무리 짓는 안타에 미쳐 날뛰기 시작했다.

그렇게 선수들이 미쳐 날뛰는 상황에서, 팬들이라고 가만히 있을 리는 만무!

"호우!"

"호우!"

14회 말까지 이 고통스러운 야구를 참고 본 메츠 팬들이 이진용의 이름을 불렀다.

그사이 이진용의 승리에 열광하는 또 다른 이들이 분주하게 움직이고 있었다.

"드디어 게임 끝나네, 빨리 인터뷰 끝내고 집에 가자!"

"빨리 인터뷰 준비해."

14회 말, 어떻게 보면 2경기나 다름없는 경기를 중계하게 된 방송사는 1분이라도 더 빨리 방송을 끝내기 위해 이제는 마지막 과정인 MVP인터뷰를 준비했다.

"인터뷰 누구 하죠?"

"누구긴 호우…… 아니, 호우가 아니라…… 이름이 뭐였지?"

"리요!"

"여하튼 당연히 끝내기 안타 친 녀석을 인터뷰해야지!"

물론 그 인터뷰 대상은 이진용이었다.

자신의 메이저리그 정규시즌 첫 데뷔전을 끝내기 안타로 장식한 선수 말고 과연 누구를 MVP라고 할 수 있을까?

더불어 오늘 경기는 14회 말까지 오는 경기, 즉 양 팀 선수들 서로 졸전을 펼친 경기였다.

솔직히 말해서 누구 한 명이라도 제 몫을 제대로 했다면 경기는 진작 끝났을 테니까.

그렇게 이진용의 인터뷰를 위해 카메라가 움직이고 리포터가 움직였으며 통역사인 이영예가 움직였다.

"호우!"

-호우!

하지만 그 순간에도 이진용은 그 사실을 인지하지 못한 채 여전히 미쳐 날뛰고 있었다.

당연한 일이었다.

이진용에게 있어 끝내기 안타를 친 경험은 아마추어 시절, 그러니까 중학 시절 이후 처음이었으니까.

하물며 14회 말까지 오는 경기, 그 경기에서 대타로 나와서 끝내기 안타를 쳤다?

심지어 그 무대가 리틀 야구도 아니고 메이저리그 개막전이라면?

더욱이 마운드에서 투수가 경기를 마무리 짓는 것과 타자가 경기를 마무리 짓는 건 전혀 달랐다.

"봤냐! 내가 바로 조선의 투수 이진용이다!"

마운드에서 경기를 마무리 짓는 것이 무대 위에서 연기를 마치고 커튼이 내려오는 느낌이라면, 끝내기 안타는 팬들의 앙코르 요청에 끝내주는 화답을 하는 느낌이랄까?

게임이 끝난 후에 열기가 가라앉기는커녕 오히려 심장이 더 빨리 두근두근거렸다.

고막이 심장처럼 뛰는 듯했다.

"……리!"

"뭐?"

그런 이진용의 머릿속으로는 그저 뜨거운 열기만이 가득

할 뿐이었고, 다른 무언가가 들어올 틈이 없었다.

"리!"

"왜?"

"인터뷰!"

그런 상황에서 인터뷰가 시작됐다.

이제는 어둠이 짙어진 늦은 밤, 메츠의 홈구장인 씨티 필드
가 경기에 마침표를 찍기 위한 무대를 만들었다.

그렇게 마련된 무대에 세 명이 올라섰다.

인터뷰를 진행할 리포터와 MVP선수 그리고 통역사.

-뭐야, 저 선수는?

당연한 말이지만 모든 이들의 이목은 통역사인 이영예에게
집중됐다.

-우와, 덩치 봐.

-메츠의 새로운 선수인가? 누구지?

-맙소사, 메츠에 대체 무슨 일이 생긴 거야? 저런 선수가 알려지지도
않은 거야?

누가 보더라도 어마어마한 피지컬과 보는 순간 그 어떤 분노조절장애 환자도 치료할 수 있을 것 같은 외모를 가진 이영예의 존재감은 절대적이었으니까.

'누가 MVP인지 모르겠군.'

'존재감만으로는 저 통역이 MVP인데?'

인터뷰를 준비한 방송사 관계자들마저 이영예에게만 눈길이 향하고 있었다.

때문에 그들은 몰랐다.

이진용, 그의 눈동자에 여전히 광기가 어려 있다는 사실을.

-진용아, 진용아 인터뷰. 정신 차려. 너 이러다가 또 방송사고 칠지도 몰라.

김진호가 그런 이진용에게 말을 건넸지만 이진용은 그 말에 이렇다 할 반응을 하지 못하고 있었다.

결국 김진호가 고개를 흔들었다.

-에라, 모르겠다. 사고를 치든 말든 어차피 자기 팔자인 거지.

무언가 사고가 터질 듯한 상황.

그런 상황에서 이내 인터뷰가 진행됐다.

"리 선수, 축하드립니다."

리포터가 말했고, 이영예가 보다 확실하게 하기 위해 통역을 해주었고, 그 통역을 들은 이진용은 대답했다.

"호우."

그 순간 그 장면을 보던 몇몇 이들은 느꼈다.

'설마 저게 대답이야?'

'이거 방송사고 아니야?'

만약 한국이었다면 방송사고가 나올 상황.

그러나 다행히도 지금 이진용의 곁에는 이영예가 있었고, 그가 곧바로 통역을 해주었다.

"감사합니다, 라고 이진용 선수가 말했습니다."

그 덕분이었다. 곧바로 인터뷰가 멈춤 없이 진행된 건.

"아…… 현재 기분이 어떠신가요?"

그러나 이진용은 여전히 흥분된 상태였고, 리포터의 그 질문에 흥분된 상태로 대답했다.

"호우!"

그 대답에 다시 한번 좌중의 표정이 굳었다.

"매우 기분이 좋습니다. 이런 멋진 무대를 만들게 되었다는 사실에 감사합니다. 또한 이 경기를 지금까지 지켜봐 주신 팬 분께 감사합니다."

하지만 이번에도 이영예가 방송사고를 막아냈다.

물론 이미 온라인은 아수라장이었다.

-이 새끼 컨셉은 확실하네.

-컨셉이 아니라 진심 같은데?

-일부러 이러는 건 아닐 듯.

-진짜 또라이 한 명 등장했구나.

-어메이징 메츠에 어울리는 놈일세.

이진용이 하는 행동의 의미를 보고도 모를 정도로 바보인 사람은 없었으니까.

"리 선수, 다음 내셔널스와의 경기에서 메이저리그 첫 선발 투수로 등판하게 됩니다."

당연히 리포터가 새로운 질문을 던졌을 때, 더 이상 그 누구도 이진용의 대답을 궁금해하지 않았다.

"그 경기에 대해 한마디 해주시겠습니까?"

리포터의 질문에 대한 대답을 모두가 예상했으니까.

-호우하겠지.

-응, 호우.

그러나 그 질문을 받는 순간 이진용은 조금 전과 전혀 다른 표정으로 대답했다.

"내셔널스는 작년 시즌 우리 팀이 속한 동부지구 우승을 한 팀입니다. 작년에 비해 전력에 누수는 없으며, 이번 시즌에도 월드시리즈를 노릴 만한 팀이죠."

이진용의 입에서 착실한 대답이 나왔고, 그 대답을 곧바로 이영예가 통역해줬다.

-응?

-어?

-뭐야?

-말을 하잖아?

그 사실에 모두가 놀랐다.

놀란 그들에게 이진용은 이제는 분명하게 달라진 눈빛과 어조로 말했다.

"그런 팀을 질식시킨 후에 해치우는 것만큼 끝내주는 것도 없죠."

흥분에 취한 눈빛이 아닌 이제는 사냥감을 눈앞에 둔 사냥꾼의 눈빛이었다.

"제가 어떤 투수인지 그날 경기에서 보여드리겠습니다."

이진용, 그가 그렇게 인터뷰를 마쳤다.

[이진용, 끝내기 안타!]
[이진용, 화끈한 데뷔전을 치르다!]

여러모로 화려한 데뷔전을 치른 이진용에 대한 기사는 너무나도 당연하게 쏟아지기 시작했다.

자연스레 이진용의 이름이 다시 한번 메이저리그에 번지기 시작했다.

-메츠에 어메이징한 또라이가 등장했다면서?

-이름이 뭔데?
 └호우!

마치 메아리처럼.

-아, 그 녀석? 세일 상대로 안타 친 놈?
 └웃긴 놈이네. 투수 아니었어?

이전에 있던 이진용에 대한 이야기 위로 새로운 이야기가 덮어지며 이진용의 존재감은 점차 커졌다.

-그래 봐야 뭐 시즌 시작하면 실력이 드러나겠지.
-초반에 반짝하는 놈이 한두 명인가?

물론 메이저리그 팬들에게 이진용에 대한 이야기는 여전히 흥밋거리 소재에 불과했다.

그 누구도 이진용의 활약을 그의 실력이라 생각하지 않았고, 않았기에 이진용을 두려워하거나, 무서워하지도 않았다.

그리고 그건 어쩔 수 없었다.

아무리 이진용이 끝내기 안타를 쳤다고 해도, 그건 어디까지나 해프닝에 가까운 일이었으니까.

-그래도 세일 상대로도 그렇고, 뭔가 있는 놈 아닐까?

└세일이 무슨 안타 안 맞는 투수도 아니고, 그냥 운 좋게 하나 얻어 걸렸을 뿐이야.

└그보다 조만간 투수로 등판해서 탈탈 털릴 듯?

└투수로 털려서 타자로 전향하면 웃기겠네.

무엇보다 고작 그 정도를 보여준 선수에게 두려움을 품을 정도로 메이저리그란 무대는 가소로운 곳이 아니었다.

그렇기에 이진용에 대한 이야기는 밤이 지나고, 새로운 경기가 시작되는 순간 사막의 신기루 사라졌다.

더욱이 메츠에는 개막전의 승리를 음미할 여유조차 없었다.

[브레이브스, 어제의 패배를 되갚는 역전승!]

[신더가드 5이닝 4실점, 패배!]

[메츠, 개막전 기세를 이어가지 못하다!]

브레이브스와의 2차전에서 메츠는 패배했고, 그다음 3차전에서도 메츠가 맛본 것은 쓴맛이었다.

[맷 하비, 4이닝 4실점]

[메츠, 더 이상 기적은 없나?]

[메츠, 이제 추락이 시작됐다!]

패배의 쓴맛.

-젠장, 이제 끝이야. 완전 끝이라고!

-디그롬, 신더가드, 하비 다 끝이야! 우리 팀은 끝났어!

-이 팀은 내가 죽을 때까지 안 돼.

그 연패의 쓴맛 앞에서 개막전의 승리에서 느낀 달콤한 기억은 이제 어디에도 존재하지 않았다.

그런 상황에서 메츠의 팬과 선수들에게 보이는 것은 브레이브스와의 참담한 경기 후에 곧바로 마주하게 된 내셔널스의 존재감뿐이었다.

[맥스 슈어저 완봉승으로 개막전을 승리로 이끌다!]

[스티븐 스트라스버그, 7이닝 무실점 14K! 드디어 스트라스버그의 시대가 오나?]

[브라이스 하퍼, 3게임 연속 홈런!]

[내셔널스 3연승 질주! 목표는 월드시리즈!]

작년 시즌 내셔널리그 동부지구 1위에 빛나며, 이제는 모든 담금질을 마친 내셔널스는 개막전 승리를 포함해 3연승을 달리며 이번 시즌에도 우승을 향한 질주를 시작했다.

개중에서도 브라이스 하퍼의 존재감은 유독 빛났다.

[브라이스 하퍼, 3경기 10안타 3홈런 9타점!]

[브라이스 하퍼, 이보다 완벽한 타자는 없다.]

브라이스 하퍼.

메이저리그를 대표하는 타자이며, 2015시즌 메이저리그 MVP를 수상했던 그는 그 어느 선수보다 분명한 존재감을 보여줬다.

-하퍼 배트 플립 영상 봤어?

-당연히 봤지. 유튜브 조회수가 이미 3천만을 넘었는데 안 본 인간이 있을까?

특히 3경기 동안 브라이스 하퍼는 3개의 홈런보다 더 빛나는 배트 플립을 보여주며, 단숨에 메이저리그를 미국 프로스포츠 중에서 가장 뜨거운 무대로 만들었다.

-배트 플립을 하고 싶어서 홈런을 치는 거 같아.

-하퍼라면 그럴 수도 있지. 그야말로 본인이 원하는 화끈한 무대가 마련된 거잖아?

마치 배트 플립이 해금되기를 기다렸다는 듯이, 메이저리그의 모든 스카우트들이 인정했던 재능을 폭발시키기 시작한 것이다.

-메츠를 그야말로 박살을 내겠군.

-그나마 위안거리는 슈어저와 스트라스버그가 안 나온다는 건가?

 └전혀! 3차전에 슈어저 등판함.

 └슈어저랑 디그롬하고 붙으면 결과야 뻔하지.

 └메츠는 좋은 팀이었습니다.

당연한 말이지만 세상은 그런 내셔널스를 마주하게 된 메츠에 대한 동정을 보냈다.

그런 상황에서 이진용이 그 내셔널스를 상대로 굉장한 무언가를, 놀라운 무언가를 보여주리란 생각을 하지 않았다.

심지어 메츠 본인들도 마찬가지였다.

내셔널스의 홈구장인 내셔널스 파크를 방문하게 된 메츠의 선수들은 라커룸에서 이미 울상이 되어 있었으며, 심지어 경기 시작 전의 내셔널스 파크에는 메츠의 팬들조차 보이지 않는 바람에 팬서비스조차 해주고 싶어도 할 방법이 없을 정도였다.

그야말로 싸늘하기 그지없는 관중석을 보던 이진용은 자신의 엉덩이를 긁적였다.

그런 그의 주머니에는 사인을 위해 준비한 펜 세 자루가 애달프게 자리 잡고 있었다.

-시즌 초반부터 분위기 끝내주는군. 뭐, 시범경기 때부터 분위기 끝내줬으니까 당연하지.

김진호의 말에 이진용은 대답하는 대신 메츠가 있는 더그아웃과는 대조적으로 무수히 많은 팬들이 모여 있는 내셔널스의 더그아웃 주변, 그리고 그 주변에서 팬들에게 팬서비스를 해주는 내셔널스의 선수들을 바라봤다.

그곳은 그야말로 열광의 도가니였다.

"하퍼!"

"슈어저!"

팬들은 자신들의 별을 향해 간절히 울부짖었고, 선수들은 그런 팬들이 내미는 유니폼에 사인을 하거나, 사인볼을 던져주었다.

"우아아아아!"

그렇게 원하는 바를 이룬 팬들은 그야말로 세상 모든 것을 가진 듯한 소리를 내질렀다.

-고작 몇십 미터 차이 사이를 두고 천국과 지옥이 펼쳐졌군.

천국과 지옥, 그 표현이 너무나도 어울리는 상황이었다.

그런 김진호의 말에 이진용이 고개를 끄덕이며 말했다.

"슬프네요."

-슬프다고?

예상외의 대답에 김진호가 놀란 표정으로 이진용을 바라봤다.

-너 슬퍼할 줄도 아냐?

이진용의 입에서 슬프다는 말은 듣기 힘든 말이었으니까.

김진호가 아는 이진용은 똥 싸는 인간을 주저앉힌 후에, 휴지를 빼앗아간 후, 그 대신 100방짜리 사포를 주고도 남을 정도로 사악한 악마 같은 놈이었으니까.

그 말에 이진용이 뚱한 표정으로 말했다.

"슬플 수밖에 없잖아요? 기쁜 마음에 부모님과 함께 경기장을 찾아올 내셔널스의 어린 팬들이 오늘 자신이 응원하는 팀이 사정없이 짓밟히는 안 좋은 추억을 가지게 됐는데."

말을 하던 이진용이 짧게 한숨을 내뱉었다.

"아, 어린아이들 꿈은 짓밟으면 안 되는데 미안하게 됐네."

그제야 김진호는 이해했다는 듯이 고개를 끄덕였다.

-그래, 이래야 또라이 이진용이지.

"리!"

그때 그의 뒤로 조 존스가 다가왔다.

"오늘 경기는 어떻게 할 생각이야?"

그 질문에 이진용은 대답했다.

"9회 말에 내셔널스 팬들이 날 보고 지옥으로 꺼지라는 소리가 나오게 만들 거다."

대답을 하는 이진용의 입가에는 비릿한 미소가 걸려 있었다.

워싱턴의 중심, 그곳에서 이진용의 진짜 데뷔전이 시작됐다.

내셔널스 파크.

위싱턴 내셔널스의 홈구장으로, 당연한 말이지만 내셔널스 파크는 위싱턴에 자리를 잡고 있었다.

하지만 썩 어울리는 조합은 아니었다.

미국은 물론 세계정치외교의 중심이라고 할 수 있는 위싱턴과 야구, 누가 보더라도 접점을 찾기란 쉽지 않으니까.

당장 내셔널스 파크 주변을 채우고 있는 것들만 봐도 그랬다.

야구장 너머로 미국 국회의사당의 지붕이 보이고, 야구장 근처 지도에서 미국 연방 대법원이나, 백악관 같은 것을 찾을 수 있는 야구장이 과연 세상 어디에 있을까?

때문에 메이저리그 선수들은 내셔널스 파크를 방문할 때면 말한다.

"이곳에는 뭔가 다른 구장에서는 느낄 수 없는 묵직한 무언가가 있는 것 같아."

"동감이야. 왠지 일정 선을 넘으면 안 될 것 같다니까."

"엄숙하다고 해야 할까? 경건한 느낌이 들지. 그것 때문인지 경기력도 평소보다 덜 나오는 것 같기도 하고."

내셔널스 파크에는 엄숙함이 존재한다고.

물론 그건 어디까지나 평범한 선수들의 이야기였다.

-확실히 풋풋하네.

김진호, 살아생전 단 한 번도 내셔널스 파크를 방문한 적 없었던 그는 내셔널스 파크에 흐르는 분위기를 엄숙함이 아니라 풋풋함이라고 표현했다.

"풋풋해요?"

-응. 딱 봐도 야구장은 물론 관중들까지 야구를 잘 모르는 풋풋한 햇병아리 느낌이 나잖아?

말을 하는 김진호의 입가에는 옅은 미소가 걸려 있었고, 그 미소가 지금 김진호가 하는 말이 괜히 하는 말이나, 허세가 아닌 진심임을 증명해 주고 있었다.

-하긴, 이제 간신히 10년째가 되는 구장인데 풋내가 나야지, 리글리 필드 같은 아주 지독한 냄새가 나면 그게 이상한 거겠지.

더불어 그 말은 김진호이기에 할 수 있는 말이었다.

그 누구도 아니고 메이저리그를 지배했던 위대한 투수이기에 할 수 있는 말.

-어쨌거나 개뿌록 풋내기 투수에게는 딱 어울리는 수준의

무대로군.

1회 말.

이미 이곳의 주인이 지나간 마운드 위에 올라선 이진용에게는 그런 말을 할 자신이 없었다.

"예, 그렇죠."

그렇기에 이진용은 김진호의 말을 기꺼이 인정했다.

동시에 통보했다.

"하지만 9이닝이 지난 후에는 다를 겁니다."

그 통보에 김진호가 웃으면서 말했다.

-어디 해봐, 풋내기 놈아.

말과 함께 이진용이 입가를 가린 글러브를 치운 후에 곧바로 모자를 고쳐 썼다.

[선발투수 보너스가 적용됩니다. 포인트 획득량이 15퍼센트 증가합니다.]

[퀄리티 스타트 효과에 의해 포인트 획득량이 10퍼센트 증가합니다.]

그런 이진용의 귀로 게임의 시작을 알리는 베이스볼 매니저의 알림이 들렸다.

그 소리 뒤로 이진용이 짧게 숨을 내뱉었다.

"호우."

게임이 시작됐다.

내셔널스 대 메츠의 시즌 첫 맞대결.

당연한 말이지만 이 대결에 대해 모든 이들이 내셔널스의 승리를 점쳤다.

막연한 느낌이 아니었다.

-내셔널스와 메츠, 두 팀이 붙으면 누가 이기냐고? 이걸 질문이라고 하는 거냐? 너 메이저리그 처음 보냐?

-간단히 말하면 지금 메츠 투수진으로는 내셔널스의 타선을 절대 못 막아!

그 확신의 근거에는 현재 내셔널스의 득점을 책임지는 세 명의 타자가 존재했다.

-하퍼, 짐머맨 그리고 머피. 이 세 명 앞에서 버틸 수 있는 투수가 얼마나 되겠어? 있긴 하겠지. 하지만 메츠에는 없어.

브라이스 하퍼, 라이언 짐머맨 그리고 대니얼 머피.

2번부터 4번에 차례대로 배치된 이 트리오는 메이저리그 그 어떤 투수를 상대로도 점수를 낼 수 있는 타선이었으니까.

당장 2017시즌 이 트리오의 평균 OPS가 0.950을 넘는다는 것이 바로 그 증거였다.

OPS가 0.950인 타자들 세 명이 줄지어 늘어서 있고, 심지어 그 타자들 모두가 한 시즌에 30개 홈런을 거뜬히 때려내는 파워의 소유자이며, 3할 아래 타율은 타율로 치지도 않는 정교함마저 가졌다는 건 투수들에게 있어서 피투성이가 된 채 사자와 늑대, 호랑이가 있는 우리를 차례차례 지나가는 것과 같았다.

물론 이쯤 되면 말한다.

왜 이렇게 강한 타선을 1번부터 배치하면 좋을 텐데, 2번부터 배치하는 거냐고.

이런 타선 앞에 어떤 타자가 1번이 되어 서냐고.

내셔널스의 타선에 대한 이해와 공략은 바로 그 부분부터 시작됐다.

사실 작금의 메이저리그는 출루율의 시대를 지나 홈런의 시대에 돌입하고 있었다.

극히 심한 투고타저의 시대 속에서 타자들은 여러 개의 안타로 점수를 내는 것보다 홈런을 통해 점수를 내는 것이 낫다고 판단했고 그에 맞게 자신들의 타격폼과 타격 방향을 설정했다.

때문에 이제는 오히려 홈런 타자를 1번에 배치해서 그 홈런 타자가 보다 많은 타석에 설 기회를 주는 것이 괴상망측한 짓이 아닌 해볼 만한 하나의 방식이 되어버린 시대였다.

그런 관점에서 본다면 내셔널스가 뛰어난 정교함과 파워를 가지고 있는 브라이스 하퍼를 1번에 배치하는 건 결코 이상한 일이 아니었다.

그러나 브라이스 하퍼는 시즌 중 대부분을 2번에서 활약했다.

그 이유는 바로 1번 타자를 통해서 오늘 상대하는 투수에 대한 즉각적인 데이터를 받기 위함이었다.

'이진용, 날 상대로는 오른손으로 던지는군.'

즉, 지금 타석에 선 팻 라이스의 역할은 안타를 치고 나가는 게 아니었다.

'최대한 정보를 뽑아내 주지.'

선발투수의 공을 최대한 많이 던지게 하는 것.

그를 통해 자신의 뒤에 있는 무시무시한 세 명의 타자들에게 마운드 위의 투수에 대한 따끈따끈한 최신 정보를 업데이트해 주는 것.

팻 라이스는 그 역할에 충실할 생각이었다.

실제로도 그는 그 역할에 충실하기 위해 이진용에 대한 최대한의 공부를 했다.

그가 양손투수이며, 영리한 투수라는 것을 알고 있었고, 지금 자신을 향해 꺼내든 오른손이 놀라운 제구력을 가지고 있다는 사실 역시 잘 알고 있었다.

때문에 그는 망설이지 않았다.

'초구는 무조건 본다.'

망설이지 않고 이진용이 초구로 무슨 공을 던지든 간에 그 공을 지켜보고자 했다.

그런 그에게 이진용이 초구를 던졌다.

펑!

구종은 포심 패스트볼.

코스는 스트라이크존 한가운데.

구속은 128킬로미터, 80마일이었다.

"스트라이크!"

그 공에 주심이 스트라이크 콜을 외치는 순간 내셔널스 파크의 분위기가 어수선해졌다.

"80마일?"

"저런 공이 왜 나와?"

"뭐야, 저 공을 왜 그냥 지켜만 봐?"

메이저리그에서 80마일짜리 패스트볼은 100마일짜리 패스트볼보다 보기 힘든 공이었으니까.

"라이스 뭐하는 거야! 저건 아웃이 되더라도 쳤어야지!"

"미치겠군, 저런 공을 왜 눈 뜨고 보기만 하는 거야?"

곳곳에서 팻 라이스를 탓하는 소리가 나왔다.

'빌어먹을.'

그리고 팻 라이스 본인도 속으로 이를 갈았다.

'젠장!'

이진용이 자신이 초구를 지켜보리라고 예상을 하고, 스트라이크존에 그냥 들어오는 포심 패스트볼을 던지리란 건 나름 염두에 두었다.

하지만 그 공이 설마 80마일짜리 포심 패스트볼일 줄이야?

'이 정도로 미친놈일 줄이야!'

다른 곳도 아니고 메이저리그 무대다.

그런 무대에서, 괴물들이 득실거리는 무대에서, 100마일짜리 포심 패스트볼도 홈런을 만들어내는 무대에서 일부러 80마일짜리 포심 패스트볼을 던진다?

미치지 않고서는 할 수 없는 짓.

'수정이다.'

그렇기에 팻 라이스는 작전을 수정했다.

'놈을 보통 투수라고 생각하면 안 돼. 그럼 아무것도 못 하고 잡아먹힌다.'

최대한 공을 보려고 하는 생각을 접고, 칠 수 있는 공이라고 생각되는 공은 적극적으로 치겠다고.

'그리고 놈이라면 오히려 2구째에도 비슷한 공을 던지고도 남을 배짱을 가지고 있다. 아니, 놈의 그동안 패턴이라면 초구를 보는 투수를 상대로 2구째도 허를 찌르는 공을 던질 가능성이 커. 그럼 노린다.'

그런 그를 향해 이진용이 2구째를 던졌다.

'왔다!'

그 공은 앞서 던진 공과 너무나도 똑같았다.

스트라이크존의 한가운데를 향해 공이 몰렸다.

구속도 조금 전과 비슷했다.

80마일대 수준.

당연히 그 공에 타격을 준비했던 팻 라이스의 배트는 즉각 반응하고 움직였다.

후웅!

공을 때려죽일 기세로 움직였다.

그 순간 배트를 코앞에 둔 공이 그대로 사라졌다.

'어?'

스플리터, 그 마법과도 같은 공에 팻 라이스가 춤을 추었다.

"스윙, 스트라이크!"

그 순간 팻 라이스의 얼굴 표정이 일그러졌다.

'젠장!'

자신의 머릿속을 읽고 오히려 자신을 낚았다는 사실 그리고 그 낚시를 위해 이용한 도구가 보통 도구가 아니라는 사실.

그 두 가지 사실에 팻 라이스의 얼굴에는 긴장감이 어리기 시작했다.

'스플리터. 생각보다 훨씬 더 떨어진다.'

개중에서도 팻 라이스를 긴장케 만든 건 이진용의 스플리터가 보여준 궤적이었다.

'생각보다 훨씬 더…….'

그 스플리터를 보는 순간 팻 라이스의 눈에 비친 이진용은 더 이상 80마일대 공을 던지는 자그마한 체구의 투수가 아니었다.

꿀꺽!

언제든 자신을 잡아먹을 수 있는 작은 괴물이지.

그렇게 노볼 2스트라이크, 벼랑 끝에 내몰린 팻 라이스는 결국 선택할 수밖에 없었다.

'안타는 포기한다. 대신 최대한 버틴다.'

스트라이크존을 최대한 넓게 보고, 오는 공은 최대한 걸어내면서 이진용으로 하여금 보다 많은 공을 던지게 하는 것.

그런 팻 라이스에게 이진용이 3구째를 던졌다.

스트라이크존 높은 곳을 노리고 오는 87마일짜리 포심 패스트볼.

초구였다면 팻 라이스가 건드리지 않았을 공.

하지만 스트라이크존을 높게 잡은 팻 라이스 입장에서는 건드릴 수밖에 없는 공.

마지막으로 보통 패스트볼보다 덜 가라앉는 그 라이징 패스트볼 앞에 팻 라이스가 할 수 있는 건 하나였다.

후웅!

다시 한번 춤을 추는 것.

"스윙 스트라이크 아웃!"

그렇게 이진용이 첫 타자인 팻 라이스를 삼진으로 잡아냈다.

"호우!"

내셔널스 파크에 첫 호우가 울려 퍼졌다.

"호우!"

이진용이 팻 라이스를 삼진으로 잡아낸 후 환호성을 내지르는 순간 내셔널스 파크의 분위기는 당장에라도 이진용을 익사시킬 만한 엄숙한 분위기가 흐르기 시작했다.

자신들의 홈그라운드에서 날뛰는 미친개를 그저 잠자코 볼 이는 없었으니까.

하지만 거기까지였다.

내셔널스의 팬들은 분위기만을 흘릴 뿐, 언성을 높이거나 야유를 내뱉지 않았다.

대신 그들은 외쳤다.

"하퍼!"

브라이스 하퍼, 그의 이름을.

그것이면 충분했다.

"하퍼!"

브라이스 하퍼, 그는 지금 내셔널스 파크에서 웃기지도 않는 짓을 한 투수를 심판하기에 가장 완벽한 타자였으니까.

그리고 그건 너무나도 타당한 기대였다.

-이야, 저 새끼 숫자 봐.

브라이스 하퍼, 그의 머리 위에는 무려 491이라는 숫자가 떠 있었다.

이진용이 이제까지 본 숫자 중 가장 높은 숫자였다.

등골이 오싹해지는 숫자였다.

-그래, 드디어 진용이 새끼 홈런 처맞고 마운드에서 오줌 지리는 꼴을 볼 수 있겠어.

김진호 말대로 저 타자가 이진용이 던지는 그 어떤 공이든 홈런으로 만들어내고도 남을 타자, 난공불락과도 같은 타자라는 가장 명확한 증거였으니까.

'솔직히 엄청난 타자다. 언제든 날 죽여도 이상할 게 없을 정도로.'

좀 더 솔직한 심정을 말하면 이진용은 브라이스 하퍼를 상대로 감히 승리를 확신할 수 없었다.

2015시즌 MVP, 괴물들이 우글거리는 메이저리그에서 최고였던 타자를 상대로는 승리를 확신해서도 안 됐다.

"라이징 패스트볼."

그게 이유였다.

"리볼버."

브라이스 하퍼를 마주한 이진용이 글러브로 입을 가린 채 주문을 외우기 시작했다.

"마구."

자신이 외울 수 있는 모든 것을 토해냈다.

"심기일전."

그렇게 해서 모든 것을 토해낸 이진용은 정말 일말의 망설임 없이 브라이스 하퍼를 향해 초구를 던졌다.

스트라이크존 안으로.

자신의 모든 전력을 다해 패스트볼을 던졌다.

그것은 승부였다.

힘 대 힘.

혹은 기술 대 기술.

분명한 건 머리 아픈 수싸움 같은 건 아니었다.

치거나 혹은 못 치거나.

'오케이.'

당연히 스트라이크존 안으로 들어오는 공에 브라이스 하퍼는 기꺼이 자신의 배트를 휘둘렀다.

전력으로.

일말의 망설임 없이.

그리고 홈런을 치리란 사실에 대한 일말의 의심도 없이.

그렇게 멈추지 않는 공과 배트가 서로 충돌하려는 순간, 그 직전에 이진용이 던진 공이 경로에서 이탈을 시작했다.

패스트볼처럼 보이던 그 공이, 곧던 그 공이 브라이스 하퍼의 몸쪽으로 움직이기 시작했다.

컷 패스트볼!

라이징 패스트볼을 통해 강화하고, 마구를 통해 조작한 궤적이 마법을 부리기 시작했다.

그 사실에 브라이스 하퍼의 몸도 찰나의 순간 반응했다.

브라이스 하퍼가 자신의 몸쪽으로 배트를 잡아당기듯 스윙의 각도를 바꾸었다.

빠악!

이윽고 벼락이 쪼개지는 듯한 소리와 함께 공이 높게 떴다.

그와 동시에 곧바로 한 명이 손을 높게 들었다.

"호우!"

이진용, 그가 일단은 하퍼와의 첫 번째 싸움에서 승자가 되는 순간이었다.

내셔널스 대 메츠.

모두가 내셔널스의 압승을 예상하던 분위기가 바뀌기 시작한 건 이진용이 1회 말을 삼자범퇴로 마무리하는 순간이었다.

-어, 이 새끼 봐라?
-호우 놈 생각보다 장난 아니네?
-생각보다 대단한 투수인 거 아니야?
-개뽀록 허접쓰레기 땅딸보 투수는 아닌 모양이네?

대부분의 이들이 이진용이 1회에 난타를 당하리란 사실에 기꺼이 100달러 정도는 배팅했을 법한 상황에서 오히려 이진용이 너무나도 쉽게 1회 말을 마친 것에 대해 경기를 보던 모든 이들은 놀랐다.

더 나아가 2회 말에 다시금 마운드에 올라온 이진용이 선두 타자인 대니얼 머피를 상대로 안타를 내주었지만 이후 병살타를 포함해 실점 없이 이닝을 마무리하는 순간, 경기를 보는 이들은 앞서 느낀 사실을 보다 분명하게 느낄 수 있었다.

"호우!"

그리고 이진용이 3회 말마저 삼자범퇴로 깔끔하게 마무리

하는 순간 이제는 인정할 수밖에 없었다.

-호우, 이 새끼 보통 놈 아니다.
-나름 괴물이었네.
-피칭이 완전 예술이야. 80마일대인데, 컨트롤은 물론 볼배합이 완벽해.

우완투수 이진용의 실력이 메이저리그 무대에서 두각을 나타내기에 부족함이 없다는 것을.
심지어 몇몇은 그를 언급했다.

-그렉 매덕스가 재림한 것 같아.
-맞아, 마스터랑 비슷하네.
-투심까지 잘 쓰는 걸 보면 마스터와 비슷해.

그렉 매덕스.
메이저리그 역사상 가장 위대했던 투수 중 한 명인 그의 이름이 언급되었다.
물론 그 이야기는 오래 가지 않았다.

-고작 3이닝 던진 투수와 그렉 매덕스를 비교하는 건 말도 안 되는 짓이지.
-아직 3이닝뿐이야. 이제야 타선이 한 바퀴 돌았을 뿐이라고.

고작 3이닝을 던진 투수와 메이저리그 역사상 가장 위대했던 투수를 비교하는 건 메이저리그 팬의 자존심이 용납지 않은 일이었으니까.

-그렇지. 이제 내셔널스 타자들도 슬슬 호우맨의 공이 눈에 익었을 거야.

-아무렴 이제부터가 진짜지.

-야구는 9이닝 동안 하는 거야. 아직 6이닝이나 남았어.

더 나아가 타자 전부가 이진용의 공을 본 만큼, 4회부터는 본격적인 공략이 시작되리라고 생각했다.

실제로도 그랬다.

이렇다 할 득점이나 성과 없이 3이닝을 보낸 채 4회 말을 준비하는 내셔널스의 타자들의 모습 어디에도 조급함이나 두려움 같은 건 없었다.

심지어 내셔널스 타자들은 준비했다.

"4회부터는 왼손을 꺼내겠지. 그에 대비하자고."

"오케이."

이진용이 마운드를 지키기 위해 오른손이 아닌 왼손도 꺼낼 때에 그를 무너뜨리기 위한 준비를.

"어, 잠깐."

"뭐야?"

"저 새끼, 글러브 바꿨는데?"

"뭐?"

그런 내셔널스 타자들을 향해 이진용은 글러브를 이용해 자신의 의지를 말해줬다.

이진용이 새로운 글러브를 끼고 등장했다.

"잠깐, 3회까지 낀 게 양손투수용 글러브였잖아? 그런데 글러브를 바꿨다고?"

"그럼 지금 무슨 글러브야?"

"그게…… 우완투수용 글러브 같은데?"

양손투수용 글러브가 아닌 우완투수용 글러브를.

그를 통해 이진용은 내셔널스 타자들에게 그 어떤 말보다 분명하게 자신의 의지를 전달했다.

난 너희들을 상대로 왼손을 쓸 생각이 없다.

"뭐라고?"

"오른손만으로 우리를 상대한다고?"

좀 더 정확히 말하면 너희들 따위를 상대로 왼손까지 쓸 필요도 없을 것 같다.

'지금 우리를 얕보는 건가?'

'이 새끼가?'

그 사실에 내셔널스의 타자들의 눈빛이 달라졌다.

당장에라도 이진용을 때려죽일 듯한 눈빛.

이제까지 그들이 보여줬던 침착한 사냥꾼의 모습은 어디에도 없었다.

그저 도발에 넘어온 맹수들만 있을 뿐.

그 눈빛을 확인한 김진호가 그 눈빛을 보며 실실 쪼개는 이진용을 향해 말했다.

-진짜 대체 대가리에 뭐가 들어야 이런 도발 방법을 떠올릴 수 있는 거냐? 응?

그 말에 이진용은 대답했다.

"말했잖아요, 제 머릿속에 있는 건 믿음, 희망, 용기뿐이라고."

그 말과 함께 이진용이 자신을 노려보는 내셔널스 더그아웃 타자들을 향해 보란 듯이 자신의 오른손을 딸랑딸랑 흔들었다.

그렇게 4회 말이 시작됐다.

김진호는 언제나 강조했다.

-메이저리그는 괴물들 천지다.

메이저리그에는 괴물들이 잔뜩 있다고.

-메이저리그에는 이진용, 너조차 씨발 소리가 나올 만한 재능을 가진 놈들이 수두룩해.

그것도 그냥 괴물이 아니라 이진용이 이룩한 것조차 무색하게 만들 무시무시한 괴물들이 잔뜩 있다고.

-그렇잖아? 당장 진용이, 네가 앞으로 좌완으로 100마일을 던지려면 호우를 수백 번은 더 외치고, 다이아몬드 룰렛에서 파이어볼러가 대여섯 번은 더 나와야겠지.

그건 괜한 과장이나, 위협이 아니었다.

-하지만 메이저리그에는 그냥 딱히 그런 거 없이 태어나는 순간부터 1회부터 9회까지 100마일짜리 패스트볼을 던질 수 있는 능력을 가지고 태어난 애들이 제법 있어.

명백한 현실.

한국프로야구에서 날아다니며 한국프로야구의 전설이라고 불리던 선수들조차 메이저리그에 도전했으나, 주전으로 살아남은 경우가 손에 꼽을 정도라는 게 바로 그 증거였다.

한 시즌을 버티면 다행.

-그리고 그런 괴물들로부터 홈런을 한 시즌에 50개 넘게 뽑아내는 괴물들도 있고.

심지어 메이저리그에는 그런 세상에서 10년 넘게 버티는 괴물들이 존재했다.

-그래서 내가 너한테 다양한 스타일을 가르쳐 준 거다.

때문에 김진호는 이진용에게 그런 괴물들을 상대로 싸울 수 있는 다양한 방법을 가르쳐주었다.

아직 이진용이 힘만으로, 기술만으로, 어떠한 한 가지 무기만으로 메이저리그에서 살아남을 수 없음을 알았기에.

그리고 이진용은 그런 김진호의 가르침을 완벽하게 흡수했다.

-하지만 그마저도 쉽지 않을 거야.

그럼에도 불구하고 김진호는 이진용의 활약을 쉽게 확신할 수 없었다.

-아니, 솔직히 말하면 내가 활약하던 시절에 비해 메이저리

그는 크게 발전했어. 더 무시무시해졌지. 당장 나오는 데이터의 양만 봐도 차이가 크지. 내가 활약하던 때는 출루율만 봐도 대단하다 싶었는데 지금은 내가 야구 스탯을 보는 건지, 시험을 보는 건지 알 수가 없다니까.

메이저리그는 선수들의 기량, 하드웨어는 물론 소프트웨어 면에서도 엄청난 발전을 이룩했으니까.

-물론 한 번은 통하겠지. 하지만 두 번은 쉽지 않을 거야. 당장 널 상대하는 타자들은 더그아웃에서 실시간으로 널 분석하니까. 심지어 라커룸에 있는 TV로 네 피칭을 보던 투수 한 명이 나와서 너의 약점에 대해서 이야기해 줄 수도 있어. 너도 작년 내내 봐서 알겠지만 요즘 메이저리그 중계 수준은 상상을 초월해. 네가 몰래 바지에 묻힌 코딱지도 찾을 수 있다니까?

그런 메이저리그에서 이진용이 살아남기 위해서 이진용은 다시 한번 몸부림을 쳐야 했다.

4회 말, 이진용이 오른손만을 꺼낸 이유도 바로 그 때문이었다.

'내셔널스 타자들이 침착하게 날 분석할 시간을 주는 건, 저격수가 날 조준할 시간을 주는 거랑 다를 게 없다. 어떻게든 침착할 수 없도록 흔들어야 한다.'

도발을 하기 위해서.

실제로 이진용이 한 도발은 내셔널스 타자들이 단 한 번도 느껴본 적 없는 도발이었다.

펑!

그리고 그렇게 시작된 4회 말, 이진용은 집요할 정도로 타자의 바깥쪽만을 노리는 피칭을 시작했다.

'열 받은 타자들에게 바깥쪽만 후벼 파는 것만큼 짜증 나는 일도 없지.'

톰 글래빈 스타일을 꺼내 들었다.

"스트라이크!"

그야말로 투우였다.

미친 황소를 상대로 약 올리듯 붉은 천을 휘날리는 그 서슬 퍼런 싸움.

그 싸움에서 미친 황소가 되어버린 팻 라이스는 미칠 노릇이었다.

"젠장, 이게 무슨 스트라이크야!"

팻 라이스.

메츠의 트리오를 위해 기꺼이 희생해야 하는 선수.

그러나 그는 메이저리그에서 5시즌을 버틴 선수였다.

통산 타율이 2할 6푼에 불과하지만, 메이저리그에서 무려 5시즌 동안 주전으로 살아남았다는 것은 메이저리그에서도 충분히 실력자라는 의미였다.

'저 빌어먹을 새끼.'

좀 더 들어가면 그는 사회적으로도 충분히 이름값이 있었다.

당장 그는 1년 연봉만 해도 220만 달러를 넘어갔으며, 이번 시즌을 끝으로 FA자격을 취득할 경우 1천만 달러 이상 계약은 가뿐하게 받을 수 있는 선수였다.

사회적인 명성이야 두말할 것도 없었다. 그는 내셔널스의 유니폼을 좋아하는 이들에게는 그 어떤 유명인들보다 위대한 선수였으니까.

당연히 메이저리거라는 사실에 대한 자긍심과 자부심 그리고 자존심이 있었다.

그런데 마운드 위의 투수가 그런 팻 라이스의 모든 것을 아주 가당찮게, 가소롭게 만들었다.

'퍼킹 호우맨!'

이 순간 팻 라이스에게 있어 자기희생 같은 건 없었다.

'죽여 버리겠어.'

이진용을 무너뜨리겠다는 의지 하나만이 가득할 뿐.

당연히 이진용이 의도한 바였고, 그런 상황에서 결국 이진용은 도발에 넘어온 팻 라이스를 훌륭하게 잡아냈다.

빡!

바깥쪽 낮은 공, 그 공에 저도 모르게 배트를 휘두른 팻 라이스가 땅볼로 그라운드 밖으로 쫓겨났다.

[412포인트를 획득하셨습니다.]

그러나 그 사실에 이진용은 기쁨의 환호성을 내지르는 대신 짧게 숨을 골랐다.

"호우."

그사이 타석에 2번 타자가 곧바로 섰다.

"하퍼!"

"저 새끼한테 한 방 제대로 날려줘!"

브라이스 하퍼와의 두 번째 대결이 시작됐다.

-스타 플레이어에게는 그만한 실력과 책임이 따르지.

브라이스 하퍼, 그가 대기 타석에서 배터 박스를 향해 걸어왔을 때 김진호는 숨을 고르는 이진용에게 말을 던졌다.

-그걸 감수했기에 스타 플레이어가 된 거야.

거기까지였다.

김진호는 그 이상 말을 이어가지 않은 채 마운드를 이진용만을 위한 무대로 만들어줬다.

여러모로 짧은 말.

언뜻 들어보면 특별할 것 없는 말.

그러나 그 말을 듣는 순간 이진용의 눈빛은 지금까지와는 전혀 다른 눈빛이 되었다.

'아.'

김진호가 마운드 위에 선 이진용에게 영양가라고는 하나도 없는 소리를 지껄이는 경우는 이진용이 타석에 선 타자를 확실하게 잡을 확신이 있을 때뿐이다.

그 외의 경우에 김진호는 절대 이진용의 피칭을 방해하지 않는다.

그런 김진호가 이진용에게 조언을 한다?

이대로 이진용이 던졌다면 브라이스 하퍼에게 당하리란 생각이 들었다는 의미.

'감사합니다.'

그렇기에 이진용은 김진호의 말에 감사를 표한 후 곧바로 생각을 바꾸었다.

김진호가 한 말의 의미를 파악하고자 했다.

'그렇군.'

그리고 깨달았다.

이 순간 브라이스 하퍼는 절대 이진용을 상대로 볼넷만 얻는 것으로 만족하지 않는다는 것을.

오로지 홈런만을 노린다는 것을.

이진용이 제아무리 바깥쪽 승부만을 고집하더라도, 그럼에도 무조건 홈런을 노린다는 것을.

그게 스타 플레이어의 실력이자 존재의의였다.

남들이 못하는 걸 해내는 것.

'작전 체인지다.'

그렇기에 이진용은 작전을 바꿨다.

조 존스, 그가 요구한 브라이스 하퍼의 스트라이크존 바깥쪽 낮은 코스, 공 하나 정도 빠지는 공에 고개를 저었다.

'음.'

그 순간 조 존스의 눈매가 가늘어졌다.

그와 동시에 조 존스는 느낌이 바뀌었음을 알 수 있었다.

'킴, 그와 비슷한 느낌이 난다.'

김진호, 그와 마주했던 날의 느낌을.

'킴은…… 홈런을 노리는 영웅을 상대로 도망가는 피칭이 아니라 오히려 단 한 수로 잡으려고 했지.'

김진호, 그는 어느 선수를 상대로도 막강했다.

그러나 스타 플레이어들을 마주할 때 유독 더 강한 모습을 보이고는 했다.

그건 김진호가 진짜 영웅을 고꾸라뜨리는 데 필요한 것이 무엇인지 알고 있었던 덕분이었다.

'아킬레우스를 잡는데 필요한 건 창칼이 아니라 뒤꿈치를 찌를 화살 한 대라고 했지.'

한 발.

김진호는 영웅을 잡기 위해서 영웅과 피투성이 난타전을 하는 것이 아니라, 영웅이 가진 하나의 틈을 향해 심혈을 기울인 한 발의 화살로 잡는 것이 정답이라고 했다.

그 사실을 알기에 조 존스는 이 순간 이진용의 의중을 깨닫고는 사인을 보냈다.

그 사인에 이진용은 힘차게 고개를 끄덕였다.

조 존스의 입가에 미소가 그어졌다.

이윽고 모든 준비가 끝났을 때 이진용이 다시 한번 브라이스 하퍼를 상대로 초구를 던졌다.

바깥쪽 공이 아니라 스트라이크존 안을 파고드는 공.

그리고 공과 마주하기 직전에 휘어지는 공.

앞선 1회와 던졌던 것과 같은 커터였다.

빠악!

그리고 그 공에 브라이스 하퍼의 배트가 비명을 내질렀다.

빠악!

브라이스 하퍼의 배트가 비명을 내지르는 순간 내셔널스 구장의 분위기는 오히려 어느 때보다 고요해졌다.

'아.'

내셔널스 관중들은 탄식조차 뱉지 못한 채 브라이스 하퍼가 땅볼로 물러서는 광경을 지켜만 봤다.

'대체 이게 무슨 일이지?'

'어떻게 이런 일이?'

그건 이성으로 이해 불가능한 일이었다.

그들에게 브라이스 하퍼는 위대한 타자였고, 당연히 홈런을 쳐줘야 하는 타자였으니까.

마운드 위에 있는 저 괘씸한 애송이에게 본때를 보여줘야 하는 영웅이었으니까.

내셔널스 파크를 반으로 가르는 거대한 홈런과 함께 유튜브에서 조회수가 폭발할 만한 배트 플립 세리머니를 보여줘야 하는 존재였으니까.

그런데 그가 이렇게 물러난다?

이성으로는 이해할 수 없는 일.

감성이 먼저 반응할 수밖에 없는 일.

때문에 하퍼가 아웃되는 순간 가장 먼저 반응한 것은 감수성이 풍부한 어린아이들이었다.

그들이 조금은 울먹이는 눈으로 아웃이 될 것이 분명함에도 1루로 전력으로 달리는 하퍼를 바라봤다.

호우!

그 순간 마운드에서 터진 그 소리에 그제야 굳어 있던 어른들이 반응을 시작했다.

"젠장, 거기서 또 커터를 던질 줄이야!"

"진짜 고블린 같은 놈이군. 아주 약아 빠진 놈이야!"

"빌어먹을! 누가 저 새끼 주둥이 좀 막아봐! 입 좀 닥치게 하라고!"

내셔널스 팬들은 그 사실에 분함을 토해냈다.

그러나 반대로 내셔널스 타자들의 생각은 달랐다.

특히 아웃을 당한 브라이스 하퍼는 분노로 가득 찬 표정으로 이진용을 노려보지 않았다.

오히려 조금은 놀란 눈으로 이진용을 바라보며 더그아웃으로 향했다.

"봤어?"

그렇게 더그아웃으로 향하는 브라이스 하퍼가 더그아웃에서 나와 대기 타석으로 향하는 대니얼 머피를 보며 말했다.

"봤지."

대니얼 머피가 고개를 끄덕이며 말을 이어갔다.

"저 녀석 널 상대로 1회랑 똑같은 공을 던졌어. 갑자기 휘어지는 마구 같은 커터를."

"머피, 당신 생각은 어때?"

"솔직히 저런 공이 나올 줄 몰랐어. 바깥쪽 승부만 하면서 우릴 약 올릴 것 같았지. 뭐하면 널 볼넷으로 내보낼 생각도 하는 듯했으니까."

"나도 마찬가지야."

"감이긴 하지만, 실제로도 라이스가 아웃될 때까지만 해도 놈은 그런 생각을 하고 있었어."

말을 하던 대니얼 머피가 슬그머니 마운드를 바라본 후에 말했다.

"그런데 갑자기 얼굴이 바뀌었어."

그 이상의 대화는 없었다.

브라이스 하퍼는 더그아웃으로 들어왔고, 대니얼 머피는 대기 타석에 올라섰으니까.

그 상황 속에서 마운드에서 다시 공을 던질 준비를 하는 이진용은 짧게 한숨을 내뱉었다.

"아, 젠장."

그 한숨 뒤로 입을 가린 채 말했다.

"김진호 선수 때문에 계획이 완전히 박살 났네요."

그 말에 김진호가 씨익 웃었다.

-그게 왜 내 탓이야?

"조금 전 하퍼를 상대로 그런 공을 던지는 바람에 다들 도발에서 정신을 차렸잖아요?"

그 말 그대로였다.

지금 타석에 선 타자들 그리고 더그아웃에 있는 내셔널스 타자들의 눈동자에는 침착함이라는 단어가 조금씩 돌아오고 있었다.

당장에라도 이진용을 죽이기 위한 맹수에서, 맹수 같은 능력을 가진 사냥꾼이 되어가고 있었다.

이진용이 브라이스 하퍼를 상대로 던진 그 공 때문이었다.

-그래, 그냥 대충 바깥쪽 승부만 하다가 결국 기세에 밀려서 볼넷으로 출루시킨 후에 짐머맨 상대로 연속 안타 맞고, 그 후에 대니얼 머피에게 쓰라린 홈런 맞아서 바지에 오줌 지리면서 김진호 선수 어떻게 해요, 하고 징징거렸으면 이런 일은 없었을 텐데.

메이저리그 타자들의 뛰어난 본능이 조금 전 이진용이 던진 공의 위험함을 감지한 것이다.

이진용이 던진 그 공이 그저 위력적인 공이 아니라, 메이저리그의 그 어떤 선수도 죽일 수 있는 비수임을 깨달은 것이다.

-사실 지금이라도 늦지 않았지. 여기서 한 이닝에 만루홈런 두 번 정도 맞으면 다시 처음으로 돌아갈 수 있을 거야. 한 번 해보는 게 어때?

사실 그건 기쁜 일이었다.

이진용이 내셔널스 타자들에게, 메이저리그 타자들에게 위협을 줬다는 의미이니까.

"시끄러워요."

-진짜라니까? 그러면 메이저리그 닷컴이 아니라 뉴욕 타임스 메인에 나올지도 몰라. 야, 만약 그렇게 되면 그 신문 한 100부 정도 사다가 타임캡슐에 넣어서 내 무덤에 좀 넣어줘라. 천 년 후에도 그 사실이 세상에 알려질 수 있도록.

"그럴 일 없습니다."

물론 그만큼 상황은 위험해졌다.

이성을 되찾은 내셔널스 타자들을 상대로 오른손만을 고집할 수는 없을 테니까.

그리고 실제로 이진용은 오늘 경기 내내 오른손만을 고집할 생각은 없었다.

'그래도 득점이 나올 때까지는 오른손으로 던지려고 했는데.'

팀이 득점을 하는 순간 곧바로 왼손을 꺼내 들어서 내셔널스를 뒤흔들 생각이었다.

'어쩔 수 없지.'

하지만 이 순간 이진용은 5회 말부터는 왼손을 꺼낼 수밖에 없음을 인정했다.

'일단은 짐머맨부터 잡자고.'

그 각오를 품은 채 이진용이 곧바로 4회 말 3번 타자로 타석에 선 라이언 짐머맨과 대결을 했다.

빡!

이진용이 끈질긴 바깥쪽 승부를 통해 라이언 짐머맨으로부터 땅볼을 얻어냈다.

[432포인트를 획득하셨습니다.]
[현재 4이닝 무실점 중입니다.]

그렇게 4회 말이 끝이 났을 때, 내셔널스 파크의 분위기는 정말 엄숙하게 변해 있었다.

모두가 이제는 분명하게 느낀 것이다.

다른 투수는 몰라도 이진용이 마운드를 지키는 메츠는 내셔널스를 위협하기에 부족함이 없다는 것을.

그리고 그 분위기 속에서 한 사내가 말했다.

-내셔널스만 메이저리거가 아니지.

그 말과 함께 5회 초가 시작됐다.

빠아아악!

다름 아닌 선두타자로 나온 조 존스의 솔로 홈런과 함께.

'이런……'

이진용이 브라이스 하퍼를 상대로 초구로 단숨에 아웃카운트를 잡았을 때 경각심을 가진 것은 타자들만이 아니었다.

'오늘 경기 쉽지 않겠어.'

오늘 메츠를 상대로 선발 등판한 에릭 맥클라인 역시 긴장

할 수밖에 없었다.

'쉽게 첫 승을 거둘 수 있을 것 같았는데……'

사실 에릭 맥클라인은 오늘 자신이 시즌 첫 승을 거둔다는 사실에 큰 의심은 없었다.

메츠는 지구 최약팀이었고, 상대하는 투수는 메이저리그에서 단 한 경기도 던지지 않은 투수였으며 자신의 뒤에는 리그 최정상급 수준의 타자들이 가득 했으니까.

하지만 이진용의 피칭을 보는 순간 그 생각을 바뀌었다.

물론 그렇다고 해서 에릭 맥클라인이 오늘 첫 승을 포기한다는 건 아니었다.

그는 어떻게든 승리를 따내고자 할 생각이었다.

승리를 쌓아서 메이저리그에 살아남을 생각이었다.

작년 시즌처럼 도중에 마이너리그로 내려가 그 힘겨운 나날은 보낼 생각은 추호도 없었다.

때문에 에릭 맥클라인은 5회 초가 시작됨과 동시에 목표를 세웠다.

'일단 더 던질 수 있다는 걸 보여줘야겠어.'

여기서 더 던질 수 있다는 사실을, 자신이 메츠의 타선을 압도한다는 사실을 감독에게 보여주겠다고.

그래야 감독이 계속 마운드에 자신을 세워줄 테니까.

그런 에릭 맥클라인은 보다 강렬한 인상을 주기 위한 피칭을 시도하는 건 당연한 일이었다.

그렇기에 선두타자를 상대로 적극적이고 공격적인 승부를

하는 것 역시 당연한 일이었다.

'이미 마운드는 리의 것이다.'

단지 문제는 그 선두타자가 메츠의 5번 타자인 조 존스라는 것.

'그런 상황에서 이제는 자기 것이 아닌 무대에 선 선발투수가 보일 모습은 뻔하지. 몸부림을 치는 것.'

그리고 그 조 존스의 심장이 지금 어느 때보다 힘차게 두근거리고 있다는 것.

빠아아악!

내셔널스 파크를 반으로 쪼개는 뇌성은 그러한 것들의 결과물이었다.

1 대 0.

그렇게 메츠가 내셔널스를 리드하기 시작했다.

5회 초, 조 존스의 솔로포 이후 메츠에게 더 이상 추가점은 없었다.

추가점을 기대할 수 있는 상황도 아니었다.

결국 메츠의 5회 초는 8번 타자가 아웃되는 것으로 마무리됐다.

자연스레 대기 타석에서 대기하던 이진용은 곧바로 더그아웃에 들어와 배트 장갑을 벗고, 대신 글러브를 챙겼다.

그렇게 이진용이 꺼내든 것은 검은색 양손투수용 글러브였다.

"저, 저거!"

"저 새끼가!"

그 사실을 확인한 내셔널스 관중들의 표정이 일그러졌다.

1 대 0으로 지고 있는 상황에서 이제는 왼손을 꺼내 드는 이진용의 존재가 얄미우면서도 동시에 무서웠으니까.

심지어 이진용은 대놓고 오른손에 글러브를 낀 채 마운드로 향하고 있었다.

그런 이진용은 글러브로 제 입을 가리고 있었다.

"역시 김진호 선수답네요. 안목이 살아 있네요."

-젠장, 조 존스 이야기를 꺼내지 말았어야 했어. 괜히 그 녀석을 데려오게 해서…….

이윽고 마운드에 올라선 이진용이 내셔널스 파크를 크게 한 번 둘러봤다.

자신을 향한 시선들이 달라짐을 느꼈다.

그 시선이 이진용에게 확신을 주었다.

"조금만 기다리시죠. 제가 아주 달콤한 승리를 선물해드릴 테니까요. 인터뷰에서 김진호 선수 꼭 언급해드릴게요."

승리에 대한 확신.

그런 이진용의 말에 김진호가 싸늘한 눈빛으로 이진용을 바라보며 말했다.

-달콤한 선물은 개뿔, 엿이나 먹이겠지.

"아니, 달콤한 걸 선물해드린다니까요."

-그래, 엿도 달콤하지.

"아, 이제 안 속네."

그 대화를 끝으로 이진용이 제 입을 가리던 글러브를 치웠다.

그제야 글러브 너머에 감춰져 있던 이진용의 비릿한 미소가 모습을 드러냈다.

내셔널스 파크를 찾아온 이들에게 끔찍한 악몽을 선사할 악마의 미소였다.

프로스포츠에서 가장 중요한 건 언제나 하나다.

승리.

그것 외에는 솔직히 아무래도 좋다.

제아무리 50홈런 타자가 넘치고, 1점대 방어율 투수가 넘쳐도 이기지 못하면 의미가 없으니까.

그 사실을 메이저리그 선수들은 누구보다 잘 알고 있다.

그걸 모른다는 건, 엄청난 연봉과 명예를 누릴 자격이 없다는 것과 마찬가지이니까.

당연히 승리에 대해서 메이저리그 선수들은 민감할 수밖에 없다.

그런 상황에서 나온 조 존스의 1점은 선수들을 바꾸기에 부족함이 없는 점수였다.

일단 메츠 선수들의 기세가 달라졌다.

'이대로 가면 이길 수 있다.'

'내셔널스 상대로 1차전에서 이기면 2차전은 몰라도 3차전에는 디그롬이 나와.'

'디그롬이면 위닝 시리즈도 충분히 가능해.'

승리의 냄새를 맡은 메츠 선수들의 눈빛이 배고픔 속에서 사냥감을 발견한 맹수의 눈빛처럼 번들거리기 시작했다.

내셔널스 선수들도 마찬가지였다.

'같은 지구 팀인 메츠를 상대로 승수를 못 쌓으면 나중에 무조건 골치 아파진다.'

당연히 이겨야 하는 경기에서 오히려 패색이 짙어지는 사실에 대해 내셔널스는 부담감을 느끼기 시작했다.

심지어 내셔널스 선수단이 느끼는 부담감은 그것만이 아니었다.

'오늘 경기는 첫 홈경기다. 무조건 이겨야 돼.'

'홈 팬들에게 승리를 선물해야 해.'

일단 오늘 경기는 내셔널스의 첫 홈경기였다.

내셔널스 파크에서 처음으로 팬들에게 자신들을 선보이는 무대, 당연한 말이지만 그 어떤 때보다 더 승리를 선물하고 싶은 무대였다.

그런 상황에서 마주한 이진용이 이제는 왼손을 꺼내 들었다.

이진용의 그 모습에 내셔널스 타자들은 더 이상 여유를 가질 수 없었다.

꿀꺽!

내셔널스의 더그아웃 안에서 타는 목마름을 달래기 위한 침 삼키는 소리가 들리는 이유였다.

그렇게 시작된 5회 말은 이진용의 무대였다.

당연한 일이었다.

4회까지 오른손 투수만 상대하던 와중에 왼손 투수가 올라온다는 건 전혀 다른 투수가 올라오는 것과 같았을뿐더러, 이진용의 왼손은 그냥 왼손이 아니었다.

90마일이 넘는 강속구를 뿌리는 왼손이지.

쉽게 말하면 좌완 강속구 마무리 투수가 갑자기 5회에 등판에서 던지는 것과 같았다.

"아웃!"

"스트라이크 아웃!"

"스윙, 스트라이크 아우우웃!"

그렇게 이진용이 단숨에 2개의 삼진을 포함한 삼자범퇴로 이닝을 마무리했다.

[443포인트를 획득하셨습니다.]
[385포인트를 획득하셨습니다.]
[355포인트를 획득하셨습니다.]
[현재 누적 포인트는 10,322포인트입니다.]

그리고 그 사실에 베이스볼 매니저는 조금의 누락도 없이 칼같이 정산을 해주었다.

당연히 이진용 역시 자신이 역할에 충실했다.

"호우."

"호! 우!"

"호오오우우우!"

이진용이 지금 내셔널스 파크의 마운드에서 미쳐 날뛰고 있다는 사실을 내셔널스 팬들에게 아주 분명하게, 명확하게 전달해줬다.

"저 빌어먹을 새끼!"

"퍼킹 호우맨!"

내셔널스 팬들에게 있어서는 악몽을 꾸는 것과 다를 바 없었다.

"젠장, 누가 저 입 좀 막아봐. 이러다가는 저 빌어먹을 호우소리가 꿈에 나오겠어!"

이보다 더 끔찍할 수는 없다는 생각이 들 정도.

하지만 그들은 몰랐다.

이진용, 그는 언제나 모두가 상상하는 것 이상으로 더 끔찍한 것을 만들어낸다는 것을.

6회 초, 메츠의 공격이 시작됐다.

선두타자는 메츠의 9번 타자, 이진용이었다.

이진용, 그가 오늘 자신의 두 번째 타석에 서는 순간 가장 먼저 한 건 다름 아니라 주문을 외우는 것이었다.

"라스트 찬스."

[라스트 찬스 스킬을 사용하셨습니다.]

라스트 찬스.

하루에 단 한 번 쓸 수 있는 스킬.

당연한 말이지만 이진용이 그 스킬을 쓴 건, 이번이 아니면 쓸 기회가 없어서 그러는 게 아니었다.

'이번 이닝에 확실하게 승기를 잡는다.'

현재 마운드에 있는 선발투수 에릭 맥클라인, 그를 상대로 제대로 무언가를 해낼 자신감의 증거이지.

더불어 그 자신감의 배경에는 나름의 근거가 있었다.

개중에서도 가장 큰 근거는 마운드에서 이진용을 보는 에릭 맥클라인의 심정이었다.

'날 어떻게든 잡고 호우를 외치고 싶겠지.'

이진용은 장담할 수 있었다.

지금 에릭 맥클라인이 원하는 건 이진용을 삼진으로 잡아 낸 후에 호우든 뭐든 강렬한 환호성을 외치는 것이라고.

그것만이 오늘 그가 할 수 있는 유일한 분풀이라는 것을.

그리고 그 예상은 정확했다.

'퍼킹 호우맨.'

마운드에 선 에릭 맥클라인은 이 순간 이진용에게 제대로 된 복수를 할 생각만으로 가득 찼다.

그런 에릭 맥클라인이 이진용을 상대로 용의주도한 승부를 할 일은 당연히 없었다.

'죽여 주마.'

정면승부.

스트라이크존을 향해 꽂아 넣는 공.

하지만 언제나 그렇듯 분노에 몸을 맡긴 채 던지는 공에 좋은 결과를 얻기란 힘든 법.

딱!

이진용, 그는 곧바로 에릭 맥클라인의 초구를 밀어치며 2루와 3루 사이를 가로지른 후 좌익수로 날아가는 안타를 뽑아냈다.

깔끔한 안타.

그 광경에 자그마한 복수를 기대했던 내셔널스 팬들의 얼굴이 굳었다.

"젠장."

"저 새끼는 타석에서도 마운드에서도 아주 그냥 좆같네."

그 안타와 함께 1루 베이스를 밟은 이진용가 1루 주루코치와 가볍게 주먹을 부딪쳤다.

그사이 짧은 대화를 오고 갔다.

"잘했어, 리. 그런 식이다. 좋은 타격이었다."

툭툭!

1루 주루코치가 정말 평범하기 그지없는 말과 함께 이진용의 등을 두드렸다.

그 순간 이진용이 놀란 표정으로 말했다.

"도루요?"

그 말과 함께 이진용이 잽싸게 제 손으로 입을 막았다.

그리고는 곧바로 곁눈질로 1루수의 눈치를 살폈다.

그 순간 갑작스러운 이진용의 도루 소리에 고개를 돌린 1루수의 눈과 이진용의 눈이 마주쳤다.

잠시 동안 침묵이 흘렀다.

그 침묵 속에서 내셔널스의 1루수인 도미닉 스미스는 생각했다.

'도루라고? 제정신이야?'

지금 자신이 말도 안 되는 이야기를 들었다고.

'투수가 도루를 한다고?'

상식적으로 생각했을 때 투수가 도루를 한다는 건 있을 수 없는 일이었다.

하지만 도미닉 스미스는 지금 자신의 곁에 있는 투수가 어떤 투수인지 충분히 알고 있었다.

'아니, 잠깐. 이 또라이라면……'

또라이.

그 무엇보다 그 표현이 어울리는 투수.

'……할지도 몰라.'

때문에 도미닉 스미스는 평소라면 하지도 않았을 고민을 시작했다.

'확실히 다리가 느리진 않아. 하물며 무사 1루 상황에서 투수가 출루를 했고 타순은 1번부터 시작이라면……'

그렇게 시작된 고민은 도미닉 스미스 머릿속으로 그럴싸한 그림을 만들어냈다.

모두가 도루를 하지 않는다고 생각하는 상황에서 투수가 도루에 성공한 다음, 메츠가 1번 타순부터 차례차례 팀 배팅을 통해 점수를 뽑아내는 그림을.

그리고 2 대 0 혹은 3 대 0 상황에서 이진용이 6회 말 마운드에 올라오는 그림을.

'6회 말은 하위타순이다. 절대 점수를 못 내.'

마지막으로 도니믹 스미스는 과연 자신들이 남은 3이닝 동안 이진용을 상대로 점수를 뽑을 수 있을지 상상해 봤다.

'그리고 7회부터는 불펜이 나오겠지. 9회에는 쥬리스 파밀리아가 나오겠고.'

아니, 이진용보다는 메츠의 필승조를 상대로 과연 역전을 꾀할 수 있을지, 그 그림을 그려봤다.

'젠장.'

그러나 그런 그림은 그려지지 않았고, 결국 도미닉 스미스는 투수에게 직접 사인을 줄 수밖에 없었다.

'에릭.'

'왜?'

'이 새끼가 도루할지도 몰라.'

'뭐?'

에릭 맥클라인 그리고 내셔널스 파크를 찾은 내셔널스 팬들이 생각한 것보다 더 끔찍한 악몽이 시작되는 순간이었다.

투수에게 있어 홈런을 맞는 건 심장에 비수가 꽂히는 느낌이라면, 도루를 당하는 건 배에 칼이 꽂히는 것과 비슷하다.

정말 아프다.

달리 말하면 그냥 아플 뿐이다.

당하는 순간은 고통스럽지만 거기까지, 그 이상의 고통은 없다.

문제는 그 과정이다.

앞서 말했듯이 도루를 당하는 게 투수에게 있어 배에 칼을 맞는 것이라면, 도루를 하기 위해 여러 번 시도를 하는 주자의 행위는 투수의 배에 칼을 꽂을 듯이 위협을 하는 것과 비슷했다.

일단 찔리진 않으니 아플 건 없다.

대신 미쳐버릴 뿐.

'빌어먹을.'

지금 에릭 맥클라인의 처지가 그랬다.

6회 초 점수는 1 대 0. 1점 차.

주자는 무사 1루 상황.

사실 이 경우에는 1루 주자가 도루를 해도 이상할 건 없었다.

'대체 저 새끼 머릿속에는 뭐가 있는 거야?'

그 주자가 투수만 아니라면.

당연한 말이지만 주자에게 도루를 시키는 건 상식에서 머나먼 이야기이다.

도루는 생각보다 훨씬 더 위험한 일이며 특히 손가락에 부상이 생길 가능성이 높은 일이었으니까.

아니, 투수만 그런 게 아니다. 한 시즌 30개가 넘는 도루를 하던 준족의 타자들도 몸값이 비싸지면 도루를 자제한다. 도루를 하는 것보단 몸 건강히 타석에 서는 것이 팀에 훨씬 더 나은 일이기 때문이다.

그러니까 보통은 저런 시도는 무시해도 좋다.

보통 투수라면 안 하니까.

하지만 과연 에릭 맥클라인에게 이진용이 보통의 상식적인 투수처럼 보일까?

'차라리 어설프지나 말지!'

심지어 이진용의 도루를 하고자 하는 낌새는 실시간으로 에릭 맥클라인의 레이더에 걸리고 있었다.

사실 그게 에릭 맥클라인을 더 미치게 만들고 있었다.

정말 도루를 잘하는 선수들, 대도라는 칭호가 아깝지 않은 주자들은 투수에게 도루를 하고자 하는 낌새를 흘리지 않는다.

투수가 잠시 자신에게서 관심을 놓는 순간 그리고 포수도 잠시 주자를 잊는 순간, 그 순간 번개와 같이 단숨에 2루 베이스를 훔칠 뿐.

그런 의미에서 이진용은 정말 능력 없는 도둑이었다.

할까, 말까.

갈까, 말까.

어떻게 할까? 응? 어떻게 할래?

1루 베이스 근처에서 이리저리 움직이며 자신의 의도를 명명백백하게 투수에게 전달했으니까.

도둑으로 따지면 초인종을 누르는 것으로도 모자라, 문을 두드리며 집주인 있습니까? 도둑질 좀 하려고 왔습니다! 그렇게 외치는 것과 비슷한 짓이었다.

아니, 차라리 그런 도둑을 상대하는 게 훨씬 나았다.

그럴 때는 그냥 어이없는 표정을 지은 후에 경찰에게 신고를 하든, 아니면 미국답게 집 안에 있는 총 한 자루 꺼낸 후에 문 근처로 가서 한 번 더 초인종 누르고 지랄하면 네 머리에 새로운 똥구멍을 만들어주겠어! 라고 외치면 될 테니까.

그러나 지금 이 순간 투수인 에릭 맥클라인은 경찰에 신고를 할 수도 없었고, 총을 쏠 수도 없었다.

펑!

그저 견제만 할 뿐.

"세이프!"

그렇게 에릭 맥클라인이 이진용을 향해 세 번째 견제를 하는 순간 포수가 자리에서 일어났다.

그리고는 마운드로 올라온 후에 에릭 맥클라인을 향해 말했다.

"에릭, 그냥 놔둬."

주자를 신경 쓰지 마라.

"저 또라이 놈이 도루를 하면 내가 어떻게든 잡아줄 테니까."

만약 정말 놈이 도루를 한다면 자신이 잡아주겠다.

포수의 그런 든든한 말에 에릭 맥클라인은 대답 대신의 입술만을 질끈 깨물었다.

그 모습에 포수는 짧게 혀를 찼다.

사실 포수는 알고 있었다.

자신이 이렇게 말해도 투수들은 주자를 신경 쓸 수밖에 없다는 것을.

그게 바로 투수라는 족속이라는 것을.

그런 투수만을 상대해 왔는데 모른다면 그게 더 이상한 일.

"호우~!"

그때 그 둘의 이목에 그들을 괴롭히던 주자의 숨 돌리는 소리가 들렸다.

"저 새끼가!"

그 소리에 에릭 맥클라인의 눈에 살기가 감돌았다.

그 사실에 더 이상 포수는 투수를 설득하는 것을 포기했다.

'어쩔 수 없지. 벤치에 불펜 교체가 필요하다고 말하는 수밖에.'

대신 더 이상 에릭 맥클라인으로는 마운드를 지킬 수 없다는 의사를 벤치에 전달할 뿐.

벤치 역시 그런 포수의 사인에 곧바로 움직였다.

"일단 다음 타자를 상대하는 걸 보고 에릭을 내릴지 말지 고민하자고."

"예."

감독이 곧바로 벤치코치를 불러다가 자신의 의중을 말했고, 벤치코치는 곧바로 수화기를 들고 불펜과 통화를 시작했다.

그리고 그 모습을 확인한 에릭 맥클라인의 살기 어린 눈동자가 흔들리기 시작했다.

'젠장!'

모든 것이 자신에게 불리하게 돌아간다는 사실에 분명하게 흔들리기 시작했다.

'맥클라인이 초조한 게 슬슬 보이는군.'

'강판당하긴 싫겠지. 이대로 강판당하고 게임이 끝나면 패전투수가 될 테니까.'

'결국 위기를 분명하게 막는 모습을 보여줄 거다. 적어도 볼넷은 내주기 싫어서라도 존에 공을 억지로 집어넣을 거야.'

당연히 메츠의 타자들은 그 사실을 놓치지 않고 보고 있었다.

-진짜 악마 같은 새끼.

김진호, 그 역시 그 모든 상황을 보고 있었다.

더 나아가 김진호는 알고 있었다.

-아니, 악마보다 더한 새끼. 아마 악마도 널 보면 악마 같은 새끼라고 할 거다.

이 모든 게 이진용 각본, 이진용 감독, 이진용 주연으로 이루어진 일이라는 것을.

말 그대로였다.

1루 주루코치는 너무나도 당연한 말이지만 이진용에게 도루 사인을 준 적이 없었다.

이미 시범경기 때 감독이 직접 이진용에게 절대 도루를 하지 말라고 경고에 가까운 오더를 내렸으니까.

그런데 이진용이 갑자기 도루라는 단어를 언급하고, 이후 도루를 할 것처럼 연기를 했다.

투수를 흔들기 위해서.

심지어 이진용은 의도적으로 자신이 도루를 할 것 같은 낌새를 투수에게 노출했다.

투수가 자신을 볼 때마다 오히려 도루를 시도하는 척을 한 것이다.

그런 이진용의 시도는 완벽하게 통하고 있었다.

"호우."

-이제는 그 호우 소리를 들으면 소름이 돋는다, 소름이 돋아. 만약 로댕이 지금 살아 있었으면 지옥의 문을 만들 때 네 주둥이를 문에 새겨놓았을 거다.

말을 하던 김진호가 이내 그라운드를 바라봤다.

-그리고 저놈은 앞으로 호우 소리가 나오는 악몽을 최소 세 번은 꾸겠지.

이내 김진호가 자신의 몸 주변으로 성호를 그었다.

에릭 맥클라인, 이제 비수에 꽂힐 그를 향한 성호였고, 그에 대한 결과는 곧바로 나왔다.

빠악!

에릭 맥클라인, 그의 심장에 비수가 꽂혔다.

3 대 0.

투런 홈런과 함께 메츠가 3점 차 리드를 가져갔다.

6회 초는 길었다.

에릭 맥클라인이 투런 홈런을 맞은 이후 마운드를 내려간 다음에도 메츠 타자들은 거듭 안타를 때려내며 기어코 내셔널스의 마운드에서 2점을 더 뽑아냈다.

5 대 0.

팽팽하던 경기가 이제 일방적인 경기가 되는 순간이었다.

펑!

"스트라이크 아웃!"

6회 말, 이진용이 잡은 오늘 8개째 삼진은 사실상 마침표나 다름없는 아웃카운트와 같았다.

[퀄리티 스타트를 달성하셨습니다.]
[보상으로 플래티넘 룰렛 이용권이 지급됩니다.]

"호우!"

-아우! 진짜! 아주 그냥 다 해먹어라!

그렇게 6회 말, 내셔널스 파크를 충격과 공포로 물들인 이진용이 마운드를 내려갔다.

-대단하네.

　-본격적으로 양손 번갈아 가면서 쓰니까 내셔널스 타자들도 어떻게 방법이 없네.

　-메츠가 대어를 잡았네.

　그 순간 그 경기를 본 이들 중에 이진용의 실력을 폄하하는 이들은 없었다.

　한편 몇몇 이들은 말했다.

　-잘 던져도 여기까지이겠지.

　-그렇지. 7회부터는 호우맨 내리겠지.

　-하긴, 6회까지 투구수가 89구이니까. 굳이 더 던지게 할 필요는 없지.

　이진용의 환호성을 더 이상 들을 일은 없을 거라고.

　막연한 희망이나, 소망은 아니었다.

　-요즘은 선발투수를 9회까지 던지게 하는 경우는 거의 없으니까.

　-다저스 같은 경우에는 무조건 6이닝까지만 던지게 하고 불펜 운영 했었잖아?

　-다저스만 그런 게 아니지.

　최근 메이저리그의 트렌드는 불펜 야구였으며 개중에서도

선발이 한 경기에 소화하는 이닝을 6이닝에서 7이닝 사이로
맞추는 것이 대세였다.

굳이 좋은 불펜을 남겨두고, 힘이 떨어진 선발투수를 무리
해서 8회 그리고 9회까지 던지게 하는 것이 불합리하다는 계
산이 나온 것이다.

-호우맨은 이번이 첫 선발이잖아? 체력 관리해 주는 의미에서도 내
려줘야지.

-5점 차면 딱히 역전당할 점수 차도 아니고, 이대로 내려가도 승리투
수 될 테고.

-내리지 않을 이유가 없긴 하네.

그것이 내셔널스 팬을 비롯해 야구를 보던 이들이 이진용이
마운드를 내려가는 것을 염두에 두는 이유였다.

"감독님, 리로 계속 가실 생각이십니까?"

"아무렴."

하지만 콜린스 감독은 그럴 생각이 없었다.

"지금 마운드 주인은 리야. 그럼 리가 원할 때까지 마운드에
올려줘야지."

그는 이진용이 제 입으로 내려오고 싶다는 말을 하기 전까
지 이진용을 마운드에 올릴 생각이었다.

그리고 그게 콜린스 감독이 구시대의 감독이란 평가를 받
는 이유이기도 했다.

"첫 승을 완봉승으로 거두는 건, 올림픽 첫 출전에 메달을 따는 것과 같은 일이지."

구시대의 감독인 콜린스에게 투수에게 있어 완봉보다 더 값진 것은 없었으니까.

당연해 이진용에게 그 값진 것을 빼앗을 자격 같은 것도 없다고 생각했으니까.

-아무래도 감독이 널 끝까지 쓸 생각인 모양이다.

그러한 콜린스 감독의 의지는 곧바로 김진호의 입을 통해서 이진용에게 전달됐다.

그 사실에 이진용이 말없이 미소만 지었다.

이진용의 그 미소를 보던 김진호가 조심스레 말했다.

-그런 의미에서 진용아, 홈런 하나 맞아보지 않을래? 메이저리그 첫 피홈런 맞으면 다이아몬드 룰렛이 나올지도 몰라! 아니, 만루홈런 한 번 맞아보자. 응?

그 말에 이진용은 대답 대신 슬그머니 근처에 있던 조 존스를 향해 손을 흔들며 말했다.

"조!"

이진용의 부름에 조 존스가 고개를 갸웃하며 이진용에게 다가와 물었다.

"무슨 일이야."

"심심한데, 혹시 김진호 선수에 대해 아는 게 있으면 좀 말해주지 않을래?"

"킴?"

"내 우상인데, 난 그분에 대해서 아는 게 없거든. 하지만 당신은 한 시즌 동안 김진호와 같이 뛰었잖아? 그래서 말인데 혹시 김진호 선수에 대해 뭐 재미난 이야기 아는 거 없어?"

그 말에 조 존스가 잠시 고개를 옅게 웃으며 말했다.

"몇 개 있지."

"그래? 하나만 이야기해 줘."

-이 새끼가? 야! 조! 조!

그 사실에 김진호가 얼굴이 굳었다.

그 사실을 알 리 없는 조 존스가 이진용의 옆에 앉은 채 이야기를 이어갔다.

"한 번은 킴을 놀려주려고 누가 몰래 클럽하우스 직원을 시켜서 킴의 라커룸에 러브레터를 넣어두었는데……."

-끄아아악! 닥쳐! 조, 이 새끼야 닥치라고!

여러모로 즐거운 메츠의 더그아웃 분위기.

그 분위기 어디에도 더 이상 패배자의 낌새는 없었다.

메츠의 모든 선수들이 오늘의 승리를 자신했고, 반대로 내셔널스 선수들은 패배를 직감했다.

그리고 그들의 감은 그대로 적중했다.

-내셔널스가 추가 실점 없이 9회 초를 마무리했습니다. 이제 9회 말만 남았습니다.

9회 초가 끝났을 때 여전히 점수는 5 대 0으로 메츠가 리드

하고 있었고, 이제 길었던 경기에 종지부를 찍기 위한 투수가 마운드에 올라왔다.

-리! 그가 자신의 데뷔전을 완봉승으로 장식하기 위해, 남은 아웃카운트 세 개를 잡기 위해 다시 마운드에 올라옵니다.

김진호는 말했다.

원정경기에서 리드한 채로 9회 말의 마운드를 올라가는 것만큼 끝내주는 건 없다고.

이진용은 지금 그 말에 동감했다.

내셔널스 파크.

최대 4만 명을 수용할 수 있으며, 현재 2만 명이 넘는 관중으로 가득 찬 그곳은 짙은 적막감으로 따지고 있었다.

마치 클라이맥스에 도달한 오페라, 그 오페라 앞에서 모든 관중이 숨죽인 듯한 느낌이었다.

무대 위의 주인공에게는 그야말로 최고의 카타르시스를 느낄 수 있는 분위기.

"역시 김진호 선수 말대로 끝내주네요. 메이저리그라서 더 끝내주는 것도 있네요."

그 분위기에 이진용에 한마디 뱉었다.

그런 이진용의 말에 김진호의 분노 가득한 표정으로 이진용을 노려보며 말했다.

-내가 어떻게든 폴터가이스트 능력을 배워서 널 엿 먹이고
만다. 아니, 조만간 내가 곰돌이 인형에라도 들어가서 널 죽여
버릴 거야. 조, 저 새끼도 죽여 버릴 거야.

그 말에 이진용이 씨익 웃었다.

그 웃음과 함께 마운드에 올라온 이진용의 시선이 내셔널스
의 타자들을 향했다.

'여기까지 왔다.'

그러자 눈빛이 바뀌었다.

이제는 사냥감이 아니라 먹잇감을 바라보는 맹수의 눈빛으로.
포식을 떠올리며 자연스레 입가에 지소를 지으며.

그리고 그 광경은 곧바로 방송국 카메라를 통해 경기를 보
는 모든 이들에게 전달됐다.

-헐. 저거 봤어?

-여기서 웃어?

-대단하다, 대단해.

그 미소를 본 이들은, 심지어 메츠 팬들마저 이진용의 그 미
소에 소름이 끼쳤다.

하물며 그 미소를 본 내셔널스 팬들의 심정은 어떠할까?

-내셔널스의 홈 첫 경기가 호러블 데이가 됐군.

그야말로 끔찍한 날.

-아니, 호우러블이라고 해야 하나?

그 끔찍한 날에 이진용은 가장 어울리는 결말을 만들었다.
9회가 시작됐고, 이진용은 단숨에 세 개의 아웃카운트를
잡아냈다.

[완투에 성공했습니다. 보너스 포인트가 지급됩니다.]
[완봉승을 거뒀습니다. 보너스 포인트가 지급됩니다.]
[메이저리그 첫 승에 성공했습니다. 골드 룰렛 이용권이 지급
됩니다.]
[메이저리그 최초로 완투에 성공했습니다. 플래티넘 룰렛 이용
권이 지급됩니다.]
[메이저리그 최초로 완봉승을 거뒀습니다. 다이아몬드 룰렛 이
용권이 지급됩니다.]

"호우!"
9이닝 3피안타 1볼넷 그리고 11탈삼진.
이진용, 그가 자신의 메이저리그 첫 데뷔전을 완봉승으로
장식했다.

◆ 6화 ◆
빠름, 빠름, 빠름!

[이진용, 내셔널스 상대로 완봉승!]
[이진용, 자신의 첫 데뷔전을 완봉승으로 장식!]
[이진용, 투타에서 맹활약!]

이진용의 승리에 메이저리그의 모든 이들이 놀랐고, 놀란 만큼 이진용에 대한 기사가 쏟아지기 시작했다.

[이진용, 그는 누구인가?]
[이진용, 한국에서의 별명은 미스터 제로!]

심지어 이제까지 이진용이 한국에서 보여준 활약을 그저 수준 낮은 리그가 만들어낸 가짜 기록으로 취급했던 이들이 그 기록을 가져와 이진용을 포장하는 일까지 생겼다.

　당연한 말이지만 그것은 그저 단순한 변심 때문에 일어나는 일이 아니었다.

　-언론들 너무 날뛰는 거 아니야? 완봉승한 게 대단하지만, 이 정도로 빨아줄 만한 건 아니잖아?

　└그냥 완봉승이라면 그렇겠지만, 데뷔전 완봉승이면 다르지.

　└그렇지. 제이슨 제닝스 이후 무려 17년 만에 나온 데뷔전 완봉승 기록이니까.

　└심지어 엔트리 확장 이후도 아니고, 시즌 초반에 등장해서 완봉승을 하는 건 이제는 퍼펙트게임보다 보기 힘든 기록일걸?

　└역사적 순간인 셈이지.

　└호우하는 것도 역사적 순간 아님?

　데뷔전 완봉승.

　그것은 메이저리그에서도 쉽게 볼 수 없는 희귀하고, 희귀하기에 가치 넘치는 기록이었으니까.

　더불어 메이저리그는 그러한 것을 좋아했다.

　기나긴 역사 속에서 상징이 될 만한 것을.

　그 상징이 메이저리그의 역사를 보다 풍요롭게 만든다고 생각했으니까.

　당연히 기자들은 그런 이진용의 역사적인 순간을 기록하기 위해 메츠의 라커룸으로 난입하듯 들어왔다.

그리고 이진용을 발견하자마자 그에게 달려들기 시작했다.

"뭐야, 씨발? 자, 잠깐! 오지 마! 오지 마!"

막 샤워를 마치고 수건 한 장으로 아랫도리만을 가린 채 라커룸으로 나오던 이진용 입장에서는 기겁할 일이었다.

다행히도 불상사는 없었다.

"멈추시죠."

그라운드 밖에서는 언제나 이진용과 동선을 함께하는 이영예가 기자들을 막았고, 그런 이영예 앞에서 특종을 위해선 사자 우리에도 들어갈 법한 기자들이 그저 꼴깍, 침만 삼켰다.

-쯧쯧.

그 광경을 보던 김진호가 짧게 혀를 찼다.

-기자 놈들이 정신이 나간 모양이군.

'어? 웬일이지?'

기자들을 나무라는 그 말에 이진용이 놀란 눈으로 김진호를 슬그머니 바라봤다.

김진호는 그런 이진용을 바라보며 말했다.

-그렇잖아? 볼 것도 없는데.

말을 하던 김진호의 시선이 스윽, 이진용의 아랫도리를 향했다.

-정말 보잘것없지.

'에이, 진짜!'

이진용이 뚱한 표정을 지었다.

"이진용 선수."

그때 이영예가 이진용에게 다가와 말했다.

"인터뷰 타임을 가지실 겁니까?"

그런 이영예의 질문에 이진용은 당연히 고개를 끄덕이며 말했다.

"당연히 인터뷰해야죠."

그 순간 이진용이 무언가를 떠올린 듯 손을 저었다.

"아니, 인터뷰 안 하겠습니다. 대신 기자들에게 전해주세요."

그 말과 함께 이진용이 씨익 웃으며 말을 이어갔다.

"전 고작 완봉승한 것을 가지고 무슨 대단한 일이라도 한 것처럼 인터뷰할 만큼 염치없는 투수가 아니라고. 동방예의지국에서 온 아주 예의 바른 투수라고."

[이진용, '완봉승은 인터뷰할 가치도 없는 기록.']
[이진용, '인터뷰는 진짜 실력을 보여준 뒤에 할 것.']

이진용의 완봉승 이후 곧바로 나온 추가 소식은 달구어진 프라이팬에 소금을 던지는 것과 같았다.

온라인 세상은 그야말로 아수라장이 됐다.

-미친 또라이 새끼!

-오만함의 극치군!

-누가 보면 사이영상 수상자인 줄 알겠어!

-고작 운 좋게 완봉승 한 번 한 걸 가지고!

-그래, 얼마나 잘하나 보자. 못하기만 해봐. 아주 그냥 죽을 때까지 까주마.

적지 않은 이들이 이진용의 그런 행동을 오만함과 무례함의 극치로 받아들였다.

하지만 모두가 그런 건 아니었다.

적지 않은 이들, 개중에서도 이제는 이진용이란 선수를 품에 안게 된 메츠 팬들의 심정은 전혀 달랐다.

-그래, 투수라면 이 정도 기개는 있어야지.

-호우맨, 마음에 든다!

-당장 호우맨 유니폼 맞추러 간다!

-드디어 우리 팀에도 입 좀 터는 놈이 등장했구나!

패배가 너무나도 당연히 예상되었던 내셔널스와의 첫 경기에서 패배는커녕 완봉승이라는 감동스러운 선물을 받았으니까.

더욱이 데뷔전 완봉승이란 기록은 메츠에 있어 더더욱 남다를 수밖에 없는 기록이었다.

-17년 전에 제이슨 제닝스 상대로 데뷔전 완봉승을 당하고 언젠가 우리도 저런 투수로 갚아 주리라 기도했었는데, 드디어 그 기도가 이루

어졌어.

ㄴ나도 기억난다. 그때 제닝스가 우리 상대로 데뷔전 완봉승에 심지어 홈런도 쳤지.

ㄴ빌어먹을 날이었지. 끔찍한 날이었어. 호우러블 데이였어.

ㄴ호우러블 데이면 우리한테는 좋은 날 아닌가?

ㄴ끔찍하게 기쁜 날이지.

제이슨 제닝스.

데뷔전 완봉승이라는 놀라운 기록을 가장 최근에 기록했던 그에게 제물이 되었던 건 다름 아니라 메츠였으니까.

그런 메츠에 있어 이진용의 데뷔전 완봉승은 17년 전의 악몽을 추억으로 만들어주는 일이었다.

물론 그런 이야기들은 이진용에게는 아무래도 좋았다.

이진용에게는 이제 정말 중요한 일을 할 때가 왔으니까.

"어디 보자…… 골드 하나에, 플래티넘 두 개, 그리고 다이아몬드 하나."

바로 보상으로 받은 룰렛을 돌리는 일!

"김진호 선수, 뭐부터 돌릴까요?"

김진호에게는 너무나도 고통스러운 때가 왔다.

그러나 의외로 김진호의 표정에는 고통스러움이나 짜증 나는 기색이 없었다.

-뭐든 좋지 않을까?

그 표정을 확인한 이진용이 고개를 갸웃했다.

"뭐 좋은 일 있으세요? 주식이라도 올랐어요?"

-뒈진 나한테 무슨 좋은 일이 있겠니? 그리고 주식 이야기는 이제 그만하지?

"어쨌거나 표정이 유난히 밝으시네요?"

말을 하던 이진용이 무언가를 떠올린 듯 씨익 웃었다.

"아, 드디어 제 활약에 뿌듯함을 느끼시기 시작한 모양이시군요. 뭐, 그런 맛에 자식 키우는 거죠."

그 말에 김진호도 씨익 웃으며 말했다.

-지랄하고 자빠졌네.

"예?"

-내가 머리에 총 맞았냐? 그딴 생각을 하게. 내가 기뻐하는 건 드디어 진용이, 네가 엿 먹을 확률이 늘어났기 때문이야.

이진용이 고개를 갸웃하며 반문했다.

"달콤한 걸 먹을 확률이 늘어났다는 것을 우회적으로 표현하시는 건 아니죠?"

-타자 능력이 개방되면서 룰렛 하나에서 투수와 타자 아이템이 섞이게 됐지. 그건 곧 네가 먹고 싶은 걸 먹을 확률이 최소 절반으로 내려갔다는 의미. 그렇잖아? 예전에는 기본 능력치라고 해봤자 체력 아니면 구속밖에 없었지만, 이제는 체력과 구속에 피지컬, 밸런스, 선구안으로 다섯 개나 되는 선택지가 늘어났지.

김진호의 말대로였다.

이진용이 타자 능력을 개방한 이후 룰렛에서는 타자와 투수의 아이템이 동시에 나왔다.

문제는 이진용이 가장 원하는 건 타자 쪽보다는 투수 쪽일 수밖에 없다는 것.

-좀 더 툭 까놓고 이야기하면 더 이상 구속 올리기가 쉽지 않다는 거지.

개중에서도 이진용이 가장 바라는 건 역시 구속 증가였다.

바랄 수밖에 없었다.

일단 이미 체력은 충분했다. 12이닝 동안 던져도 팔팔한 수준이니 무슨 말이 필요할까?

타자 쪽도 능력치가 오르면 나쁠 건 없지만 실제로 이진용이 타석에 서는 횟수는 제한적일 수밖에 없는 상황에서 타자 쪽 능력 향상에 목을 맬 필요는 없었다.

하지만 구속은 달랐다.

-그런데 네가 가장 바라는 건 구속이지.

특히 메이저리그에 온 이후로 이진용은 구속에 대한 갈증이 훨씬 더 강해졌다.

메이저리그의 타자들이 예상보다 괴물인 것도 있지만, 메이저리그의 투수들의 구속이 이진용이 생각한 것 이상으로 빠른 탓이었다.

그리고 구속에 대한 세간의 기대와 평가도 생각 이상으로 컸다.

투수는 구속이 전부가 아니라는 야구계의 금언이 무색할 정도로 작금의 메이저리그는 오히려 더 빠른 공에 열광하고,

더 빠른 공을 던지고자 하고 있었으니까.

매년 메이저리그 패스트볼 평균 구속이 늘어나는 것이 그 증거였다.

더 나아가 메이저리그 사무국은 그런 상황을, 구속의 시대를 부채질하고 있었다.

솔직히 말해서 대부분의 야구팬들은 투수가 던지는 구질이 뭔지 잘 모른다.

중계하는 중계자들조차 패스트볼 아니면 변화구, 그 정도 이야기만 할 수 있을 정도.

제구도 마찬가지다.

막말로 애먼 곳에 던져놓고 투수가 거기 노린 거라고 우기면 뭐라고 할 수도 없지 않은가?

하지만 구속은 달랐다.

전광판에 찍히는 숫자가 세 자릿수가 되는 순간 야구를 잘 모르는 이도 열광한다.

혹여 아롤디스 채프먼과 같이 106마일을 전광판에 찍을 수 있다면 야구가 아니라 미식축구나, 농구, 아이스하키를 보는 이들조차 기겁하게 만들 수 있다.

-앞으로 진용이, 네가 100마일을 던지기 위해 룰렛에서 구속 증가가 몇 번이 나와야 할까? 그리고 그만큼을 얻기 위해서는 과연 룰렛을 몇 번 돌려야 할까? 응?

그렇기에 김진호의 말은 생각보다 묵직하게 이진용의 얼굴을 두드렸다.

이진용의 표정이 구겨졌다.

-자, 그러니까 얼른 룰렛을 돌리렴. 열심히 돌려야지, 구속 하나라도 먹을 거 아니야? 응?

그 말에 이진용이 말없이 룰렛을 활성화했다.

[골드 룰렛 이용권을 사용하셨습니다.]

그렇게 모습을 드러낸 황금빛 룰렛이 힘차게 돌아가기 시작했고, 이내 황금색 칸에서 멈췄다.

[피지컬이 1상승했습니다.]

-와우!

그 사실에 김진호가 기꺼이 환호성을 내질렀다.

곧바로 김진호의 축하가 시작됐다.

-피지컬이 나왔네! 진용아, 축하한다. 이야, 아주 좋은 게 나왔군! 기왕 나오는 거 그냥 다이아몬드 칸에 걸렸으면 좋았을 텐데! 아, 미안. 내가 이걸 까먹었네.

그리고 그 축하 뒤로 예의 그 말을 붙여줬다.

-호우!

그 말에 이진용이 뚱한 표정으로 김진호를 바라보며 말했다.

"그렇게 하시다가 앞으로 3연속 구속이라도 나오면 어떻게 하시려고 그러십니까?"

이진용의 말에 김진호가 피식 웃으면서 말했다.

-천하의 이진용 헛바닥이 왜 이렇게 길어? 후달리냐?

김진호의 그 도발에 이진용은 대답 대신 곧바로 새로운 룰렛을 활성화했다.

[플래티넘 룰렛 이용권을 사용하셨습니다.]

백금빛 룰렛이 등장했고, 룰렛은 곧바로 힘차게 돌아가기 시작했다.

이윽고 룰렛이 멈췄다.

[구속이 1증가했습니다.]

-응?

그 순간 김진호가 갑작스럽게 표정을 바꾸고는 곧바로 이진용을 향해 소리쳤다.

-동작 그만!

그 말에 룰렛을 돌리려던 이진용이 잠시 멈칫한 채 김진호를 바라봤다.

-진용아…….

그런 그에게 김진호는 마치 버림받은 강아지와 같은 표정을 지은 채 말했다.

-그냥 다음에 룰렛 돌리지 않을래? 응?

"왜요?"

-아니, 뭐…… 한 번에 선물을 다 개봉하는 것보다 매일매일 하나씩 열면 더 좋잖아? 응? 그리고 구속 나왔는데 설마 또 구속이 나오겠어? 이럴 땐 하루 쉬고, 돌리는 게 좋아. 그래, 첫 끗발이 개끗발이란 말도 있잖아?

"하긴, 그렇긴 하죠."

-그렇지?

이진용의 동조에 김진호가 반색했다.

[플래티넘 룰렛 이용권을 사용하셨습니다.]

그때 백금색 룰렛이 모습을 드러냈다.

그 백금색 룰렛을 앞에 둔 이진용이 너무나도 해맑은 미소를 지으며 말했다.

"여기서 구속 안 나오면 개끗발인 거니까 다이아몬드 룰렛은 다음에 돌리죠, 뭐."

그 말과 함께 돌아가던 룰렛이 멈췄다.

[구속이 1증가했습니다.]

[다이아몬드 룰렛 이용권을 사용하셨습니다.]

구속 증가가 나오는 순간, 이진용은 곧바로 기다렸다는 듯이 다이아몬드 룰렛을 활성화했다.

그렇게 활성화된 다이아몬드 룰렛의 다섯 칸이 눈에 들어
왔다.

[볼 마스터]
[스킬 마스터]
[슬러거(F)]
[존(Zone)]
[파이어볼러]

그중에서도 가장 마지막에 보이는 파이어볼러에 김진호는
저도 모르게 소리쳤다.
-나 그냥 성불할래!
그 절규 속에서 다이아몬드 룰렛이 힘차게 돌아가기 시작했다.

내셔널스 대 메츠의 3연전.
이진용을 앞세운 메츠가 1차전을 완봉승으로 가져간 후에
곧바로 시작된 2차전에서 내셔널스는 반격에 성공했다.
하지만 곧바로 이어진 3차전 대결에서 내셔널스는 다시 한
번 패배를 마주할 수밖에 없었다.
"디그롬이 드디어 물이 올랐군!"
그 패배의 중심에는 메츠의 에이스, 제이콥 디그롬의 존재

가 있었다.

"내가 본 피칭 중에 가장 끝내주는 피칭이었어."

완봉승.

제이콥 디그롬이 내셔널스를 상대로 이진용이 거두었던 것과 똑같은 결과물을 만들었다.

그러나 세상은 이진용을 향해 보여줬던 것보다 더 폭발적인 관심을 보여줬다.

[디그롬, 드디어 100마일을 던지다!]
[디그롬이 드디어 언터쳐블의 경지에 도달하다!]
[디그롬이 자신의 한계를 뛰어넘다!]

100마일!

최고 구속이 99마일이었던 디그롬이 기어코 그 벽을 넘어서면서, 모든 투수의 꿈이라고 할 수 있는 무대에 올라섰으니까.

메이저리그는 새로운 100마일 투수의 등장에 그야말로 보낼 수 있는 모든 것을 보냈다.

당연한 말이지만 그 상황 속에서 더 이상 이진용에 대한 관심은 없었다.

당장 라커룸 구석에서 이진용이 바나나를 으적으적 씹고 있음에도 그에게 관심을 가지는 이는 없었다.

"디그롬! 100마일을 연거푸 던진 소감 좀 말해줘 봐."

"이제 하비와 신더가드에게 뒤처질 게 아무것도 없는 완벽한 에이스가 된 걸 축하하네."

모두가 제이콥 디그롬만을 바라보며, 그와 이야기를 나눌 뿐.

그 광경을 바라보던 이진용에게 조 존스가 다가와 말했다.

"어쩔 수 없는 일이야. 똑같은 활약을 하면 더 빠른 공을 던지는 투수가 더 밝은 조명을 받는 게 지금 메이저리그의 현실이니까. 너무 섭섭해하지 말라고. 섭섭해한다고 해서 리, 네가 100마일을 던질 수 있게 되는 것도 아니니까."

그 말에 바나나를 꿀꺽 삼킨 이진용이 대답했다.

"괜찮아. 어차피 조만간 저 조명을 빼앗아올 거니까."

그 대답에 조 존스는 미소를 지었다.

"그래, 열심히 해서 성적을 쌓으면 되겠지. 너라면 분명 올스타전이 끝날 무렵에는 이 팀의 에이스가 될 수 있을 테니까."

당연히 이 순간 조 존스는 이진용이 꾸준한 활약으로 제이콥 디그롬을 향한 스포트라이트를 훔쳐오겠다고, 그런 의미에서 그런 말을 했다고 생각했다.

그런 조 존스에게 이진용은 굳이 말을 덧붙이지 않았다.

대신 미소만 지을 뿐.

그런 미소를 바라보는 김진호가 나지막이 중얼거렸다.

-이 새끼, 이러다가 진짜 채프먼보다 빠른 공 던지는 거 아니야? 설마, 그건 아니겠지. 아무리 신이라도 그 정도로 정신이 나가진 않았을 거야. 아무렴! 설마 그건 아니겠지. 아니겠지…….

그렇게 메츠가 워싱턴에서 위닝 시리즈를 거둔 채 홈으로 돌아왔다.

그리고 그렇게 돌아온 홈에서 마이애미와의 4연전을 시작했다.

1승 2패, 홈에서 시작한 개막전 시리즈에서 썩 좋지 못한 성적표를 남기고 내셔널스 파크로 떠났던 메츠의 선수단이 다시 홈구장으로 돌아왔을 때 메츠 팬들은 격렬한 응원으로 메츠 선수단을 맞이했다.

"Go Mets!"

"올해는 다르다!"

작년 시즌 지구 우승팀인 내셔널스를 상대로 2승이라는 값진 승리, 그것도 완봉승이라는 화끈한 승리로 2승을 거둬온 메츠 선수단에 대한 응당한 대우였다.

그리고 그 응원에 메츠 선수단 역시 응당한 활약을 보였다.

그 활약의 첫 번째는 노아 신더가드였다.

번개를 다루는 북유럽의 신 토르라는 별명에 어울리는 번개처럼 빠른 강속구를 던지는 노아 신더가드는 자신이 왜 그런 별명을 가졌는지 메츠의 홈구장인 씨티필드에서 여과 없이 증명했다.

[신더가드 8이닝 2실점 피칭!]

[신더가드 최고 구속 101마일!]
[토르가 돌아왔다!]

8이닝 2실점 11탈삼진 그리고 최고 구속 101마일!
놀랍기 그지없는 강속구로 씨티 필드를 찾아온 메츠 팬들에게 강렬한 승리를 선사했다.
다음날, 곧바로 치러진 2차전에서는 맷 하비가 올라왔다.
안타깝게도 승리는 없었다.

[스탠튼 연타석 홈런!]
[메츠, 스탠튼의 홈런 앞에 무릎을 꿇다!]

작년 시즌 내셔널리그 홈런왕인 스탠튼이 말린스의 연패를 막아냈다.
하지만 그럼에도 메츠 팬들은 패배에 크게 아쉬워하지 않았다.
오히려 메츠 팬들은 그날 경기에서 박수를 쳤다.

[맷 하비 6이닝 2실점 호투.]
[맷 하비, 최고 구속 100마일!]
[맷 하비, 다시 뉴욕의 다크나이트가 되는가?]

맷 하비.

한때는 메츠 팬들이 가장 사랑하는 선수였으며, 메츠를 떠받치는 에이스였던 선수.

하지만 기량 하락과 여러 구설수 속에서 결국 탕아가 되어 버린 선수.

그런 그가 2018시즌에 100마일짜리 패스트볼을 보여주며 그리고 승리를 위해 악착같이 던지는 모습을 보여주며 돌아온 탕자의 모습을 보여줬다.

메츠 입장에서는 여러모로 기꺼운 일이었다.

-드디어 다시 메츠의 파이어볼러 3인방이 부활했구나!

-이제 디그롬도 100마일 넘겼으니, 우리 팀에는 100마일 선발투수만 세 명이 됐네.

-역시 투수는 구속이지!

특히 최고 100마일짜리 패스트볼을 던지는 선발투수를 세 명이나 보유하게 됐다는 사실은 메츠 팬들에게 있어 단순한 기쁨, 그 이상의 감정을 느끼게 했다.

100마일을 던지는 파이어볼러는 야구를 사랑하는 팬들에게 있어 다이아몬드 반지와 같았으니까.

물론 그들은 잊지 않았다.

-여기에 호우맨까지 추가됐으니, 4선발까지는 그야말로 완벽해진 셈이군!

-올라갈 팀은 올라가는 법이지!

-올해는 다르다!

그들 세 명만큼 빠르진 않지만, 충분히 멋진 활약을 해줄 이진용의 존재를.

때문에 맷 하비의 뒤를 이어 이진용이 출전하는 말린스와의 3차전 경기 역시 많은 팬들이 씨티 필드를 찾아왔다.

경기 시작 전부터 적지 않은 팬들이 그라운드를 움직이며 선수들에게 사인을 요청하는 것이 바로 그 증거였다.

당연히 메츠 선수들은 팬 서비스를 아낌없이 해주었다.

단 한 명, 이진용만이 덩그러니 그 광경을 지켜보고 있었다.

"응?"

이제 막 경기장을 방문한 기자가 그런 이진용의 모습을 발견하고는 고개를 갸웃했다.

"리는 왜 팬서비스를 안 해주는 거지?"

"그러네, 왜 다른 선수들은 전부 사인을 해주고 있는데 혼자 가만히 있는 거지?"

그 모습에 몇몇 기자들은 눈살을 찌푸렸다.

"팬서비스 정신이 부족한 건가?"

"그렇다면 실망이군."

메이저리그에서는 실력이 없는 선수보다 팬서비스가 부족한 선수를 더 싫어했다.

당연했다.

메이저리그 선수들이 누리는 그 모든 것은 그 누구도 아닌 팬들이 만들어줬다는 걸 누구보다 잘 알고 있었으니까.

"쯧쯧, 이래서 허접한 리그에서 온 선수는 안 된다니까. 프로 정신이 없잖아?"

"그렇지. 팬서비스를 할 줄 모르는 선수는 프로가 아니지."

"저런 선수치고 오래 가는 선수는 단 한 번도 본 적이 없어. 장담하는데 조만간 마이너리그로 알아서 사라질 거야. 이제까지는 그저 초보자의 행운에 불과했을 뿐이야."

때문에 몇몇 기자들, 애초에 이진용의 존재를 그다지 탐탁지 않게 여겼던 이들은 이진용을 향해 저주에 가까운 비난을 퍼부었다.

하지만 그런 그들의 생각과 다르게 이진용은 팬서비스가 부족한 게 아니었다.

"아, 사인해 주고 싶다."

오히려 반대, 이진용은 지금 이 순간 누구보다 많은 팬서비스를 해주고 싶었다.

그럼에도 이진용이 팬서비스를 하지 않는 이유는 간단했다.

다 해줬으니까.

-아마 메이저리그에서 사인해 줄 팬이 없어서 사인을 못 하는 인간은 네가 유일할 거다.

말 그대로였다.

이진용, 그는 일찌감치 씨티 필드에 찾아온 이후 곧바로 팬들에게 사인을 시작했다.

그리고 다 해버렸다.

더 이상 팬들이 이진용에게 사인을 요청할 필요가 없을 정도로.

-참나, 구속이 늘어나는 건 그렇다고 쳐도 사인해 주는 속도가 늘어날 줄이야…… 대체 이 새끼 뭐하는 새끼지?

메이저리그 경력이 짧지 않은 김진호조차도 처음 보는 그 광경에 어처구니가 없는 표정을 지을 정도.

-응?

'응?'

그때 이진용과 김진호의 이목에 익숙한 한 명이 잡혔다.

"잘 지냈어?"

"황 기자님!"

황선우 기자, 오랜만에 보는 그의 얼굴이 이진용이 반색하며 그에게 다가가 말했다.

"사인해 드릴까요?"

그 말에 황선우가 영문을 모르겠다는 듯한 표정을 지으며 대답했다.

"뭐?"

"사인이요. 필요하시죠?"

"아니, 필요 없는데?"

"에이, 그러지 말고요. 뭐든 줘보세요. 나중에 주변에 선물로 주세요. 한 10개 정도 해드리면 될까요?"

사인볼을 주겠다는 선수.

하지만 황선우는 그 제안을 거절했다.

"메이저리그에서 기자 생활하면 주변 사람을 만날 일이 없어서 말이야. 그런 거 받아봤자 짐만 돼."

한때 메이저리그 기자 생활을 했던 황선우는 그런 것이 그저 짐만 된다는 걸 잘 알고 있었으니까.

"한국에서 제 사인을 원하는 사람 없나요?"

"없을걸?"

"없어요?"

"없지. 자네 사인을 원하는 사람이라면 다들 사인볼 하나쯤은 가지고 있을 테니까. 지금 한국에 굴러다니는 자네 사인볼만 수천 개가 될 거야."

결정적으로 이진용의 사인이 들어간 물건은 너무 많았다.

오죽하면 엔젤스 팬들 사이에서 이진용에게 사인 안 당하는 법을 공유했을 정도.

그 말에 이진용이 풀 죽은 표정을 지었다.

그 모습에 황선우가 실소를 머금었다.

'경기에 대한 부담감은 조금도 없군.'

다른 날도 아니고 선발로 등판하는 날, 그것도 다른 어디도 아닌 메이저리그 무대에서 이런 모습을 보이는 선수는 황선우의 나름 짧지 않은 기자 생활 속에서도 처음이었으니까.

'쉽지 않은 경기가 될 텐데……'

사실 황선우는 오늘 무대가 이진용에게 있어서 여러모로 부담스러운 무대라고 생각했다.

일단 지금 이진용에 대한 기대감이 무척 컸다.

개막전에서 결승 타점을 기록하고, 이후 내셔널스를 상대로 치른 데뷔전에서 완봉승을 거뒀다.

기대감이 없다면 그게 이상한 일.

그러나 그건 고1이 되어 처음 본 3월 모의고사에서 1등급을 받은 것과 마찬가지였다.

실력이 있어야 가능하지만, 이제는 한 과목에서 2등급만 맞아도 오히려 평가가 내려간다는 의미.

'아니, 쉬울 수가 없지. 어떤 의미에서 메츠란 팀은 이진용과 궁합이 안 좋으니까.'

더 나아가 오늘 경기는 이진용에게 있어서 경기 내적으로도 그다지 좋은 상황이 아니었다.

'말린스는 앞서서 100마일짜리 공을 던지는 투수를 2경기 내내 상대했다. 그런 상황에서 이진용의 공은…… 느려 보일 수밖에 없을 터.'

노아 신더가드와 맷 하비, 패스트볼의 평균 구속이 95마일을 넘어가는 그 괴물들 다음에 나오는 투수의 공은, 너무나도 당연하게도 상대적으로 느려 보일 수밖에 없다.

제구가 좋은 건 중요한 게 아니다. 공 자체가 느려 보이는 게 문제이니까.

하물며 이곳은 메이저리그, 100마일짜리 패스트볼조차 안타로 만들고, 홈런을 만들고 더 나아가 투수를 강판시키는 곳 아닌가?

'구속으로 승부하지 않는 오른손 피칭은 그나마 낫겠지. 하지만 구속으로 승부하는 왼손은 생각보다 쓰기 힘들 거야.'

여러모로 이진용에게는 핸디캡 매치인 셈.

'하물며 말린스가 그 사실을 모를 리 없다. 철저한 분석 끝에 이진용을 잡는 것을 이번 시리즈의 핵심 과제로 잡았겠지.'

결정적으로 말린스가 황선우도 아는 사실을 모를 리 없으며, 그 부분을 노리지 않을 이유도 없다는 것.

'오늘 어쩌면 무너질지도 모른다.'

그동안 승승장구를 거듭하던 이진용이 무너져도 이상할 것이 없는 상황이었다.

그렇기에 황선우는 군이 이진용을 자극해서 무언가를 얻어내고자 하지 않았다.

"어쨌거나 모습을 보니, 오늘도 잘하겠군."

"잘해야죠."

"아무렴, 잘해야지. 팬들이 정말 원하는 건 사인볼이 아니라 팀의 승리이니까."

그 응원을 끝으로 황선우가 이진용과 가볍게 악수를 나눈 후에 무대를 떠났다.

그런 황선우의 뒤를 바라보던 김진호가 입을 열었다.

-아무래도 황 기자는 진용이, 네가 아주 비 오는 날 먼지 나듯 털릴 거라고 생각하는 모양 같은데?

"무슨 소리예요?"

-황 기자가 평소 성격대로 나왔으면 어떻게든 널 떠보려고

했을 텐데 그런데 그냥 가는 걸 보니 그럴 때가 아니라는 걸 아는 거지.

그 말에 이진용이 웃으면서 말했다.

"그래서 김진호 선수는 어떻게 생각해요? 내가 오늘 말린스 상대로 털릴 것 같아요."

그 반문에 김진호는 대답하는 대신 어느 한 곳을 바라보며 기도를 하기 시작했다.

"요즘 느끼는 건데, 왜 갑자기 매일 다섯 번씩 한 곳만 보면서 기도를 하는 겁니까?"

그렇게 기도를 마친 김진호가 진지한 표정을 지으며 말했다.

-불교랑 기독교 힘으로 부족할 거 같아서, 이슬람교까지 한 번 믿어보려고.

그 진지한 표정에 이진용이 어처구니가 없다는 듯, 헛웃음을 흘렸다.

"예, 잘 믿으세요."

그런 이진용을 향해 김진호가 크게 소리쳤다.

-위대한 알라시여, 이 빌어먹을 난쟁이 악마에게 심판을 내려주시옵소서! 알라 후 아크바르!

그렇게 이진용의 두 번째 선발 등판이 시작됐다.

-오늘 이곳 씨티 필드에서 메츠와 말린스의 3차전이 시작됐

습니다. 오늘 메츠는 선발투수로 리를 올렸습니다. 리가 홈팬들 앞에서 첫 데뷔전을 치릅니다.

　-첫 데뷔전은 아니지요. 굳이 말하자면 투수 첫 데뷔전이지요. 이미 개막전에서 리는 홈팬들 앞에서 잊을 수 없는 광경을 선사했으니까요.

　-그럼 과연 오늘도 리가 홈팬들에게 잊을 수 없는 광경을 선사할 수 있을까요?

　해설자들의 중계와 함께 시작된 메츠 대 말린스의 3차전 경기.

　-힘들 거예요. 일단 말린스는 강팀입니다. 작년 시즌 지구 2위를 한 건 운이 아니었죠. 내셔널스가 만약 이번 시즌 생각보다 힘을 못 쓴다면 지구 우승도 가능합니다. 달리 말하면 말린스 입장에서는 같은 지구 내의 팀인 메츠에게 어떻게든 이겨야 하지요. 그런 의미에서 이번 메츠와의 시리즈를 준비하면서 리를 무너뜨리는 데에 초점을 맞췄을 거예요.

　-그럼 과연 말린스가 리를 무너뜨릴 수 있을까요?

　-적어도 리에게 편한 경기는 아닐 거예요. 앞서 100마일짜리 공을 던지는 투수를 두 명이나 상대한 말린스 타자들에게는 90마일짜리 공은 멈춘 것처럼 보일 테니까요. 그리고 리의 오른손 평균 구속은 80마일 후반대에 불과하죠.

　그렇게 시작된 경기, 그 시작점이라고 할 수 있는 마운드에

첫발을 디딘 것은 이진용이었다.

"호우."

짧은 심호흡 사이로 마운드에 들어선 이진용은 조금씩 자신의 상태를 체크했다.

불펜 피칭을 통해 적당히 예열된 어깨, 관중석의 목소리가 들릴 정도로 고조된 감각.

[선발투수로 출전합니다.]
[퀄리티 스타트 효과가 발동합니다.]

그런 감각 사이로 베이스볼 매니저가 드디어 게임의 시작을 알렸다.

그 소리와 함께 이진용이 타석에 선 타자, 1번 타자로 선 디고든을 바라봤다.

-진용아, 쟤 눈빛이 이렇게 말하는데?

그런 그 표정을 확인한 김진호가 이진용의 뒤에서, 마치 복싱선수를 보조하는 코치처럼 말했다.

-개뿌록 허접쓰레기 새끼, 알라신의 이름으로 널 용서치 않겠다.

그 말에 이진용은 대답 대신 글러브로 입을 가린 채 나지막이 중얼거렸다.

"전력투구."

그 중얼거림 후에 이진용이 곧바로 말했다.

"리볼버."

디 고든.

그는 메이저리그를 대표하는 준족의 타자였다.

매 시즌 40개가 넘는 도루는 가뿐히 해낼 수 있는 준족의 타자.

더욱이 그가 다저스에서 말린스로 이적한 후 내셔널리그 타격왕을 차지했을 때 메이저리그는 그에게 호타준족의 타자라는 충분한 영예를 안겨주었다.

하지만 그 이후 약물 복용이 적발되면서 그는 이제 더 이상 개인적인 영광을 누리기는 힘들어졌다.

어떤 성적을 내도 그 모든 것이 그의 실력과 재능이 아닌 약물의 힘을 빌었다는 비판으로부터 자유로울 수 없었으니까.

그런 그에게 있어 이제 남은 것은 자신이 속한 팀의 영광밖에 없었다.

'오늘 어떻게든 이긴다.'

타석에 선 디 고든이 그 어느 때보다 진지한 눈빛으로 이진용을 바라보는 이유였다.

더 나아가 이 순간 디 고든은 생각했다.

'이기지 못할 이유는 없으니까.'

오늘 이진용을 상대로 말린스가 점수를 내지 못할 이유는 조금도 없다고.

특히 이진용이 자신을 상대로 오른손을 꺼내 드는 순간, 디 고든은 어느 때보다 점수를 내기 좋은 때가 왔다고 생각했다.

'기껏해야 80마일, 빨라야 90마일짜리 패스트볼이다.'

어제오늘 100마일짜리 패스트볼을 수없이 상대한 상황에서 80마일대 공을 본다는 건, 그야말로 배팅볼을 보는 것과 크게 다를 바 없는 일이었으니까.

그 정도 차이 앞에서 제구는 아무래도 좋았다.

스트라이크존에 들어오기만 하면, 어느 곳에 들어오든 얼마든지 칠 수 있을 테니까.

'역시 패스트볼을 노리겠지.'

그런 디 고든의 의중을 그와 가장 가까운 곳에 있는 포수, 조 존스 역시 짐작하고 있었다.

때문에 이 순간 조 존스는 마운드 위에 있는 이진용에게 초구로 패스트볼이 아닌 것을 요구했다.

'체인지업이다.'

패스트볼을 치고 싶어 안달이 난 타자에게 오히려 쥐약과도 같은 체인지업!

그 공을 요구했고, 그 요구에 이진용이 고개를 흔들었다.

'스플리터로 갈 생각인가? 나쁠 것 없지.'

조 존스의 눈매가 가늘어졌고, 조 존스는 곧바로 두 번째 사인을 보냈다.

이번에도 이진용은 고개를 저었다.

'그럼 커브?'

세 번째 사인 요구에도 이진용은 고개를 저었다.

'흠.'

그건 조 존스에게 있어서도 꽤 충격적이고 동시에 극히 드문 일이었다.

조 존스, 그가 메이저리그의 최고의 포수가 되었던 건 그저 단순히 타석에서 많은 안타와 홈런을 친 것 때문이 아니었으니까.

오히려 조 존스는 배트를 쥘 때보다 포수 마스크를 썼을 때 가치가 더 빛나는 선수였다.

그리고 그게 가능한 건 조 존스가 투수의 의중을 파악하는 데 누구보다 뛰어난 능력을 가진 덕분이었다.

투수가 고개를 저으면, 그것만으로도 그 투수가 원하는 공이 뭔지 알 수 있을 정도.

때문에 조 존스와 배터리를 맞추는 투수들은 마운드에서 고개를 여러 번 젓는 경우가 없었다.

그런데 지금 이진용은 그런 조 존스가 네 번째 사인을 고민하게 만들었다.

조 존스조차 생각하지 못한 공을 던지고 싶어 한다는 의미.

'설마?'

그 순간 조 존스가 네 번째 사인을 보냈고, 그 사실에 이진용이 고개를 끄덕였다.

그 모습에 조 존스가 미소를 지었다.

'역시 이래야지. 이래야 리답지.'

그 미소를 끝으로 조 존스의 눈에 투구 자세를 취하는 이진용의 모습이 들어왔다.

이윽고 이진용이 공을 던졌다.

던진 공은 포심 패스트볼.

펑!

전광판에 찍히는 구속은 95마일, 153킬로미터였다.

구속은 빠를수록 좋다.

이유는 얼마든지 많다.

세이버 매트리션에게 구속이 빠르면 좋은 이유가 뭐냐고 물어본다면 수백 페이지 논문을 써줄 수 있을 정도로 많다.

하지만 구속이 빠를수록 좋은 이유는 아주 간단하다.

구속이 빠를수록 공은 위력적이라는 것.

공의 위력, 구위에 영향을 미치는 데에는 투수의 투구폼을 비롯해 공의 회전수나 릴리스 포인트 등 무수히 많은 요소가 있음이 알려졌지만 결국 가장 큰 영향을 주는 건 구속이라는 것.

슬라이더, 스플리터, 커브 같은 변화구의 시대를 살아가던 메이저리그가 패스트볼의 구속에 집착하는 구속의 시대에 접어드는 이유는 바로 그 때문이었다.

이제는 너무나도 복잡해진 야구의 세계에서, 마치 선수들이

월스트리트의 파생상품 같아진 세상에서, 보다 빠른 공을 던지는 투수는 그 무엇보다 확실한 보증수표와 같았으니까.

펑!

"스트라이크!"

그리고 지금 이진용이 그 보증수표를 꺼내 들었다.

"아우우웃!"

1회 초, 마지막 아웃카운트를 잡아낸 순간 아웃을 당한 타자의 시선은 곧바로 전광판을 향했다.

92마일.

'오류가 아니다. 진짜 92마일이야.'

그 사실을 확인한 말린스의 4번 타자 크리스티안 옐리치는 마운드 위에 있는 투수를 바라보았다.

"호우!"

그런 그를 향해 이진용이 마치 기다렸다는 듯이, 크리스티안 옐리치를 바라보며 환호성을 내질렀다.

그것을 보고 들은 크리스티안 옐리치가 살짝 입술을 깨물었다.

그러나 그건 이진용의 환호성에 대한 분노 때문이 아니었다.

분명 이진용의 그것에 눈엣가시인 것은 맞다.

'미치겠군. 우리가 가지고 있는 데이터보다 우완 구속이 2마일 이상 빠르다니?'

하지만 크리스티안 옐리치의 입술을 상하게 하는 가장 큰 이유는 그게 아니라 이진용의 우완 구속이 그들이 예상한 것보다 2마일 이상 빠르다는 것이었다.

그건 보통 일이 아니었다.

"골치 아프네. 패스트볼 평균 구속이 우리 예상보다 2마일이나 더 빠르다니? 심지어 95마일까지 나왔잖아?"

투수에게 있어 평균 구속 2마일 차이는 호랑이와 사자의 차이와 비슷했으니까.

2마일 정도 더 빠른 공을 던지는 건 전혀 다른 투수가 마운드에 위에 있다고 해도 과언이 아니었다.

"골치 아픈 정도가 아니지. 준비해 온 전력분석 데이터가 전부 쓰레기가 된 건데."

더욱이 작금의 메이저리그는 전력분석이 모든 것의 기본이 되었다.

그런 상황에서 준비해 온 전력분석이 무의미가 됐다는 사실에 말린스 선수단은 공황 상태에 빠질 수밖에 없었다.

선수는 물론 코치들의 표정도 굳었다.

물론 그렇다고 해서 말린스가 오늘 경기를 일찌감치 포기해야 하는 건 아니었다.

"오늘도 쉽지 않겠군."

"그래도 해볼 만하잖아? 아무리 빨라도 이틀 동안 상대한 100마일짜리보다는 느릴 테니까."

말린스, 그들은 메이저리그 구단이었으며 작년 시즌을 기준으로 본다면 메츠보다 강했던 팀이었으니까. 그 증거로 이틀 동안 100마일짜리 공을 던지는 메츠의 두 투수를 상대로도 점수를 냈었다.

그들이 고작 1회가 지난 상황에서 앞으로 이진용을 상대한다는 사실에 울상을 지을 이유는 없었다.

"그보다 오른손 구속이 예상보다 빠르다면 왼손 구속도 예상보다 2마일 정도 더 빠르다는 건가?"

"응?"

"그렇잖아? 구속이 어깨로만 나오는 것도 아니고, 오른손이 2마일 정도 더 빠른데 왼손이 느릴 이유가 없잖아?"

"그야……."

이진용이 말린스를 상대로 오른손만 상대해 준다면.

그렇다면 말린스가 이진용을 상대로 울상을 지을 이유는 그다지 없었다.

"젠장, 미치겠군."

그게 말린스 선수들이 얼굴에 암운이 퍼지는 이유였다.

이진용, 그가 왼손을 꺼내든 건 3회 초였다.

"스트라이크, 아웃!"

3회에 9번 타자를 상대로 두 번째 아웃카운트를 잡아냈을 때, 1번 타자 디 고든이 이진용과의 두 번째 승부를 위해 타석을 향하는 순간, 그 순간 이진용은 왼손에 끼고 있던 글러브를 그대로 벗었다.

그 사실에 좌중이 웅성거렸다.

"저것 봐!"

"호우맨이 글러브를 뺐다!"

오른손보다 더 빠른 공을 던지는 왼손을 가진 사나이.

"몇이나 나올까?"

"설마 100마일 찍는 거 아니야?"

"에이, 그게 말이 돼?"

"말이 됐으면 좋겠다."

그 사나이가 꺼내든 왼손 앞에서 메츠 팬들은 기대감을 숨기지 않을 수가 없었다.

반대로 말린스 선수들은 긴장감을 숨길 수가 없었다.

'드디어 꺼내는 건가?'

'정말 더 빠른 공을 던지는 건가?'

'저 녀석의 좌완 패스트볼의 평균 구속은 94마일. 만약 여기서 더 빠른 공을 던진다면……'

그중에서도 가장 긴장에 가득 찬 건 이진용의 왼손을 상대하게 된 디 고든이었다.

'긴장하지 마. 어차피 빨라도 결국 100마일을 넘길 순 없어. 95마일대의 좌완투수를 상대하는 게 이번이 처음이 아니잖아?'

이 순간 디 고든은 자신의 머릿속에 너무나도 거대해진 이진용의 존재감을 최대한 줄이고자 했다.

'침착하게.'

마인드 컨트롤, 타자에게 가장 중요한 평정심을 찾고자 했다.

때문에 디 고든은 곧장 타석에 서기보다는 타석에 아직 들어오지 않은 채, 뜸을 들었다.

좀 더 스스로를 추스를 시간을 벌기 위해서

-쯧쯧.

그런 디 고든을 보던 김진호가 혀를 찼다.

-메이저리그 애들은 아직도 얘가 어떤 또라이인지 모르는군.

그 말에 이진용은 대답 대신 씨익 미소를 지으며 다시 제 왼손에 글러브를 착용했다.

"어?"

"웅?"

그 사실에 좌완 이진용을 상상하던 모든 이들이 어이가 없다는 듯한 표정을 지었다.

'아…….'

개중에서도 타석에 서기 전 머릿속을 이진용이 왼손으로 던지는 공만으로 가득 채우던 디 고든은 이 상황을 제대로 받아들이지 못한 듯 표정조차 제대로 짓지 못했다.

"게임 시작하죠."

그때 조 존스가 입을 열었고, 주심이 곧바로 디 고든을 향해 말했다.

"타석에 서도록."

그 말에 디 고든이 반사적으로 타석에 섰으나, 그의 얼굴에는 여전히 표정이 없었다.

당연히 그런 디 고든을 상대로 이진용은 조금의 자비도 없었다.

속전속결!

펑!

조 존스와의 호흡 속에서 어느 때보다 빠르게 피칭을 이어 갔다.

디 고든의 스트라이크존 경계면, 그 아슬아슬한 곳을 향해 전력으로 포심 패스트볼을 던졌다.

"스트라이크, 아우우웃!

[399포인트를 획득하셨습니다.]

[현재 3이닝 무실점 중입니다.]

"호우!"

그렇게 이진용이 말린스의 3이닝을 완벽하게 삭제했다.

타격은 정밀 기계가 움직이는 것과 같다.

하드웨어 이상으로 소프트웨어가 중요하다. 소프트웨어에 문제가 있으면 제아무리 좋은 기계도 오류를 일으킬 수밖에 없으니까.

하지만 인간은 결코 프로그램이 될 수 없다.

제아무리 무수히 많은 훈련을 통해 자신의 타격 메커니즘을 완성하더라도, 언제든 오류가 생길 수 있다.

더욱이 그 오류를 일으키는 요소는 무척 많았다.

컨디션 하락, 야구 외적인 문제 혹은 심리적 불안감, 초조함 그리고 잡생각까지.

달리 말하면 투수는 타자를 흔들 때 그 부분을 노려야 한다는 의미.

"호우!"

그렇기에 이진용은 어느 때보다 크게, 자신의 아웃카운트에 환호성을 내질렀다.

-새끼, 아주 신났네.

과할 정도.

이진용의 그 환호성이 이 드넓은 씨티 필드의 외야 관중석에까지 닿을 정도.

-뭐, 상관없지.

그러나 김진호는 그런 이진용에게 경고를 하지 않았다.

-홈경기이니까.

만약 이진용이 다른 팀의 구장에서 그랬다면 김진호는 분명 이진용을 말렸을 것이다.

그러나 오늘 이진용이 공을 던지는 무대는 그 어디도 아닌 그의 홈구장인 씨티 필드였다.

오히려 이진용은 홈구장을 찾아온 메츠 팬들을 위해 평소보다 더 열심히 야구를 할 의무가 있었다.

더 나아가 외야 관중들에게도 자신의 외침을 생생하게 전달하기 위해 노력해야 할 의무도 있었다.

"으하하! 호우다, 호우!"

"나이스 호우맨!"

"호우!"

그리고 이제는 메츠 팬들 중 일부가 그런 이진용의 환호성에 환호성으로 보답하기 시작했다.

디 고든, 그가 이진용을 세 번째로 상대하는 건 그런 분위기가 고조된 6회 초 1아웃 상황이었다.

'빌어먹을.'

디 고든은 그런 자신의 상황을 최악의 상황이라고 생각했다.

실제로도 최악이었다.

'안 좋아.'

앞서서 디 고든이 이진용을 상대했던 건 3회 초 2사 상황이었다.

그런 그가 6회 초 1사 상황에 나왔다는 건, 그의 앞에 있는 여덟 명의 타자들 중 출루에 성공한 타자가 오로지 한 명뿐이라는 의미.

'놈의 페이스에 완벽하게 휘말렸어.'

현재 이진용은 2피안타, 오로지 2개의 안타만 내준 채 말린스의 타선을 완벽하게 봉쇄하고 있었다.

반면 메츠의 타자들은 이미 일찌감치 4점을 뽑아내며 이진용에게 승리투수 조건을 완성해준 상황.

'승패를 떠나 이대로 지면 내일 경기가 위험하다.'

만약 이대로 게임을 패배한다면 1패 이상의 패배를 당할 가능성…… 즉, 내일 경기마저 지면서 연패가 이어질 가능성이 어느 때보다 컸다.

'최소한 항전이라도 해야 한다.'

패전은 피할 수 없더라도 항전을 통해 내일 경기를 준비해야 할 때.

그러기 위해서는 지금 이 순간이 중요했다.

'내가 해내는 수밖에 없다.'

6회 초 1사 상황, 선두타자인 디 고든이 출루에 성공한다면 그리고 그가 빠른 발을 이용해 도루에 성공한다면 그의 뒤에 있는 타자들이 얼마든지 타점을 올릴 수 있을 테니까.

더 나아가 6회 초에 점수가 나온다면 충분히 추격전이 가능했다.

4 대 0과 4 대 1은 전혀 다른 점수 차이기에.

'어떻게든 출루한다.'

그렇기에 타석에 선 디 고든은 오로지 이진용으로부터 출루를 얻어내기 위한 모든 준비를 했다.

'어떻게든.'

정확히 말하면 그냥 이진용이 아니라 오른손으로 공을 던지는 이진용을 상대로 출루를 하기 위해 만반의 준비를 했다.

'어떻…… 어?'

그 순간 이진용은 드디어 꺼냈다.

'저, 저 자식이?'

이진용, 그가 다시 한번 글러브를 벗었다.

그리고 이번에는 조금의 망설임도 없이 분명하게 자신의 오른손에 글러브를 꼈다.

"퍼킹 호우맨!"

이진용, 그가 진짜 좌완 피칭을 시작했다.

이진용이 왼손을 꺼내 드는 순간 이제까지 이진용의 피칭에 환호했던 씨티 필드에 적막이 흐르기 시작했다.

'왼손이다.'

'이번에는 진짜다.'

그 적막감 속에서 이진용은 천천히 준비했다.

오른손에 글러브를 착용한 이진용은 곧장 피칭에 나서지 않았다.

잠시 타석으로부터 등을 돌린 후 마운드 뒤편에 놓인 로진백으로 제 왼손을 적셨다.

그 후에 모자를 고쳐 썼다. 로진백의 송진가루가 모자에 묻어났다.

마지막으로 왼손에 묻은 남은 로진백을 털어내려는 듯 그대로 길게 입바람을 불었다.

"호우!"

로진백이 하얗게 휘날렸다.

그 휘날리는 송진가루 사이로 이진용이 글러브로 제 입을 가린 채 조 존스와 사인을 나누기 시작했다.

사인을 나누는 시간은 오래 가지 않았다.

이 순간 이진용이 던질 공은 오로지 하나였고, 모두가 기대하는 공도 하나였으니까.

포심 패스트볼.

조 존스가 그 사인을 보내는 순간 이진용은 망설임 없이 고개를 힘차게 끄덕였다.

"리볼버."

그 상태로 주문을 외웠다.

이제는 오로지 하나, 방아쇠만을 당길 일만 남은 상황.

이윽고 이진용이 방아쇠를 당겼다.

펑!

그 순간 모두의 시선이 전광판을 향했다.

99마일.

이진용이 처음으로 진짜 불꽃을 던지는 순간이었다.

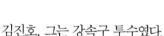

김진호, 그는 강속구 투수였다.

빠른 공을 던질 수 있는 투수였고, 동시에 빠른 공을 던질 줄 아는 투수였다.

-보통 150킬로미터만 넘어도 강속구이지. 그런데 그 구속이

155킬로미터를 넘어가면 상황이 달라져. 왜 155킬로미터냐고?
메이저리그 패스트볼 평균 구속이 92.8마일, 150킬로미터이니
까. 즉, 155킬로미터만 되어도 메이저리그에서는 흔히 볼 수 없
는 강속구가 되는 거지. 본론으로 돌아오면 그럼 어떻게 상황
이 달라지냐?

　당연히 김진호는 이진용에게 빠른 공을 던질 줄 아는 방법
을 가르쳐줬다.

　-타이밍 싸움이 돼. 공을 던지는 타이밍이 아니라, 공을 던지
기 전의 타이밍. 막말로 155킬로미터쯤 되면 눈 깜빡하는 사이
에 마운드에 있는 공이 타자 코앞에 도달해. 그렇잖아? 140킬
로미터만 해도 순식간에 공이 포수 미트에 들어가는데 구속이
155킬로미터라면 그것보다 10퍼센트나 더 빠른 거야. 100미터
로 보자면 10초에 뛰는 선수와 9초에 뛰는 선수의 차이지.

　아주 제대로.

　-그런 상황에서 타자가 잠시 딴 생각하는 순간 투수가 패스
트볼을 던진다? 물론 메이저리그에는 그걸 칠 수 있는 타자들
이 있어. 하지만 다 칠 수 있는 건 아니지. 자, 이 정도면 충분
하지? 빠른 공을 제대로 던지는 방법이 뭔지?

　그리고 김진호 앞에서 보여줬다.

　설명은 충분했다고.

　"스윙, 스트라이크, 아우우웃!"

　[545포인트를 획득하셨습니다.]

[퀄리티 스타트에 성공했습니다. 랜덤 보너스가 지급됩니다.]
[랜덤 보너스로 골드 룰렛 이용권이 지급됩니다.]

"잡았다!"

"호우맨이 스탠튼을 잡았다!"

"또 99마일이 나왔어!"

그것을 그 누구도 아닌 작년 시즌 메이저리그 홈런왕인 지안카를로 스탠튼을 상대로 증명했다.

그 사실 앞에서 이진용은 환호성을 내지르지 않았다.

환호성을 내지르는 대신 삼진을 잡는 순간 이진용은 손가락으로 1루 쪽 관중석을 가리켰다.

그리고 기다렸다.

자신을 대신할 목소리를.

'컴온!'

계속 기다렸다.

이윽고 왔다.

-진용아, 또라이 짓 그만하고 더그아웃으로 들어가지?

김진호의 구박이.

-야, 내가 쪽팔리니까 들어가자고!

그 말에 이진용이 1루 관중석을 가리키던 손가락을 내리며 푸념을 내뱉었다.

"에이, 진짜…… 한국에서는 안 이랬는데……."

-이랬거든요? 도중에 네 또라이병이 퍼지기 전에는 분위기

이랬거든요?

그렇게 김진호의 계속된 구박과 함께 더그아웃으로 들어가는 이진용의 어깨는 축 늘어져 있었다.

'뭐야? 왜 이렇게 축 늘어졌지?'

'무슨 문제라도 있나?'

'그러고 보니 호우도 안 했잖아?'

메츠 선수단과 메츠 팬들이 그런 이진용의 모습을 보며 걱정을 품을 정도로 처량하기 그지없는 모습이었다.

'저 괴물 새끼.'

'빌어먹을, 99마일이라니……'

'99마일짜리 좌완투수는 이번 시즌에 상대해 본 적조차 없다고!'

그러나 말린스 선수들의 눈빛에 비친 이진용의 모습은 사냥을 마치고 돌아가는 맹수의 모습, 그 자체였다.

그 순간 이미 게임은 끝이었다.

싸울 의지를 잃은 맹수가 피 맛을 본 맹수를 이기는 것은 불가능한 일이었으니까.

'물이 올랐다.'

콜린스 감독, 그는 6회 초 이진용이 스탠튼을 삼진으로 잡는 순간 결심했다.

이진용, 그가 원하는 한 그를 마운드 위에 영원토록 세워주 겠다고.

그리고 그런 콜린스 감독의 결심에 이진용은 기꺼이 9이닝 무실점 경기로 보답했다.

[완봉승을 거두셨습니다. 보너스 포인트가 지급됩니다.]
[현재 누적 포인트는 12,333포인트입니다.]

완봉승.

시즌 두 번째 그리고 2연속 완봉승을 거둔 이진용을 향해 씨티 필드의 메츠 팬들은 모두가 자리에서 일어나 우레와 같 은 박수 소리로 그 승리를 축하했다.

짝짝짝짝!

퍼져 나가는 그 화려한 박수 소리 아래에서 이진용은 더그 아웃으로 들어왔다.

그런 그에게 이영예가 다가왔다.

"이진용 선수 인터뷰하시겠습니까?"

그 질문에 이진용이 별다른 표정 변화 없이, 담담한 표정을 지은 채 대답했다.

"이렇게 전해주세요. 저번에도 말씀드렸지만, 고작 완봉승 한 거 가지고 자랑스럽게 인터뷰할 정도로 염치없지는 않습니 다. 다음 경기에서 인터뷰할 수 있도록 노력하겠습니다, 라고."

말을 하는 이진용의 얼굴 어디에도 만족이란 단어는 없었다.

그런 이진용의 모습을 본 김진호가 나지막이 말했다.

-젠장, 이슬람교로도 안 되네…… 어쩔 수 없지, 이제 시바 신만 믿겠습니다, 씨바 씨바!

To Be Continued